MAUDIT CUPIDON

LAUREN
PALPHREYMAN

MAUDIT
CUPIDON

Traduit par Axelle Demoulin et Nicolas Ancion

hachette
ROMANS

Couverture : Hachette Romans Studio
Visuel : © Shutterstock
Traduit de l'anglais (États-Unis) par Axelle Demoulin et Nicolas Ancion

L'édition originale de cet ouvrage a paru en langue anglaise
sur la plateforme d'écriture Wattpad, sous le titre :
Cupid's Match

Hachette Livre, 58 rue Jean Bleuzen, 92170 Vanves.

PARTIE 1
L'AGENCE CUPIDON

CHAPITRE 1

Chère Lila,

Je vous écris au nom de l'Agence Cupidon.

Vous ne nous connaissez pas : notre organisation travaille dans l'ombre pour identifier l'âme sœur de chacun.

Normalement, nous ne contactons pas nos clients. Nous préférons œuvrer en secret afin de créer la situation idéale pour que les deux personnes aient l'impression de se rencontrer par hasard.

Mais, il y a quelques jours, nous avons introduit vos données dans notre système et…

Le mieux serait que vous veniez dans nos bureaux.

Merci de nous répondre le plus rapidement possible.

Salutations pressantes.

L'Agence Cupidon

Le nom de l'Agence Cupidon est affiché en lettrage élégant au-dessus de la vitrine. Une pancarte suspendue à la poignée de la porte signale que l'agence n'accepte pas de nouveaux clients pour le moment.

Deux filles passent dans la rue et l'une d'elles lance à son amie d'un ton déçu :

— Ils ne prennent *jamais* de nouveaux clients.

J'hésite devant l'entrée, une pile de lettres froissées à la main.

Qu'est-ce que je fiche ici ?

Je pousse la porte. Un carillon tinte.

Le hall de la réception est plus vaste qu'il n'y paraît de l'extérieur. Le sol carrelé est d'un blanc étincelant et des fauteuils fluo design entourent une table basse en verre sur laquelle sont disposés des magazines de mode. Au mur, une plaque annonce : *Création de couples depuis 3 000 ans*. Je secoue la tête, dubitative.

Au fond du hall s'étend un grand comptoir majestueux tout en marbre. Au-dessus, une longue flèche dorée est accrochée au mur. Derrière le comptoir, une jeune femme blonde, tirée à quatre épingles et vêtue d'un tailleur immaculé, parle dans le micro de son casque.

Je m'avance et je pose la pile de lettres devant elle. Mon geste brusque la fait sursauter et elle lève les yeux. Un badge au nom de Crystal est fixé à la poche de sa veste.

— Je peux te rappeler ? demande-t-elle à son interlocuteur. J'ai un truc à régler.

Elle m'observe de la tête aux pieds et me sourit d'un air méprisant. Je prends tout à coup conscience de l'image que je dois lui renvoyer. Alors qu'elle est élégante et que pas une mèche ne dépasse de sa coiffure, je porte une veste en cuir, un jean et des Converse usées. J'aperçois mon reflet dans une porte vitrée : avec mes cheveux bruns mal coiffés, je pourrais être son exact opposé.

— Je suis désolée, mais nous n'acceptons pas de nouveaux clients pour le moment.

Elle pose les doigts sur son casque et je devine qu'elle s'apprête à reprendre sa conversation.

Je perds patience :

— Je ne suis pas là pour m'inscrire, je suis venue vous demander d'arrêter de me *harceler*.

Elle pose ses yeux bleus sur moi, sans comprendre.

— Pardon ?

Je hausse un sourcil et je désigne d'un signe de tête les cinq enveloppes éparpillées sur son bureau.

— Vous m'avez bombardée de lettres, de SMS et d'e-mails pendant tout l'été. Vos services ne m'intéressent *pas*. Je ne sais pas comment vous avez obtenu mes coordonnées, mais j'exige que vous me retiriez de votre base de données. J'ai *déjà* un petit ami, merci beaucoup.

Je tourne les talons et je me dirige vers la sortie.

— Attendez !

Sa voix est plus affirmée. J'y décèle une certaine urgence, même. Je me retourne.

— Vous dites que nous avons essayé de vous contacter ?

Je hoche lentement la tête. Elle fronce les sourcils.

— C'est très… inhabituel.

Elle soulève lentement l'une des lettres que j'ai abandonnées sur son bureau.

— Nous ne contactons jamais nos clients, *jamais*. Nous sommes des cupidons. C'est contraire à nos règles… nos…

Elle pose sa main manucurée sur sa bouche, comme si elle avait laissé échapper un secret. Je complète, d'un ton ironique :

— Vos règles de respect de la vie privée ?

Elle secoue vivement la tête comme si elle en avait trop dit. Je hausse les épaules.

— Peu importe. Ne me contactez plus jamais. D'accord ?

Je m'apprête à repartir, quand elle se lève brusquement.

— Non. S'il vous plaît ! m'implore-t-elle.

Qu'est-ce qui se passe ?

Comme si elle réalisait soudain à quel point sa réaction est étrange, elle se rassied lentement et affiche à nouveau son sourire artificiel.

— Laissez-moi juste introduire votre nom dans l'ordinateur pour comprendre ce qui s'est produit. Après ça, nous pourrons vous retirer de notre base de données. D'accord ?

Je soupire.

— OK.

Le soulagement de la jeune femme est visible.

— Comment vous appelez-vous ?

— Lila Black.

Ses longs ongles cliquettent sur le clavier tandis qu'elle encode mon nom. Elle attend quelques instants, les yeux rivés sur l'écran. Puis elle fronce les sourcils et tape rapidement d'autres informations.

Quand elle découvre le résultat, sa bouche s'ouvre, formant un ovale parfait. Elle blêmit et son sourire professionnel s'efface, laissant place à de la stupéfaction. Je crois déceler une autre émotion, derrière. *De la peur ?*

Elle me dévisage avec de grands yeux.

— Mademoiselle Black, il y a un *gros* problème. Vous avez été associée à…

Elle s'interrompt et se mord la lèvre.

— Non… Je… Je ne peux pas en dire plus. Je crois… Je crois qu'il vaut mieux que l'un de nos agents vous explique la situation. Asseyez-vous, s'il vous plaît. J'appelle quelqu'un *tout de suite.*

— Je…

La réceptionniste me fait signe de me taire, tandis qu'elle appuie sur le bouton blanc du téléphone à côté d'elle. Quelques instants plus tard, une voix masculine étouffée sort du petit haut-parleur.

— Qu'y a-t-il, Crystal ?

Le ton est manifestement irrité.

— Cal, claironne-t-elle avec un faux sourire. Je voudrais que tu passes tout de suite à la réception.

— Tu connais la formule, Crystal. Nous n'acceptons pas de nouveaux clients pour le moment.

Elle tousse, un peu gênée, et décroche rapidement le combiné. Elle enlève son casque et colle le téléphone contre son oreille.

— Ce n'est pas ça, chuchote-t-elle. Écoute, il faut vraiment que tu viennes, d'accord ?

J'entends la voix marmonner au bout du fil avant que Crystal ne raccroche. Le sourire factice réapparaît.

— Un de nos agents sera là dans un instant.

Je ne veux voir personne, je veux juste qu'on arrête de me contacter. Je m'apprête à protester quand la porte vitrée à côté de la réception s'ouvre. Un jeune homme qui doit être Cal fait son apparition.

Il est aussi beau que Crystal, avec des cheveux blonds soigneusement coupés et des yeux argentés perçants. Comme elle, il porte un costume blanc étincelant. Il doit avoir à peu près mon âge, c'est-à-dire dix-sept ans. Il est pas mal, dans son genre ; un peu trop sage à mon goût.

Il adresse un regard irrité à Crystal avant de poser les yeux sur moi. Je sens qu'il me juge comme la réceptionniste à mon arrivée. Cette inspection me met mal à l'aise.

— Je suis désolé, nous n'acceptons pas de nouveaux clients pour le moment, m'annonce-t-il d'un ton méprisant.

Il jette un regard entendu à Crystal, puis attend ma réaction. Je réplique sèchement :

— Oui, j'ai compris le message, mais je ne suis pas venue pour m'inscrire. Je voudrais simplement que vous arrêtiez de me contacter.

Un éclair de surprise traverse le visage de Cal avant que son expression ne redevienne impassible. Il se tourne d'un air interrogateur vers sa collègue.

— Il faut que tu voies ça, Cal.

Le jeune homme se dirige vers le bureau, la mine soucieuse. Il se penche et lit ce qui est affiché sur l'ordinateur. Son expression s'assombrit encore. Pendant un instant, il semble sous le choc. Puis il recouvre son air glacé et me toise.

— Alors, c'est vous ? De toutes les filles du monde, c'est *vous* son idéal ? Je dois admettre que vous ne ressemblez pas à ce que j'attendais. Veuillez me suivre, s'il vous plaît. Nous devons discuter de quelque chose de très important. Votre vie pourrait être en…

Crystal tousse et lui décoche un regard d'avertissement.

Il soupire.

— S'il vous plaît, suivez-moi, mademoiselle Black. J'ai beaucoup de choses à vous expliquer.

Il se retourne et franchit la porte vitrée par laquelle il est venu.

Crystal m'encourage d'un petit signe de tête.

J'envisage un instant de partir.

Après tout, ce n'est pas comme si j'avais mieux à faire…

Je hausse les épaules et je le suis.

CHAPITRE 2

D'un coup, je me retrouve dans un bureau paysager où règne une intense agitation.

Comme la réception, la salle est blanche, à l'exception de quelques colonnes noires de style antique qui s'élèvent jusqu'au plafond haut. Un immense collage accroché au mur de gauche attire instantanément mon attention. Il est composé de visages, de noms et de lieux reliés entre eux par des bouts de ficelle rose. Vers le mur du fond se trouve une arche sous laquelle se dresse une vieille statue en pierre représentant une femme drapée d'une toge.

Un brouhaha parcourt la pièce : des gens en costume blanc s'affairent en parlant dans des casques. Tous les employés me paraissent incroyablement beaux. Est-ce que le physique est le premier critère de sélection ?

Cal trace sa route au milieu de l'agitation, après avoir vérifié que je le suis. Nous passons dans une allée qui sépare des rangées d'ordinateurs. Je contourne tant bien que mal les employés. On se croirait à la Bourse plutôt que dans une agence de rencontres.

Des écrans accrochés aux murs diffusent des images en boucle. L'un d'eux affiche tout à coup le *Top dix des indésirables*. Sans que je sache trop pourquoi, une photo attire mon attention et je lève les yeux, mais avant que je puisse comprendre de quoi il s'agit, le moniteur devient noir.

Cal s'est immobilisé à l'entrée d'un bureau vitré. Il ouvre la porte et me fait signe d'entrer.

— Asseyez-vous, mademoiselle Black, ordonne-t-il d'un ton toujours aussi glacial.

Je le fusille du regard, mais j'obéis et je prends place dans un fauteuil rouge élégant, face au bureau.

Il ferme la porte, sort d'un tiroir une enveloppe noire, puis s'installe face à moi. Il lâche un profond soupir et semble tout à coup beaucoup plus âgé que les dix-sept ans que je lui donnais. En réalité, son comportement le fait paraître plus adulte.

— Vous ne ressemblez vraiment pas à ce que j'attendais, répète-t-il en ouvrant l'enveloppe.

— Vous l'avez déjà dit. Bon, maintenant, vous allez m'expliquer ce que je fabrique ici ?

Cal sort une feuille et l'examine avant de reposer les yeux sur moi.

— Nous avons récemment encodé vos données dans notre système, qui a identifié votre âme sœur. Le résultat est très… inattendu.

— Pourquoi est-ce que vous avez encodé mes données ? Et comment est-ce que vous disposez de renseignements sur moi, d'abord ?

Cal m'adresse un sourire glacial.

— Nous disposons des données de *tout le monde*, mais là n'est pas la question.

Je commence à m'énerver.

— Alors, quel est le problème ?

Il m'examine de ses yeux argentés et soupire à nouveau.

— Nous sommes dans une situation compliquée. Je risque de violer nos… nos règles en vous expliquant ce que je vais vous révéler.

— Quoi ? Les règles de votre club de rencontres ?

Cal ignore ma remarque sarcastique et inspire profondément, comme s'il se préparait à faire une annonce importante.

— Nous sommes des… cupidons, commence-t-il en passant la main dans ses cheveux blonds impeccables. Nous formons des couples depuis des siècles. Mais nous-mêmes ne sommes pas autorisés à vivre des histoires d'amour, ce serait trop dangereux.

Il marque une pause. Son récit me laisse un peu perplexe.

— Il y a des années de cela, un de nos cupidons a déraillé. Il s'est mêlé des affaires humaines, il a brisé des cœurs. Il était obsédé par les femmes et les rendait dingues de lui. Il est vite devenu dangereux. Ses pouvoirs ont grandi, ses méthodes sont devenues de plus en plus extrêmes. Nous avons dû le bannir de notre organisation. Nous l'avons exclu des cupidons. Pour toujours.

Je ne suis toujours pas convaincue.

— C'est une blague ?

Cal fait non de la tête.

— Malheureusement non, mademoiselle Black.

Je décide de rentrer dans son jeu.

— Et quel est le rapport avec moi ?

Cal inspire à nouveau profondément et plonge son regard dans le mien.

— Pour la première fois de l'histoire des cupidons, on lui a trouvé une âme sœur. Il ne devrait même pas être dans le système. Il ne devrait pas avoir d'âme sœur. C'est trop dangereux. Et s'il l'apprend…

Cal s'interrompt sans me quitter des yeux.

— Mademoiselle Black, il est prêt à tout pour obtenir ce qu'il veut. C'est l'original. Le plus puissant d'entre nous.

C'est… Cupidon en personne. Et vous êtes… son âme sœur, conclut-il avec le plus grand sérieux.

Nous gardons tous les deux le silence un instant. Puis j'éclate de rire, c'est plus fort que moi. Cal me fixe de son regard froid et impénétrable jusqu'à ce que je me reprenne.

— Vous voulez dire que mon âme sœur est… Cupidon ? Cupidon ?! Le petit gars avec des ailes, un arc et des flèches ?

Je me demande tout à coup si je ne suis pas tombée sur une caméra cachée. Je jette un regard derrière la paroi de verre du bureau, m'attendant à repérer une équipe de tournage. Je ne vois que le flot de costumes blancs et la statue au fond de l'arche.

Cal pose sur le bureau la feuille qu'il tenait en main et la glisse lentement vers moi.

— Non. Cupidon, c'est lui.

Je prends le papier glacé qu'il me tend et mes yeux s'écarquillent. Ils pensent que c'est lui, mon âme sœur ?

Sur la photo en noir et blanc, le jeune homme a les cheveux clairs et ébouriffés. Ses yeux semblent transpercer le papier. J'ai l'impression qu'il me fixe. Il pourrait avoir le même âge que Cal, mais quelque chose de plus mature ressort de ses traits ; sa mâchoire est plus carrée et ses épaules plus larges. Ses lèvres esquissent un sourire malicieux, qui l'adoucit en lui donnant un charme de gamin.

Il est beau, c'est certain. La feuille pourrait avoir été arrachée d'un magazine de mode. Alors que je saisis son portrait pour l'examiner de plus près, un sentiment de familiarité me gagne.

— C'est Cupidon, ça ?

Où est-ce que je l'ai déjà vu ?

Cal semble déçu. Il m'observe d'un air bizarre.

— Vos pupilles sont dilatées. Vous le trouvez attirant.

— Drôle de commentaire.

Ma remarque semble le laisser perplexe, comme s'il avait l'habitude d'analyser la taille des pupilles de ses interlocuteurs. Je repose la photo sur le bureau et je reporte mon attention sur Cal.

— J'ai un petit ami, je vous l'ai déjà dit.

Cal paraît exaspéré.

— Oui, mais votre petit ami n'est pas votre âme sœur… Son âme sœur, c'est…

Il se retient en voyant mon air furieux.

Comment ça ? Mon petit ami n'est pas mon âme sœur ?

— … quelqu'un d'autre, complète-t-il en ignorant mon regard assassin. Votre âme sœur à *vous*, c'est Cupidon.

J'examine à nouveau le portrait et, tout à coup, je me rappelle où j'ai aperçu ce visage.

— C'est la photo que j'ai vue à l'écran, dans le top dix des indésirables.

Je n'ai aucune idée de ce que ça signifie.

Cal acquiesce sombrement.

— Le *numéro un* des indésirables.

J'ai envie de me pincer. *Où est-ce que je suis tombée ?*

— Vous ne me croyez pas, conclut Cal en se caressant le menton. Vous ne croyez rien de ce que je vous ai raconté.

Il me fixe un moment.

— Pourtant, il faut absolument que vous me croyiez. Sans ça, nous sommes tous… je veux dire vous… *vous êtes*, s'empresse-t-il de corriger, en danger. Il vous courra après. S'il l'apprend…

Quand il allume son ordinateur, je remarque qu'il a de longs doigts de pianiste. Il tape à la hâte sur le clavier et, après quelques instants de silence, semble satisfait.

— J'ai quelque chose à vous montrer, quelque chose qui vous fera croire aux cupidons et… à… tout ça.

Il prend un bout de papier et griffonne une série de chiffres. Puis il se lève d'un bond, d'un air triomphant, alors que ses yeux semblent aussi froids que des morceaux de verre.

— Suivez-moi, mademoiselle Black. Vous ne le regretterez pas.

CHAPITRE 3

Je me lève du fauteuil rouge, agacée. Cal a déjà franchi la porte et se dirige vers l'arche de pierre de l'autre côté du bureau paysager. Je me dépêche de lui emboîter le pas et une superbe brune avec un casque audio qui passe à toute allure est à deux doigts de me renverser.

Je le rattrape avant qu'il ne passe sous l'arche.

Nous entrons dans une cour intérieure circulaire. Au centre, la statue de femme que j'ai remarquée plus tôt trône sur un piédestal. Elle surplombe un grand bassin bordé de pierres blanches. L'eau est si claire et immobile qu'elle reflète comme un miroir le ciel d'été qui apparaît dans un puits de lumière. Du lierre s'accroche aux murs de pierre et s'enroule autour de trois autres arcades qui s'ouvrent sur des corridors. L'odeur qui flotte ici est à la fois douce et ancienne, comme un parterre de fleurs dans un musée.

Tout est beau et paisible. Le contraste avec le bureau animé que nous venons de quitter est frappant.

Cal s'arrête un moment et adresse à la statue un regard étrange, avant de traverser rapidement la cour pour gagner une des arches sur le côté opposé. C'est peut-être mon imagination, mais j'ai l'impression qu'il essaie de s'éloigner le plus possible de la sculpture en toge.

Je m'arrête pour la contempler.

La statue est ancienne, de toute évidence. Son visage est usé et son corps ébréché. Elle me paraît familière, mais toutes les caractéristiques qui permettraient de l'identifier ont été effacées par le temps. Je me demande si j'ai déjà vu une statue représentant le même personnage dans un livre d'histoire ou dans un musée. Il pourrait s'agir d'une déesse mythologique, mais je ne sais pas laquelle. Je n'ai pas accordé beaucoup d'attention à mes cours d'histoire cette année… ni à aucun autre, pour être honnête.

Il y a quelque chose de troublant dans ses yeux, quand je la fixe. J'ai presque l'impression qu'ils me regardent et je frissonne involontairement.

Je m'intéresse ensuite à son piédestal et je remarque qu'un message y est gravé. On dirait une sorte de liste. La pierre a été érodée par les ans et je plisse les yeux pour tenter de déchiffrer les inscriptions. La seule phrase que j'arrive à lire c'est : *Aucun cupidon ne peut avoir d'âme sœur.*

— Mademoiselle Black, intervient Cal sèchement. Je n'ai pas toute la journée.

Je réprime un sourire et je le regarde aussi sérieusement que possible.

— Oui, on doit être débordé quand on bosse comme cupidon.

Il me jette un regard impassible, puis disparaît sous une arche couverte de lierre.

Je l'entends marmonner :

— J'aurais dû me douter que son âme sœur serait insolente.

Je le suis sous la voûte.

Nous émergeons dans un long couloir beaucoup plus moderne que la cour en pierre. La palette de couleurs est identique à celle du bureau : sol blanc, quelques spirales noires dessinées sur les murs et des portes de chaque côté. Le corridor est discrètement éclairé par des bougies artificielles. Cal se dirige vers la porte au fond à droite. Ses pas résonnent sur le lino. Je la franchis juste après lui.

Je cligne des yeux quelques fois pour permettre à mes yeux de s'adapter à cette nouvelle pièce.

Nous sommes dans un immense espace plongé dans la pénombre. Des faisceaux de lumière transpercent l'obscurité, projetant des flaques blanches sur le dallage noir. Un vaste écran occupe la quasi-totalité du mur d'en face, entouré de centaines de moniteurs plus petits. Sur chacun d'eux, on peut suivre des personnes qui vaquent à leurs activités. On voit des gens prendre un café dans un bar, manger une glace dans un parc, faire la queue à la caisse du supermarché et même dormir dans leur lit. Il flotte une odeur d'électricité et de câbles qui chauffent.

Cal se dirige vers un pupitre de contrôle noir au centre de la pièce, à hauteur d'homme, équipé d'un clavier et d'une série de boutons rouges et ambrés. Il appuie sur l'un d'eux et les écrans s'éteignent.

— Où est-ce qu'on est ? C'est qui tous ces gens ? Ils savent que vous les espionnez ? Vous êtes un service de rencontres, pas la CIA…

Cal ne me regarde pas. Il pianote sur le clavier et un numéro de série apparaît au milieu de l'écran central.

Je fronce les sourcils et m'approche du bureau derrière lui.

— Hé ! Vous n'avez pas répondu à mes questions !

— Nous ne sommes pas un service de rencontres. Nous sommes des cupidons. Combien de fois dois-je vous le dire ?

Ses yeux argentés scintillent dans l'obscurité.

— Je ne suis pas censé vous en parler, mais comme vous insistez, je vais vous expliquer. Le suivi de nos clients est souvent nécessaire lors de la formation d'un couple. Nous utilisons des algorithmes statistiques très avancés pour nous assurer que nos clients se retrouvent au bon endroit, au bon moment. Mais malheureusement, les statistiques ne peuvent pas toujours prédire le comportement humain. Une intervention manuelle est parfois nécessaire.

J'ai du mal à suivre.

— Je... euh... euh ?

Il se tourne à nouveau vers l'écran.

— Je vais vous montrer quelque chose d'un peu choquant. Vous n'êtes peut-être pas prête à voir ça. Mais je n'ai pas le choix.

Il enfonce la touche *Enter* sur le clavier et une scène commence à se matérialiser en noir et blanc sur le plus grand écran. Il actionne un autre bouton et l'image zoome sur une personne dans la foule. Mon cœur bondit dans ma poitrine et je retiens un cri de surprise.

Ces yeux pétillants et ces fossettes... je reconnaîtrais ce visage n'importe où.

C'est ma mère.

C'est impossible !

Elle est morte il y a deux ans.

Cal appuie à nouveau sur un bouton et l'image se fige.

Je n'arrive pas à détacher mon regard de l'écran. Pas de doute, c'est bien ma mère, même si, à l'observer de plus près, elle a l'air plus jeune qu'à sa mort. Je lui donnerais environ dix-neuf ans. Je me tourne vers Cal, furieuse.

— Qu'est-ce que c'est que ça ?

Je ne trouve plus la situation amusante du tout.

Il s'agit de ma famille.

Cette histoire me soulève l'estomac.

Carl détache enfin les yeux de l'écran pour s'intéresser à moi. Son regard froid s'adoucit un instant, avant qu'il ne redevienne de marbre.

— Toutes mes condoléances.

Je ne réponds pas, je suis trop occupée à inspecter l'image de ma mère. Avec ses longs cheveux blonds et ses yeux verts, elle est si belle. Elle a l'air insouciante. C'est avant que le diagnostic ne soit posé, avant qu'elle n'ait été obligée de se battre, avant qu'elle ne perde ses cheveux et que son regard ne se ternisse. C'est avant ma naissance, avant que je l'aime et que je la perde pour toujours.

Je sens une boule dans ma gorge.

— Vous savez comment vos parents se sont rencontrés ? me demande Cal.

Comme je le fusille du regard sans répondre, il insiste :

— Je vous en prie, répondez à ma question.

J'ai envie de m'enfuir à toutes jambes ou d'attraper Cal par le cou et de le pousser contre le mur. J'aimerais qu'il ressente ne fût-ce qu'une fraction de la douleur qu'il vient de m'infliger. La colère que je réprime depuis que ma mère nous a quittés remonte à la surface.

Mais je ne peux pas simplement ignorer cette vidéo. *Il faut que je voie ça.*

Je ravale mes envies de violence et je me calme. Je hoche lentement la tête.

— Ils se sont rencontrés au bowling. L'employé au comptoir avait confondu leurs chaussures.

Cal acquiesce et appuie sur un autre bouton du pupitre de contrôle. Le zoom disparaît et la vidéo reprend.

Incroyable !

Ma mère est au bowling !

Elle se dirige avec grâce vers le comptoir, enlève ses chaussures de bowling et les pose sur la surface devant elle.

Un préposé en uniforme rayé avec une casquette de baseball qui cache son visage les prend et les échange contre une paire de chaussures qu'il sort d'une étagère derrière lui. Une paire de chaussures d'homme.

Mon cœur bat à tout rompre, ma colère a disparu.

Une vidéo de la rencontre de mes parents ?! !

Elle a l'air interloquée, puis elle se met à rire. Plus loin, face au comptoir, un homme aux cheveux et aux yeux foncés tient une paire de talons aiguilles.

C'est mon père, à dix-neuf ans.

Il s'approche d'elle. Comme il n'y a pas de son, je n'ai aucune idée de ce qu'il dit, mais je devine qu'il vient de lui raconter une de ses blagues pourries ; le visage de ma mère s'illumine comme à chaque fois qu'il essayait d'être drôle.

Ils échangent les chaussures.

Cal remet sur pause.

J'ai envie que la vidéo continue.

— Comment vous avez obtenu ces images ? Pourquoi est-ce que vous me les montrez ?

Au lieu de répondre, il se tourne vers le pupitre de contrôle et pousse le joystick vers la gauche.

La vidéo revient en arrière. Il incline le joystick vers l'avant et l'écran zoome sur l'employé du bowling tourné vers l'étagère pour récupérer les chaussures. Je me rapproche pour mieux voir.

— Il a fait exprès ?

Cal met l'enregistrement en avance rapide. Mes parents se rencontrent à nouveau en triple vitesse. Puis Cal s'arrête et zoome une nouvelle fois sur le préposé. Je n'en crois pas mes yeux !

L'homme a relevé la tête et je peux enfin distinguer ses traits sous la casquette.

Même si cette vidéo a dû être filmée il y a trente ans, il a la même apparence qu'aujourd'hui : environ dix-sept ans, un regard acéré, des cheveux blonds, un teint parfait.

C'est Cal.

CHAPITRE 4

Cinq minutes plus tard, nous sommes de retour dans le bureau de Cal. Nous n'avons pas échangé un mot. Je suis assise dans le fauteuil rouge et je serre si fort mes mains que mes doigts se mettent à blanchir.

— Vous avez poussé mes parents dans les bras l'un de l'autre.

Cal m'examine avec curiosité avant d'acquiescer.

— Ça vous contrarie.

Je hausse les épaules. Je ne sais pas trop ce que je ressens.

— Une tisane ?

Il se lève tout à coup et se dirige dans le fond de la pièce. Il tripote une vieille bouilloire en plastique posée sur une armoire. Un glouglou indique que l'eau bout et il verse le liquide fumant dans une tasse ébréchée qu'il me tend.

La tasse porte l'inscription : *Meilleur petit ami du monde.*

— Qui vous a offert ça ? Je croyais que les cupidons ne tombaient pas amoureux. Vous ne vous l'êtes quand même pas acheté vous-même. Si ?

Cal secoue la tête d'un air gêné en se rasseyant.

— C'est une longue histoire.

Je porte la tasse à mes lèvres ; la tisane sent bon, l'odeur me rappelle les herbes du potager de ma grand-mère en été.

— Camomille et lavande, m'annonce Cal. Idéal pour apaiser les nerfs.

Je bois une gorgée et je me sens déjà un peu mieux.

— Vous me croyez à présent ?

Je pose la tasse sur le bureau à côté de la photo de Cupidon et je hausse à nouveau les épaules.

— Admettons que je vous croie, que la vidéo que vous venez de me montrer soit authentique... Qu'est-ce que ça veut dire ?

Je jette un coup d'œil au portrait du type mignon aux cheveux ébouriffés.

— Même si c'est vrai que cet *indésirable, qui appartient à une espèce paranormale*, est mon âme sœur... je n'ai pas du tout envie de sortir avec lui. J'ai un petit ami, je vous l'ai dit. Il s'appelle James et ça fait presque un an qu'on est ensemble. Et même si ce type m'intéressait, je ne sais rien de lui. Je ne l'ai jamais rencontré. Il pourrait être n'importe où dans le monde. Quelle est la probabilité que nos chemins se croisent ?

Cal s'enfonce contre le dossier de son fauteuil et se frotte la nuque d'un air embêté.

— Eh bien, c'est justement là le problème, mademoiselle Black.

Je le dévisage d'un air interrogateur.

— Dans des circonstances habituelles, nous aurions supprimé votre dossier de notre base de données pour qu'il ne soit jamais au courant. Et nous aurions tout fait pour l'éloigner de vous.

Cal s'arrête, se gratte la tête et m'examine. On dirait qu'il ne sait pas trop quoi dire.

— Nous avons... un peu – comment dire ? – rectifié la situation en supprimant le plus d'informations possible sur vous. Mais c'était après qu'une légère… disons… erreur administrative… a été commise.

Il me semble que je mérite une explication plus claire.

— Quel genre d'erreur administrative ?

Cal semble mal à l'aise.

— Le processus de mise en contact a été déclenché.

Je fronce les sourcils et il colle nerveusement ses mains l'une contre l'autre.

— Vous allez à quel lycée ?

— Forever Falls.

Cal hoche la tête et laisse échapper un gros soupir.

— C'est bien ce que je pensais. Cupidon y commence les cours… demain.

CHAPITRE 5

Je suis en avance.

Le petit déjeuner est offert ce matin. Je traverse les couloirs déserts pour rejoindre la cafétéria. Quand je pousse les portes, une odeur de pain trop grillé brûlé et de jus d'orange me frappe les narines. Quelques lycéens sont assis à des tables, mais il n'y a pas grand monde.

Personne n'a envie d'être en avance le jour de la rentrée.

Je prends des toasts sur le comptoir et je m'assieds face aux cuisines pour les manger ; la texture est bizarre, on dirait du carton.

Je suis nerveuse à l'idée que Cupidon débarque dans mon lycée, même si je n'ai pas l'impression d'y croire pour de bon.

J'ai un petit ami de toute façon, alors peu importe.

Après que Cal m'a expliqué « l'erreur administrative », il m'a raccompagnée à la réception et m'a dit qu'il tiendrait la situation à l'œil, même si je ne sais pas ce que ça signifie exactement. L'image du mur d'écrans dans la salle sombre me revient à l'esprit et je jette un coup d'œil à la caméra de vidéosurveillance dans le coin de la cafétéria. Je chuchote :

— Cal, si tu m'espionnes, arrête !

Je soupire.

Je parle toute seule maintenant, ça y est, je deviens folle.

Les portes de la cafétéria s'ouvrent d'un coup, perturbant le calme. Je sursaute et je me retourne. Puis je souris. Charlie, ma meilleure amie, se précipite vers moi. Ses cheveux noirs volent en désordre derrière elle.

— Canon ! Il y a un mec *canon*.

Elle se penche en avant, les mains sur les genoux pour reprendre son souffle, et tend un doigt vers moi pour m'indiquer que je vais devoir attendre une seconde.

— Y a un nouveau… complètement canon, finit-elle par haleter, avant de s'effondrer sur la chaise face à moi. Je… l'ai vu… passer… j'étais à la réunion du journal du lycée.

Elle semble très fière de m'avoir transmis cette information. Mon estomac se noue.

Cupidon ! Ça doit être lui.

Je fais semblant de sourire.

— Et tu as ressenti le besoin de courir jusqu'au réfectoire pour me l'annoncer ?

Elle est sur le point de reprendre son histoire quand ses yeux bruns s'élargissent.

— Correction : deux nouveaux mecs canon.

Je fronce les sourcils et je tourne la tête pour voir qui elle regarde.

Qu'est-ce qu'il fiche ici ?

Il a troqué son costume immaculé contre un jean et une chemise à carreaux, et il a l'air plus jeune, plus détendu. Ses cheveux blonds sont légèrement ébouriffés et sa démarche moins raide. Mais je le reconnais sans la moindre hésitation.

C'est Cal.

Il traverse la cafétéria et je le suis du regard, bouche bée. Je m'attends à ce qu'il vienne me parler, mais il passe devant ma table sans m'adresser un regard. Charlie me dit quelque chose, mais je n'écoute pas. Je suis trop occupée à épier Cal, qui prend un gobelet en plastique blanc et le remplit avec le jus d'orange de la cruche posée à côté.

— … l'été ? Lila ? Allô ? dit Charlie en agitant la main devant mon visage.

Je me détourne du cupidon et je me concentre sur elle.

— Hein ?

Elle hausse les sourcils.

— Qu'est-ce que t'as ce matin ? Je te demande comment tu as survécu sans ma merveilleuse compagnie pendant la dernière semaine des vacances. Tu as fait quoi pour tuer le temps, pendant mon stage de journalisme ?

Je secoue la tête en souriant.

— Tu ne me croirais pas si je te le racontais. Laisse-moi une seconde.

Je me lève en abandonnant Charlie stupéfaite et je me dirige vers Cal, qui beurre lentement un morceau de pain grillé noirci. Je lui demande à voix basse :

— Qu'est-ce que tu fais ici ?

Maintenant qu'il n'est plus dans son bureau et qu'il est habillé comme un lycéen, le vouvoyer me semblerait ridicule.

Cal ne relève pas la tête.

— Il vaut mieux qu'on ne nous voit pas parler.

— Ce serait plus facile si tu étais dans ton agence de rencontres et pas dans mon lycée ! Qu'est-ce que tu fabriques ici ?

Cal prend une bouchée du toast et me regarde droit dans les yeux.

— Je suis là pour surveiller la situation. Je te l'ai dit hier.

— Oui, mais je ne pensais pas que tu viendrais dans mon école !

Cal tourne la tête vers les cuisines, visiblement déterminé à jouer les indifférents.

— Quand Cupidon arrivera, tu auras besoin de mon aide.

Un gémissement exaspéré s'échappe de mes lèvres.

— Je n'ai pas l'intention de m'intéresser à ce Cupidon, je te l'ai déjà dit !

Cal m'examine derrière ses cils foncés.

— Eh bien, crois-moi, s'il découvre que tu es son âme sœur, tu l'intéresseras beaucoup. J'ai un plan pour détourner son attention de toi le plus longtemps possible. Et ça implique que tu ne m'adresses pas la parole.

J'inspire profondément pour ravaler mon irritation.

— Très bien. Mais avant qu'on se sépare, tu peux au moins m'expliquer ton plan ?

Cal me sourit froidement.

— Je compte devenir ami avec une autre fille pour que Cupidon pense que j'ai été envoyé pour la protéger elle.

Il mord encore dans son toast pendant que je gémis intérieurement.

— Bon, admettons que ce plan génial fonctionne... Si Cupidon est si dangereux que ça, tu te contentes de faire courir les risques à une autre fille du lycée, c'est ça ?

L'expression de Cal est indéchiffrable. J'ai l'impression qu'il me cache quelque chose.

— Ce n'est pas comme ça que ça marche. C'est *toi* son âme sœur. Il n'y a que toi qui sois vraiment en danger, personne d'autre.

Ce qu'il dit n'a pas vraiment aucun sens, mais je suis trop exaspérée pour poursuivre la conversation. Je soupire.

— Cupidon sait que tu bosses pour l'agence de rencontres ? Parce que, s'il ne le sait pas, ta petite mise en scène ne servira à rien.

Le visage de Cal s'assombrit.

— Cupidon et moi, on se connaît depuis une éternité. Il sait très bien qui je suis.

Avant que je puisse ajouter quoi que ce soit, il me tend une feuille de papier pliée, me contourne et quitte la cafétéria. Il jette le reste de son toast dans la poubelle en sortant.

Je sens le regard curieux de Charlie posé sur moi pendant que j'aplatis le message et que je le lis.

Retrouve-moi après les cours près du gymnase. Si tu veux résister à ses charmes, tu vas devoir suivre une formation sur les cupidons. Ne sois pas en retard. Cal.

Je gémis à nouveau intérieurement. Je voulais juste passer un premier trimestre agréable, cool, sans histoires. Et voilà que je me retrouve à fréquenter un entremetteur paranormal, à fuir une âme sœur et à suivre… une formation sur les cupidons !

CHAPITRE 6

La sonnerie retentit. Je me dirige avec Charlie vers notre classe pour le premier cours de la journée.

— Alors, tu vas m'expliquer ? Tu connais ce mec ?

Je hausse les épaules. Je sens le message énigmatique de Cal dans ma poche.

Je vais vraiment aller le retrouver tout à l'heure ? C'est quoi cette formation sur les cupidons ?

— Pas vraiment.

Je ne veux pas lui raconter ce qui s'est passé. Charlie raffole des histoires d'amour. Si jamais elle me croit, elle ne me lâchera plus dès qu'elle apprendra que James n'est pas mon âme sœur. Surtout si ce Cupidon est canon au point qu'elle traverse tout le lycée en courant pour me parler de lui.

Elle hausse un sourcil, attendant que j'en dise plus. J'essaie de changer de sujet. Je déclare, avec un sourire innocent :

— Jolie robe.

Elle a décelé la manœuvre, mais c'est vrai que sa tenue lui va bien. Le tissu rose pastel fluide s'accorde à merveille avec son teint foncé. Elle lève les yeux au ciel, mais je vois bien qu'elle est ravie. Elle l'a sûrement achetée exprès pour la rentrée.

— Ne change pas de sujet, miss ! Tu n'es quand même pas sortie avec lui ?

Elle prend un air sévère, mais ses yeux pétillent d'excitation. Je ne peux pas m'empêcher de rire.

Sortir avec Cal ? Non merci !

En arrivant à l'entrée de la salle de classe, j'aperçois James par la porte vitrée.

— Laisse tomber pour le moment, je ne veux pas que James se fasse des idées.

Charlie me regarde avec méfiance, puis hausse les épaules alors que mon petit ami nous fait signe.

— D'accord. Mais le sujet n'est pas clos !

James indique d'un geste deux places libres derrière lui. Je souris. Mon copain n'est peut-être pas un mannequin comme ce Cupidon, mais il est très mignon : il est un peu plus grand que moi, musclé et légèrement bronzé. Quand je m'approche, il se lève et me fait un bisou sur les lèvres, en passant ses bras autour de ma taille. Il est chaud et il sent bon l'après-rasage. Je me colle contre lui un instant, avant de m'installer à l'une des deux places derrière lui.

— Tu ne m'as pas appelé hier soir. J'espérais qu'on pourrait retourner à Los Angeles faire du surf.

Les mots de Cal me reviennent soudain en mémoire. *Votre petit ami n'est pas votre âme sœur*. Je chasse cette pensée.

— Désolée, il s'est passé un truc. Mais ça me tente d'aller surfer ensemble, même si tu n'es pas très doué.

Mon commentaire moqueur l'amuse. Il sourit, puis se retourne pour reprendre la conversation avec un de ses amis. Charlie se penche vers moi et indique Cal d'un geste.

— Oh, ton amoureux n'en a que pour Chloé.

— Chut !

Je suis tout de même son regard. Cal est en pleine discussion avec une fille de l'équipe de hockey. Probablement son super plan pour éloigner Cupidon de moi. Ça m'énerve, sans que je sache trop pourquoi.

Je me souviens de la façon dont Cal m'a jaugée en m'apercevant pour la première fois, de sa surprise à l'idée que je sois l'âme sœur du cupidon original, de son attitude froide et hautaine. Il s'est montré grossier avec moi depuis le début et, maintenant, il rit avec une de mes copines de classe.

Apparemment, elle, elle est crédible comme âme sœur de Cupidon.

Je me détourne. Pourquoi est-ce que ça m'énerve ? Je n'ai aucune envie d'être considérée comme l'âme sœur de ce fichu Cupidon. Ni de Cal, ni de qui que ce soit, d'ailleurs.

Ressaisis-toi, Lila.

La porte s'ouvre. Toute la classe se tait d'un coup. J'ai le souffle coupé.

Cupidon porte une veste en cuir noir sur un t-shirt gris qui moule ses pectoraux sculpturaux. Kelly, une fille de ma classe, a le bras glissé sous le sien et rit comme une hystérique à un commentaire qu'il vient de faire. Il est grand, il a les épaules larges et les cheveux ébouriffés comme s'il sortait à peine du lit. Ses yeux ont des reflets bleus et verts qui rappellent l'océan.

La photo noir et blanc ne rendait pas justice à sa beauté.

Tout le monde le contemple, mais son regard tombe directement sur moi. Un demi-sourire menaçant se dessine sur son visage et mon estomac se noue. *Je suis dans la merde.* J'ai l'impression que ses yeux fouillent mon âme et je me sens prise au piège.

Puis son regard tombe sur Cal. Il le reconnaît, mais n'a pas l'air le moins du monde surpris.

Je ne vois pas le visage de Cal, mais ses épaules sont tendues. Sa posture est encore plus rigide que lors de notre rencontre à l'agence.

Cupidon affiche un sourire goguenard et s'attarde ensuite sur Chloé, assise à côté de Cal. Il adresse un signe de tête discret à ce dernier, l'air mauvais. Kelly est toujours suspendue à son bras.

J'expire lentement ; je ne m'étais même pas rendu compte que je retenais mon souffle. Est-ce que le plan de Cal fonctionne ? Est-ce que Cupidon pense que c'est Chloé son âme sœur ?

Charlie se penche vers moi.

— Je t'avais dit que c'était un beau gosse ! J'ai entendu dire qu'il avait été viré de son lycée. Il a déménagé à Forever Falls au milieu de l'été et il est déjà sorti avec la moitié des filles de notre année.

— Un salaud.

Charlie acquiesce en soupirant.

— Un salaud canon, renchérit-elle.

Cupidon se laisse tomber sur une chaise au premier rang et Kelly va s'asseoir près de ses amies. Je ne sais pas s'il me fascine parce que tout ce que Cal m'a raconté à son sujet a éveillé ma curiosité ou parce qu'il est vraiment très beau. Ou s'il y a autre chose.

Je me force à détacher les yeux de Cupidon et je me rappelle à l'ordre : j'ai un petit ami. *Et Cupidon n'est pas ton âme sœur parce que ça n'existe pas. Toute cette histoire est ridicule.*

Je sors mon bloc de feuilles quand Mme Green entre. Elle inspecte la salle par-dessus ses lunettes.

— Bienvenue à tous. Ah, c'est bien, les nouveaux élèves sont déjà là. Voici Cal… annonce-t-elle en faisant un geste vers lui, et je suis désolée, je ne pense pas avoir ton nom, ajoute-t-elle en se tournant vers Cupidon.

Celui-ci se lève et pivote pour faire face à la classe. Il est d'une taille à couper le souffle ; Mme Green a l'air minuscule en comparaison. Je ne peux m'empêcher d'admirer ses muscles sous son t-shirt gris.

— Cupidon, annonce-t-il avec un sourire moqueur avant d'exécuter une sorte de révérence et de se rasseoir. Il s'adosse à sa chaise et s'étire avec désinvolture.

Plusieurs personnes rient et j'entends James murmurer :

— Il existe vraiment, ce type ?

Mme Green rougit.

— Euh... très bien... euh, Cupidon, bafouille-t-elle avant de se ressaisir. J'espère que vous leur réserverez à tous les deux un excellent accueil.

Puis elle s'approche du tableau noir et y écrit *Histoire de l'Antiquité.*

— Bon, pendant un semestre, nous allons explorer le monde antique : les dieux et les déesses, les guerres, l'art, la citoyenneté. Pour commencer, inspirons-nous de Cupidon.

Elle le regarde avant de demander :

— Quelqu'un peut-il me dire le nom de la déesse romaine de l'Amour ?

Charlie se penche à nouveau sur mon bureau.

— Le nouveau lui plaît.

Je lève les yeux au ciel.

— Beurk.

— J'arrive pas à croire qu'il s'appelle Cupidon, reprend Charlie. Il paraît que c'est un surnom qu'il a reçu à cause de sa réputation auprès des filles.

Je hausse un sourcil en faisant semblant de trouver l'info intéressante. *Ah là là, si elle connaissait la vérité.*

Enfin, la vérité d'après Cal. Je ne suis toujours pas sûre d'y croire moi-même.

— Tu disais qu'il avait été renvoyé de son lycée ?

Ça doit être une couverture. Ça ne me paraît pas possible que Cupidon aille au lycée en temps normal. Charlie est sur le point de répondre quand Mme Green s'éclaircit la gorge pour nous indiquer que nos papotages la dérangent.

Quand je relève la tête vers elle, elle nous foudroie du regard.

— J'allais demander à des volontaires de servir de mentors à nos nouveaux élèves, de s'assurer qu'ils parviennent à s'orienter et qu'ils ont tout ce dont ils ont besoin. Mais comme vous n'arrêtez pas de bavarder aujourd'hui, vous êtes toutes désignées…

Les épaules de Cal se raidissent à nouveau.

— Charlie, tu t'occuperas de Cal, ordonne-t-elle avant de s'intéresser à moi.

Cupidon se retourne et me regarde d'un air amusé. Je respire à fond. Je sais déjà ce que Mme Green va m'annoncer.

— Lila, tu seras le mentor de Cupidon.

CHAPITRE 7

La sonnerie annonce la fin du cours. Le boulot de mentor n'a pas l'air de déranger Charlie. Elle a déjà sauté sur Cal, qui m'a jeté des regards furieux pendant toute la leçon. Maintenant, il a l'air de s'ennuyer alors que ma copine essaie de lancer la conversation.

Je range mes affaires en hâte, dans l'espoir de parvenir à m'éclipser sans avoir à m'occuper de Cupidon. J'accroche mon sac à dos à mon épaule en chuchotant à James :

— On se voit au déjeuner.

— Tu ne meurs pas d'envie de faire visiter le lycée au « dieu de l'amour » ?

— Tu me connais trop bien.

Je lui lance un sourire complice avant de me faufiler discrètement vers la porte, pour ne pas attirer l'attention de la prof. Je jette un coup d'œil en arrière avant de sortir. *Oh non !* Cupidon, toujours assis à sa place, me fixe avec intensité, d'un air amusé.

Je lui adresse un haussement d'épaules théâtral et un regard faussement innocent. Il me répond par un sourire carnassier qui dévoile ses dents blanches étincelantes. Juste au moment où je m'apprête à franchir la porte, il tousse très fort.

Mme Green lève tout à coup les yeux de son bureau.

— Lila, déclare-t-elle d'un ton sec, où est-ce que tu files comme ça ? Tu dois emmener Cupidon à son cours suivant. Littérature, je crois.

Elle plonge le nez dans ses feuilles et Cupidon me sourit innocemment. Cal plisse le front.

— C'est bon, assure ce dernier à Mme Green en décochant un regard assassin à Cupidon, je suis sûr que nous arriverons à nous débrouiller tous les deux.

Cupidon semble étonné un instant, mais retombe très vite sur ses pattes.

— Parle pour toi. Moi je préfère que Lila me guide.

Son accent n'est pas d'ici. Je décèle des pointes d'intonation britannique qui me laissent penser qu'il a sans doute passé du temps en Angleterre. On dirait qu'il prend plaisir à prononcer mon prénom. Ça me met mal à l'aise. C'est trop intime. Ses iris bleu-vert pétillent.

Je soupire en ignorant la mise en garde que Cal essaie de m'adresser en faisant les gros yeux.

— Allez, viens, dis-je en franchissant enfin la porte.

Je ne me retourne pas pour vérifier qu'il me suit.

— Alors, Lila, commence-t-il une fois que nous sommes dans le couloir.

Il s'interrompt et je m'arrête pour le regarder.

Ses traits ont quelque chose de presque angélique. La lumière artificielle du corridor – vive et très peu flatteuse sur les autres – caresse doucement les angles de son visage et fait ressortir son teint. Il dégage une odeur d'été : l'herbe fraîchement coupée et le miel, mélangés à de l'assouplissant. Je sens la chaleur irradier de son corps, parce qu'il se tient un peu trop près de moi.

L'effet est enivrant. J'ai envie malgré moi de me rapprocher, d'inhaler son parfum et de le toucher. Il m'examine et j'ai à nouveau l'impression que ses yeux fouillent dans mon âme. Je me souviens de ce que Cal m'a expliqué à l'agence :

Il s'est mêlé des affaires humaines, il a brisé des cœurs. Il était obsédé par les femmes et les rendait dingues de lui.

Quand Cupidon me décoche un sourire suggestif, je ne parviens pas à réprimer un frisson.

— La prof a dit que tu devais me donner tout ce dont j'avais besoin.

Je suis clouée sur place ; j'ai l'impression d'être une mouche coincée dans une toile d'araignée. *Qu'est-ce qui m'arrive ?*

Je reste figée un moment alors que Cupidon maintient son regard plongé dans le mien. Puis je cligne des yeux, et me ressaisis :

— Pas de problème. Tant que ce que tu veux, c'est aller au cours de littérature sans me compliquer la vie.

Je me remets en route. Cupidon ne répond pas, il se contente de m'emboîter le pas.

— Mouais, ça me paraît jouable, répond-il finalement d'un air amusé. Toi aussi tu as littérature ?

Je l'accompagne jusqu'à une porte menant à l'extérieur où se trouve une petite cour carrée au milieu du lycée. Je secoue la tête, ne voulant pas vraiment continuer la conversation.

— Vous avez papoté pendant tout le cours d'histoire de l'Antiquité, poursuit-il. Les légendes c'est pas ton truc, hein ?

Le soleil d'automne jette une lumière chaude sur les tables de pique-nique de la cour et le parterre d'herbe. Je sens les rayons réchauffer ma peau.

— Non, pas vraiment. Je ne suis pas fan de contes de fées, non plus. J'aime bien les faits, la logique. Pas trop les vieilles histoires poussiéreuses.

Il sourit à nouveau.

— Tu devrais donner une chance aux mythes. Ils comportent peut-être plus de vérité que tu ne l'imagines.

Il me fixe assez longtemps pour que je me sente à nouveau mal à l'aise.

— J'en doute très fort.

Nous nous approchons de la porte de l'autre côté de la cour et Cupidon s'arrête une fois de plus.

— L'autre nouveau… il n'a pas trop envie d'avoir un mentor. Je me demande pourquoi…

Il me jette un regard sournois. Peut-être que Cal lui a involontairement fait comprendre que je suis l'âme sœur qu'il cherche. *Ce serait le comble si la présence de Cal avait mis la puce à l'oreille de Cupidon. Son plan était débile de toute façon.*

Je pose la main sur la poche de mon jean dans laquelle j'ai glissé le message de Cal. Je fais l'innocente.

— Je n'ai pas remarqué.

Je lève les yeux vers Cupidon. Je me sens minuscule : le haut de ma tête arrive à peine à son épaule.

Je décide de jouer son propre jeu.

— Tu le connais, le nouveau ? On aurait dit, en tout cas.

Cupidon sourit, mais ne répond rien alors que j'ouvre la porte. Nous traversons un couloir identique au précédent, bordé de casiers métalliques et baigné dans une lumière trop vive. Quelques lycéens nous regardent passer et des filles jettent à Cupidon des regards admiratifs pas très discrets. Il le remarque avec aussi peu de discrétion.

Il ignore ma question.

— Elle s'appelle comment, la fille à qui il parlait ?

— Chloé.

Il a l'air songeur.

— Chloé… Je devrais faire sa connaissance.

Nous nous arrêtons devant sa classe et il m'examine, comme s'il attendait ma réaction. *Je ne lui ferai pas ce plaisir.*

Je souris.

— J'ai entendu dire que tu avais déjà fait connaissance de pas mal de filles du lycée.

Il éclate d'un rire musical qui lui vaut encore quelques regards admiratifs.

— Que veux-tu ? Je me lie facilement d'amitié.

Il ouvre sa veste en cuir, exhibant au passage son torse moulé dans son t-shirt, et sort un bout de papier de sa poche intérieure.

— Tu as un stylo ?

Je hausse les sourcils.

— Tu viens au cours sans stylo ?

Ses yeux pétillent.

— Je ne suis pas là pour approfondir mes connaissances, mais pour quelque chose de beaucoup plus intéressant...

La façon dont il prononce cette phrase fait accélérer mon rythme cardiaque ; je suis sûre qu'il entend mon cœur battre.

Il est là pour moi.

Je me ressaisis, je pose mon sac à dos et j'en sors un stylo bleu de la poche latérale.

— Tiens.

Ses doigts frôlent les miens quand il le saisit et je sens des papillons dans mon estomac. *Sérieux ? Il y a quelque chose qui ne tourne pas rond chez moi. Pourquoi est-ce qu'il me fait cet effet ?*

À ma grande surprise, il a l'air un peu interloqué aussi. Il examine le stylo dans la main qui a touché la mienne.

Il a ressenti quelque chose. J'en suis certaine.

— Tu crois aux âmes sœurs, Lila ? me demande-t-il soudain avec le plus grand sérieux.

Une tempête fait rage dans ses prunelles. *Il essaie de me jauger, de savoir si je suis la fille qu'il est venu chercher.*

Je soutiens son regard.

— Non. La vie n'est pas un conte de fées. L'amour naît de l'amitié et de la confiance, ça demande des efforts. Ce n'est pas une force magique.

Je pense à mes parents : mon père, perdu dans ses souvenirs, et ma mère, qui a quitté ce monde.

— Et les histoires d'amour n'ont pas toujours une fin heureuse.

Une expression que je suis incapable de déchiffrer passe sur son visage. Il est sérieux, attentif. Puis le sourire fait son retour.

— La fille qui n'aime pas les contes de fées préfère la logique à la magie. Je suis vachement étonné, ironise-t-il les yeux pétillant de malice. Mauvaise rupture ?

Je lève les yeux au ciel intérieurement.

Il croit me déchiffrer, mais il est complètement à côté de la plaque.

— Je suis en couple et je suis parfaitement heureuse, je te remercie.

— Si tu le dis…

Cupidon soutient mon regard avec son sourire exaspérant, puis il gribouille quelque chose sur une feuille qu'il me tend. J'y jette un œil.

— Qu'est-ce que c'est ?

— Mon adresse.

Il ajoute, voyant que je ne comprends pas :

— Ma mère est partie et j'organise une soirée demain. Tu devrais venir. Ton petit ami aussi.

Je fronce les sourcils. Il a lourdement insisté sur le fait que sa mère n'était pas là et je me demande ce que cela signifie.

Est-ce que les cupidons ont des mères ? Il faudra que je pose la question à Cal plus tard.

Cupidon se retourne et entre dans la salle de classe. Il tourne une dernière fois la tête vers moi. Ses yeux bleu-vert brillent, pleins de secrets.

— Au fait, ça ne m'intéresse plus tellement de faire la connaissance de Chloé. C'est toi que j'ai envie de mieux connaître, Lila Black.

CHAPITRE 8

À la fin de la journée, je me dirige d'un pas hésitant vers le gymnase, à travers les couloirs qui se vident. Cal m'a demandé de le rejoindre pour une formation sur les cupidons. Ces deux derniers jours ont été super bizarres…

Je surprends une conversation au passage entre plusieurs filles :

— Vous êtes au courant ? Jack n'arrête pas de harceler Laura ! Il a déposé des roses devant sa porte toute la semaine ! C'est chelou.

— Je te crois pas, réagit l'autre. Il la déteste…

Leur conversation s'estompe à mesure que je m'éloigne. Je tripote distraitement les deux bouts de papier dans ma poche, le message de Cal et l'adresse de Cupidon. Je plie les coins du bout du pouce. Je repense à ce que j'ai ressenti quand les doigts de Cupidon ont frôlé les miens.

Est-ce que je dois aller à sa soirée demain ?

Je repousse cette idée.

J'ai un petit ami et, d'après Cal, Cupidon est dangereux.

J'étais sincère quand j'ai dit que je ne croyais pas aux âmes sœurs. Ma relation avec James est basée sur la confiance et s'est construite à partir de notre amitié. C'est ça que je veux. Pas une espèce de soi-disant « dieu de l'amour » déchu qui débarque dans ma vie avec son regard inquisiteur et son odeur d'été, et dont le simple contact fait bondir mon cœur.

Quand j'arrive au rendez-vous, le gymnase est éteint et le calme est un peu flippant. L'odeur qui flotte ici est la même que dans les salles de sport de tous les lycées : un relent de pieds malodorants mêlé aux effluves des déos.

J'avance lentement à l'intérieur de la salle qui semble déserte. Des rais de lumière s'infiltrent par les fenêtres en hauteur et les espaliers projettent de longues ombres sur le sol.

— Cal ? Tu es là ?

Je me sens idiote en entendant l'écho de ma propre voix.

Le silence revient, puis des pas résonnent dans le gymnase.

— Par ici.

Je me tourne vers le panier de basket au moment où la silhouette de Cal se détache de l'obscurité. J'étouffe un cri de surprise et je fais involontairement un pas en arrière : un arc lui barre le torse et un petit carquois métallique rempli de flèches est suspendu à son épaule.

— T'es fou, Cal ! Un arc et des flèches ? Ne me dis pas que tu t'es promené toute la journée avec ça au lycée ?

Cal pénètre dans un halo de lumière qui inonde ses cheveux blonds et assombrit ses pommettes. Il se renfrogne.

— Bien sûr que non. Je les avais laissés dans ma voiture.

— Qu'est-ce que tu fiches avec ça ? Tu ne vas pas… me tirer dessus ?

Cal a l'air vexé.

— Comme je te l'ai dit, je vais te donner une formation sur les cupidons.

— Ça implique que tu me balances des flèches ?

— Pas pour le moment.

Je fais un second pas en arrière. C'est complètement dingue.

— Ce ne sont pas des flèches ordinaires, précise Cal. Tous les cupidons en ont. L'Agence Cupidon ne s'en sert plus ; cette méthode nous paraît démodée. Mais c'est un excellent point de départ pour t'expliquer le fonctionnement des cupidons et mieux comprendre Cupidon lui-même. Ces armes étaient très répandues jusqu'au début du XXe siècle.

Il s'approche de moi et sort une flèche de son carquois. Elle est argentée, plus petite que celles qu'on voit d'ordinaire. Des symboles y sont gravés, mais la lumière ne me permet pas de les distinguer. La pointe est rose pastel.

— Il existe trois types de flèches de cupidons. Elles sont toutes très dangereuses. La première est la Capax, ou l'Amour de l'idiot, comme on la surnomme parfois.

Tout à coup, avant que je puisse réagir, d'un rapide mouvement du poignet, il positionne l'arc devant lui, vise et tire.

Je retiens mon souffle tandis que la flèche de Carl passe à toute allure juste sous mon nez. J'ai l'impression que la scène se déroule au ralenti : le déplacement d'air, la plume qui me caresse la joue et la montée d'adrénaline.

La flèche atteint sa cible avec un *ploc* : elle s'est enfoncée dans le mur en béton juste au-dessus de la porte fermée. Mes mains tremblent.

— Cal ! Ça va pas ?!

Cal fronce ses sourcils blonds et me dévisage d'un air impassible. Il ne se rend visiblement pas compte qu'il vient de faire un truc de dingue.

Il sort une deuxième flèche de son carquois. Celle-ci est dorée avec une pointe rouge sang. Il la brandit pour que je puisse l'examiner.

— C'est la deuxième. L'Ardeur… ou la Flamme qui brûle.

Il tire à nouveau. Je tressaille en voyant la flèche fendre l'air et se ficher juste à côté de la première.

Je proteste encore, mais Cal m'ignore et extrait une élégante flèche noire.

— Et enfin, celle de Cupidon.

La troisième rejoint les deux autres. Cal les regarde avec une expression sombre. Je suis clouée sur place.

— T'étais vraiment obligé de faire ça ?

— Retourne-toi.

J'obéis. Le spectacle me laisse sans voix : les trois flèches alignées au-dessus de la porte se transforment simultanément en cendres qui tombent en poussière sur le sol.

— Je voulais que tu voies ça, se justifie Cal.

Il se dirige vers un grand tapis de gym bleu installé au milieu de la salle. Il s'abaisse avec grâce, s'assied en tailleur et place son arc et trois autres flèches devant lui. Je secoue la tête avec incrédulité avant de le rejoindre. Le plus étrange dans cette histoire, c'est que je commence à croire ce que je vois. Il y a deux jours, j'aurais pensé perdre la boule.

Je m'installe à côté de lui.

— Dire qu'avant j'avais une vie normale !

Cal m'examine avec curiosité.

— Ah bon ?

C'est la première fois que Cal s'intéresse à moi. Il semble attendre que j'en dise plus. Je hausse les épaules pour lui montrer que je n'ai pas très envie de me confier.

En réalité, ça fait un bon bout de temps que ma vie n'est pas « normale ». Depuis que ma mère nous a quittés. C'est plutôt une façade de normalité, une existence terne. Mais c'est vachement plus normal tout de même que cette situation hallucinante.

Je décide de changer de sujet et je me penche vers les flèches alignées entre nous. Le rayon de soleil qui passe à travers la haute fenêtre se reflète sur le projectile doré au centre.

— Tu disais qu'il y a trois types de flèches.

Si Cal est déçu que je n'aie pas répondu à sa question, il n'en montre rien. Il acquiesce.

— La première, la Capax, est celle dont l'effet est le plus léger. Il ne dure que quelques heures. Un peu plus si la personne a le cœur transpercé. La cible devient plus sensible à l'amour ou à la suggestion. On l'utilisait autrefois quand on n'avait pas accès à la technologie pour accélérer les rencontres entre âmes sœurs.

— Ça contrôle l'esprit ?

— C'est plutôt comme de l'hypnose. Il faut qu'il y ait des sentiments à la base pour que ça fonctionne.

Je passe délicatement l'index le long de la flèche argentée. Sa couleur est la même que les yeux de Cal. Le projectile est froid et strié à l'endroit où des runes sont gravées dans la surface.

— Ça fait mal quand on est touché ?

Cal fait non de la tête.

— Les humains ne sentent rien ; au contraire, le contact provoque une certaine euphorie. Une fois que la flèche se désintègre, elle ne laisse aucune trace et la personne oublie qu'elle a été touchée.

J'inspecte la deuxième, celle qui est rouge foncé et dorée.

— Et celle-ci, qu'est-ce qu'elle a comme effet ?

Cal me regarde d'un air très sérieux.

— L'Ardeur est beaucoup plus puissante que la Capax. Elle transmet à sa victime une obsession. La personne est consumée d'amour. Certains se mettent à harceler celui ou celle qu'ils considèrent comme leur âme sœur, d'autres meurent de désir.

Ça me fait penser à quelque chose, mais l'idée m'échappe avant que je puisse mettre le doigt dessus.

— Et la dernière ?

Le visage de Cal s'assombrit.

— C'est la pire de toutes.

Il se tait un instant pour inspecter la flèche noire posée devant lui.

— Elle peut transformer un humain en cupidon comme moi : fort, rapide, puissant, animé d'un destin.

Il plonge des yeux tristes dans les miens avant d'ajouter :

— … mais solitaire.

CHAPITRE 9

Cal se lève abruptement, ramasse les trois flèches et les fourre dans le carquois encore accroché à son épaule. Puis il se dirige vers la porte du gymnase. Je me lève et je le suis. Ce changement d'humeur me paraît étrange, comme si Cal avait l'impression d'en avoir trop dit.

— Tout va bien ?

Cal continue à avancer dans le couloir sans se retourner.

— Oui.

Il ne dit plus rien et je me retrouve à examiner l'arc et les flèches suspendues à son épaule.

— Tu dois faire plus attention, décrète subitement Cal.

Nous venons de quitter le bâtiment et il fait le tour pour rejoindre le parking. Je le rattrape pour marcher à son côté.

— Qu'est-ce que tu veux dire ?

Il pousse un petit soupir exaspéré.

— Avec Cupidon. Tu avais à peine fait sa connaissance que tu devenais déjà son mentor.

Il secoue la tête.

— Comme je te l'ai dit, le processus de formation du couple a déjà été mis en route. Vous allez être attirés l'un vers l'autre. Cupidon se laissera emporter parce qu'il est imprudent, curieux. Mais toi, tu dois résister. Vous allez vous retrouver dans des situations qui vous rapprocheront. La première a eu lieu quand il a débarqué dans ce lycée. Tu dois t'arranger pour ne pas créer d'autres opportunités.

— Ce n'est pas moi qui ai mis le processus en route.

Cal semble un peu penaud, puis il sort une clé de la poche de son jean et la pointe droit devant lui. Je m'arrête net. J'étais tellement préoccupée par ce que Cal m'expliquait que je n'avais pas réalisé qu'il ne restait plus qu'une seule voiture sur le parking.

Un double *bip* retentit et les deux portes latérales d'une Lamborghini rouge vif se soulèvent. Je hausse les sourcils.

— C'est ta bagnole ? Pour te fondre dans la masse, c'est raté, Cal... Ça paie bien d'être un cupidon, on dirait.

Cal esquisse un sourire.

— J'admets que ça a des avantages.

Il se glisse au volant.

— Tu veux que je te dépose quelque part ?

J'hésite. Je comptais aller à pied jusqu'à l'un des rares endroits sympas à Forever Falls. J'ai dit à James et Charlie que je les y retrouverais. En ce jour de rentrée, il y aura pas mal de monde.

— D'accord.

Je m'installe sur le siège passager.

Cal referme les portières et quitte le parking.

— Tu connais le *Nid d'amour* ?

Cal hoche la tête sans quitter la route des yeux et continue à conduire en silence. Tout à coup, je me sens mal à l'aise. Je regarde par la fenêtre les maisons éparpillées le long des rues tranquilles. Bientôt, nous approchons de la place principale. Il y a une petite épicerie, un restaurant un peu crade, un fleuriste, un magasin d'occasion et l'arrêt du bus qui mène à Los Angeles. Au centre de la place, sur les pavés, se dresse une fontaine délabrée. *Le Nid d'amour* est dans une ruelle qui débouche entre le fleuriste et le restaurant. Cal s'arrête à côté.

Il appuie sur un bouton qui ouvre ma portière. Je me tourne vers lui et je demande avec hésitation :

— Tu veux… tu veux venir ?

Comme il ne répond pas, je continue :

— Tu pourrais rencontrer de nouvelles personnes. James, Charlie… ça pourrait être sympa.

Son visage s'assombrit quand il entend le nom de ma meilleure amie et je me souviens qu'elle lui a parlé en classe tout à l'heure, avant de lui faire visiter le lycée. Je ne peux pas m'empêcher de rire. J'ai du mal à imaginer un couple plus improbable : lui sévère et taiseux, elle fofolle et bruyante.

— C'est une très chouette fille, si tu veux bien lui donner une chance.

Il fronce les sourcils.

— Il y aura beaucoup de gens du lycée ?

— Oui, plein. On n'a pas des masses de choix pour traîner après le lycée.

Cal retire brusquement sa clé du contact et détache sa ceinture de sécurité.

— En d'autres mots, Cupidon sera là. Je ferais mieux de venir. Et de m'assurer que tu ne t'attireras pas d'ennuis, ajoute-t-il avec un air entendu.

Avec un *bip*, Cal verrouille la voiture. Nous descendons la ruelle pavée. L'air du soir embaume les pétunias et la lavande quand nous passons devant le fleuriste. J'ose à peine jeter un coup d'œil à Cal quand nous arrivons devant *Le Nid d'amour*. Il ne fait aucun effort pour cacher son dégoût face aux lettres roses qui clignotent au-dessus de la porte. De la musique pop des années 90 parvient à nos oreilles.

Éric, le videur, qui est un ami de mon père, nous accueille.

— Hé, Lila ! me lance-t-il en m'embrassant. Comment va ton père ? Mieux ?

Je préfère mentir.

— Oui, il va bien.

Je tends la main pour qu'il y tamponne le cachet réservé aux moins de vingt et un ans, ceux qui n'ont pas le droit de boire de l'alcool. Il jette un regard suspicieux à Cal. Il n'y a pas beaucoup de nouveaux visages à Forever Falls.

— Je te présente Cal. Il vient d'arriver de Los Angeles.

Éric tamponne Cal. Celui-ci est horrifié de découvrir l'image de palmier qui tache sa peau pâle.

— C'est le troisième nouveau gars que je fais rentrer aujourd'hui, maugrée Éric. Allez-y. Et salue ton père de ma part.

J'acquiesce d'un signe de tête et nous avançons dans le couloir étroit qui mène à la salle principale du club.

— Le troisième ? À part Cupidon et toi, il y aurait un autre nouveau ?

Mon compagnon hausse les épaules, trop occupé à tenter d'effacer le cachet pour s'intéresser à la question.

— J'ai plus de vingt et un ans, tu sais.

J'ouvre une porte et nous entrons dans la salle principale du *Nid d'amour*. Elle me paraît aussi familière et accueillante que d'habitude, mais ça m'amuserait de savoir ce que Cal en pense. Ce n'est pas son genre de fréquenter ce type de lieu.

L'endroit bondé et bruyant baigne dans une lumière rose artificielle. Des tables hautes sont disposées sous des parasols et le sol collant est jonché de paille. Quelques enseignes au néon annoncent *Beach Party* et tout le personnel porte des colliers de fleurs aux couleurs vives.

— C'est censé être une soirée à thème. « Fête à Hawaï », dis-je à Cal pour justifier la déco ringarde.

Il observe froidement tout ce monde.

— C'est encore plus kitsch que dans mes souvenirs.

Charlie nous fait signe de l'autre côté de la salle. Je lui réponds et me faufile dans la foule.

— Tu es déjà venu ?

— Pas par choix, précise Cal en s'approchant de mes amis.

Charlie est assise avec James à l'une des tables hautes, elle sirote une somptueuse boisson rose dans laquelle est planté un parasol en papier. Son visage s'illumine lorsqu'elle aperçoit Cal à mes côtés. James se penche pour lui serrer la main. Cal l'accueille avec réticence.

— Où est-ce que vous étiez passés tous les deux ? demande James d'un ton suspicieux.

— Lila me donnait un coup de main pour mon inscription, prétend Cal.

James n'a pas l'air convaincu et Charlie me scrute avec curiosité. Puis elle sourit.

— James et moi, on discutait de la soirée de demain chez Cupidon, annonce-t-elle pour briser la tension. James pense que c'est un con, mais moi je crois que ce sera sympa. Et c'est un vendredi, donc… je ne vois pas pourquoi on n'irait pas. Tu en penses quoi, Lila ?

Cal me lance un regard d'avertissement et je palpe le papier avec l'adresse de Cupidon plié dans ma poche. Je repense aux papillons dans mon estomac quand ses doigts ont frôlé les miens et à ses yeux qui ressemblent à un océan déchaîné sous la tempête.

— Je ne sais pas. Je ne sais pas trop quoi penser de ce mec.

Ma réponse semble faire plaisir à Cal.

— Tu n'es pas obligée de bien l'aimer. Tu n'es même pas obligée de lui parler, argumente Charlie. C'est une fête. Tout le monde y va. Et j'ai entendu dire qu'il avait une piscine. James ?

James m'adresse un sourire d'excuse.

— Euh… dit comme ça…

Il attrape ma main.

— Qu'est-ce que tu en penses, Lila ?

Je sens ma détermination faiblir.

Tant que j'y vais avec James et Charlie, il ne peut rien m'arriver. Et ça pourrait être chouette, si j'évite Cupidon. Et puis, même si c'est vrai qu'il a l'air un peu con, il ne semble pas vraiment dangereux.

Cal est sur le point d'intervenir, quand je le vois se raidir. Je me retourne et comprends immédiatement pourquoi. Jason, un des mecs de l'équipe de football, est en train de plaquer contre le mur un gringalet qui est plus jeune que lui.

— C'est Jack ? me demande Charlie par-dessus la musique.

Ce n'est pas la première fois que j'entends le nom de Jack aujourd'hui. Où… ?

— Ne t'approche plus de Laura ! crie Jason à Jack.

Tout à coup, ça me revient. Les deux filles que j'ai croisées dans le couloir en allant retrouver Cal parlaient de lui. Elles racontaient qu'il harcelait Laura.

Jason lève le poing pour frapper Jack au visage quand Cupidon surgit de nulle part. Il ne porte plus sa veste en cuir et les muscles de ses bras gonflent les manches de son t-shirt. Il intercepte le coup en attrapant le poing du sportif dans sa main et en le repoussant. Jason et Cupidon s'affrontent un moment avant que Jason ne soit emmené par deux types de l'équipe de football. Cupidon se tourne vers Jack qui a l'air complètement abattu, toujours plaqué contre le mur.

Je m'arrête net alors que je m'apprêtais à retourner vers mon groupe : Cupidon fait un mouvement rapide vers Jack. Quand il retire son bras, il tient une flèche dorée à la pointe rouge foncé.

Elle est aussitôt réduite en cendres qui retombent en fine pluie sur la piste de danse.

Cupidon me sourit.

CHAPITRE 10

J'ai l'estomac noué. Je rêve ou Cupidon vient d'utiliser la flèche Ardeur sur Jack ?

Les explications de Cal me reviennent à l'esprit.

L'Ardeur est beaucoup plus puissante que la Capax. Elle transmet à sa victime une obsession. La personne est consumée d'amour. Certains se mettent à harceler celui ou celle qu'ils considèrent comme leur âme sœur, d'autres meurent de désir.

De l'autre côté de la piste bondée, Cupidon se frotte les mains comme s'il époussetait la cendre de ses doigts. Il ne me quitte pas des yeux : ses pupilles brillent sous les néons du *Nid d'amour*. Je suis sous le choc.

J'ai l'impression qu'il n'y a plus que nous deux dans la salle. Son expression semble m'attirer vers lui. Je vois son torse se soulever et s'abaisser doucement à chacune de ses respirations. Ses lèvres esquissent un sourire dangereux. Il hausse un de ses sourcils épais et clairs et je devine qu'il me met au défi de dénoncer ce qu'il vient de faire. Personne autour de lui ne semble avoir remarqué la flèche qui s'est désintégrée.

Je détourne le regard et je fais pivoter mon tabouret pour parler à Cal. Il n'est plus là. Je l'aperçois en train de se frayer un chemin vers la sortie.

Charlie a les yeux qui pétillent d'excitation.

— Jason et Jack ?! J'en reviens pas ! Je vais en parler dans mon blog. Et t'as vu Cupidon ?

Est-ce que Charlie a vu la flèche aussi ?

— Qu'est-ce qu'il a fait ?

— Ce qu'il a fait ? répète Charlie avec incrédulité. C'est son premier jour au lycée et il vient d'affronter le quarterback de l'équipe de foot... et il l'a fait reculer ! C'est incroyable !

Je lève les yeux au ciel et je remarque une expression étrange sur le visage de James.

— Pourquoi Cal est-il soudain parti ? Et où est passé Cupidon ?

Je balaie la salle du regard pour essayer de repérer celui qui est censé être mon âme sœur. Il a disparu, comme Cal. J'ai envie de rattraper Cal pour savoir ce qui peut arriver à Jack s'il a été frappé par la flèche.

Je suis en colère contre Cupidon. Et aussi contre Cal, qui m'a plantée.

Je me lève du tabouret.

— Je crois que je vais y aller. Je vais réfléchir pour la soirée, OK ?

Charlie est ravie. James se lève.

— Tu veux que je t'accompagne ?

Je fais non de la tête.

— Non, ça va. Reste pour tenir compagnie à Charlie.

Je me force à sourire avant de traverser le sol collant pour rejoindre la sortie.

Il fait noir quand j'atteins la ruelle qui est seulement éclairée par le néon super kitsch du *Nid d'amour* et un réverbère plus loin sur la place. L'odeur de lavande flotte encore dans l'air. Mon téléphone se met à bourdonner. Je consulte l'écran : c'est un texto d'un numéro inconnu.

Retrouve-moi sur la place, je te ramènerai chez toi. Ce n'est pas prudent de rentrer seule. Cal

La place est déserte. J'avance jusqu'au milieu et je me perche sur le rebord de la fontaine pour attendre Cal. Quelques minutes plus tard, il s'arrête au volant de sa Lamborghini rouge et m'ouvre la portière passager.

Je monte et je boucle ma ceinture.

— Où est-ce que tu étais passé ?!

Cal effectue un demi-tour parfait et nous quittons la place.

— Je devais vérifier un truc, répond-il d'un air préoccupé.

— C'est parce que Jack a été transpercé par l'Ardeur ?

La surprise de Cal est visible, même sur son visage baigné d'ombre.

— D'habitude, les humains ne remarquent rien.

— Qu'est-ce qu'on va faire ? C'est grave, l'Ardeur, non ? Jack est peut-être en danger.

— Il n'y a pas de « on ». C'est le boulot de l'agence. Mais tu as raison : Jack est en danger. Toutefois, il a été touché à la jambe, et c'est moins grave qu'au cœur, où le coup peut être mortel. Là, il y a des chances pour que l'effet s'estompe en quelques jours.

Il se tait pour réfléchir un instant.

— Malheureusement, ça ne veut pas dire que ça n'entraînera pas de complications. Surtout pour la fille, Laura, celle pour qui ils se battaient. Je vais demander à quelqu'un de l'agence de veiller sur elle.

— J'ai entendu deux filles dire que Jack harcelait Laura.

Nous arrivons devant chez moi et Cal retire la clé du contact. Je ne lui ai même pas demandé comment il sait où j'habite ni comment il a obtenu mon numéro de portable.

— C'est normal, répond-il comme si je n'avais rien compris.

J'insiste :

— Non, tu ne comprends pas : ce qu'elles racontaient s'est passé *avant* ce problème au *Nid d'amour*.

Cal fronce les sourcils et se tourne vers moi.

— Oh. Alors, c'est pire que ce que j'imaginais.

AAA

Je ferme la portière de la voiture et je remonte l'allée jusqu'à chez moi. Tout en cherchant mes clés, je me tourne vers Cal pour lui adresser un signe d'au revoir. Il est déjà parti. Je lève les yeux au ciel.

Ce type est aussi sociable qu'une plante verte.

J'ouvre la porte et j'entre. L'intérieur est très calme ; je n'entends que le tic-tac de la vieille horloge suspendue au mur et de légers ronflements en provenance du salon. Je referme doucement le battant derrière moi.

Mon père est endormi dans le canapé devant une vidéo sans le son d'une journée en famille à la plage. Ma mère rit face à l'objectif. Je la regarde un moment avant d'éteindre.

Mon père fait de la peine à voir. À quoi bon tomber amoureux si c'est pour être brisé ainsi ensuite ?

Je le couvre avec le plaid en patchwork posé sur le fauteuil de ma mère, puis je monte à l'étage et je me prépare à aller au lit. Alors que je me glisse entre les draps et que j'éteins la lampe, je me mets tout à coup à penser à Cupidon.

Il apparaît, comme s'il était imprimé derrière mes paupières : sa carrure, ses biceps. Je repense à son regard tourmenté et à la chaleur de son corps, et je sens la rage monter en moi, mêlée à un autre sentiment.

Je serre mes draps entre mes poings et je me force à chasser ces images.

Je ne devrais pas penser à lui. Surtout après ce qu'il a fait.

Je m'inquiète pour Jack. Qu'est-ce qui va lui arriver ? Pourquoi est-ce que Cupidon l'a transpercé d'une flèche ? Ça n'a aucun sens.

Mon téléphone bourdonne sur la table de chevet. C'est un message de Cal.

J'ai bien réfléchi. Si Cupidon a touché la même personne plusieurs fois avec l'Ardeur, c'est qu'il a prévu un truc. Un truc pas net. Il ne faut PAS que tu ailles à sa soirée demain. Son plan doit sans doute aboutir à ce moment-là.

Je soupire et je repose mon portable. Ça ne fait que deux jours que je le connais et j'en ai déjà marre que Cal me dicte mon comportement. Mais il a raison. Je sais que je ne devrais pas aller à cette fête. Pourtant, une partie de moi est attirée par la teuf… est attirée par Cupidon.

CHAPITRE 11

Le lendemain, à la cafétéria, Charlie chipote avec les croûtes de son sandwich.

— Cupidon n'était pas en classe ce matin. On dit qu'il sèche systématiquement les cours, le jour de ses soirées. Pour tout préparer.

Je hausse les épaules en prenant un air blasé, alors que son absence ne me laisse pas du tout indifférente. Aussi irrationnel que cela puisse paraître, et dangereux, surtout, j'ai envie de le voir. Pire même, il *faut* que je le voie : pour le regarder droit dans les yeux et comprendre pourquoi il s'en prend à Jack.

Si Cupidon est vraiment mon âme sœur, je dois avoir la certitude qu'il ne ferait jamais quelque chose d'aussi cruel sans une bonne raison. Parce que, si les âmes sœurs existent pour de bon et que mon partenaire est quelqu'un d'aussi impitoyable, froid et dangereux, ça en dit long sur l'état de mon âme.

Pendant que Charlie dresse la liste des ceux et celles qui viennent à la fête, je balaie la cafétéria du regard et j'aperçois Cal assis à l'écart, seul, l'air aussi raide que d'habitude. Il semble malheureux et j'ai pitié de lui. Je fais un geste pour attirer son attention. Il secoue simplement la tête en réponse. *OK, je laisse tomber.*

Charlie est occupée à lancer des idées pour un article qu'elle veut écrire dans le journal du lycée, quand un cri retentit dans la cour. Cal sursaute, tous les sens en alerte, alors qu'une élève de seconde franchit la double porte.

— Il… il va sauter !

Je croise le regard de Cal juste avant qu'il ne se précipite à l'extérieur. Charlie et moi nous mêlons à la masse des lycéens qui se ruent dehors pour comprendre ce qui se passe. Debout sur l'herbe sèche entre les tables de pique-nique, Kelly indique le toit d'une main en hurlant.

C'est Jack.

Il titube, proche du rebord.

— Laura, crie-t-il, Laura, je t'aime !

Je cherche Cal dans la foule. Laura, une fille aux cheveux bruns, pas très grande, est poussée en avant par le groupe. Ses yeux débordent de larmes.

— Jack, l'implore-t-elle d'une voix tremblante, c'est de la folie. Redescends.

Quand il la repère, son regard s'illumine et un sourire un peu fou apparaît sur son visage.

— Laura ! Je t'aime, Laura !

Il fait un pas de plus vers le bord du toit et étend les bras. Charlie se cramponne à mon bras. Mon cœur s'emballe.

— JE T'AIME, LAURA !

Jack fait un autre pas.

Puis il ferme les yeux et se laisse tomber dans le vide. Le silence qui règne dans la cour est impressionnant : tout le monde retient son souffle. La scène semble se dérouler au ralenti : Jack dégringole, les bras écartés comme un ange complètement cinglé. Et puis il y a un bruit sourd, affreux.

Et les cris reprennent.

▲▲▲

Le lycée a fermé plus tôt. Charlie et moi sommes allongées sur son lit. Elle n'habite qu'à un pâté de maisons du bahut et le hurlement des sirènes continue d'entrer par la fenêtre ouverte de sa chambre. J'imagine la rubalise qui doit maintenant délimiter la scène. D'après la rumeur, à l'arrivée de l'ambulance, Jack respirait encore. Après sa chute, le chaos dans la cour était si épouvantable que je ne l'ai pas approché ni vu. Et je n'ai pas réussi non plus à repérer Cal dans la foule.

Charlie est étendue sur le ventre et consulte son téléphone dans l'espoir d'y lire des nouvelles de Jack. Moi, je fixe le plafond, couvert des étoiles phosphorescentes que Charlie y a collées quand elle était gamine.

Je serre les poings en repensant à Cupidon avec la flèche à pointe rouge au *Nid d'amour*. Tout ça, c'est sa faute. Il a transpercé Jack avec l'Ardeur et il va peut-être en mourir.

Le portable de Charlie vibre. Je tressaille et je me tourne vers elle. Elle lit le message et soupire. Je l'interroge prudemment :

— C'est un soupir de soulagement ?

Elle fait oui de la tête.

— Il a une fracture à chaque bras, il s'est fêlé une vertèbre de la nuque et il n'est pas en super forme, mais son état est stable.

Charlie conclut en souriant :

— Les médecins pensent qu'il va s'en tirer.

Je me détends un peu. Je jette un œil à mon téléphone moi aussi. J'ai deux appels manqués de mon père, qui a dû entendre parler de l'accident. Un *Ça va ?* de James et un message de Cal.

Charlie se redresse et se retourne pour s'adosser à ses oreillers roses.

— Je me demande comment il a survécu, s'interroge-t-elle. Il a dû mettre ses mains devant lui au dernier moment pour amortir le choc. Heureusement qu'il ne s'est pas tué sur le coup. Si le toit avait été plus haut…

Je lis le message de Cal :

Lila, je ne sais pas ce que Cupidon prépare, mais je suis sûr que son plan va se concrétiser lors de la soirée. Je suis convaincu que Jack n'était pas la pièce maîtresse et je n'ose pas imaginer ce qu'il a mijoté de pire. Je me permets de te rappeler que Cupidon est DANGEREUX. N'envisage même pas de venir à sa fête. Cal.

Je glisse le téléphone dans la poche de mon jean et je m'assieds. J'observe cette chambre que je connais si bien : les murs rose foncé couverts d'affiches de films, le parquet, la banquette sous la fenêtre, le bureau blanc jonché de manuels de journalisme et de notes griffonnées pour préparer les articles. Je souris toute seule. Charlie fera une excellente journaliste. Elle est toujours au courant de tout avant tout le monde.

— Qu'est-ce qui a bien pu pousser Jack à faire une chose pareille ? me demande Charlie en posant sur moi ses grands yeux bruns. Je ne connais pas bien Jack et Laura, mais ils appartiennent à des groupes complètement différents. Je n'aurais jamais imaginé qu'il était dingue d'elle.

J'hésite à raconter à Charlie ce que je sais, sur Cupidon et Cal, à propos des flèches et de l'existence de ces entremetteurs paranormaux…

Je décide de me taire. Charlie croirait que je deviens folle.

— On ne sait jamais ce qui se passe dans la tête des autres, dis-je, tout simplement.

Charlie hausse les épaules, puis tout à coup, jetant un œil à son téléphone, elle rayonne.

— Ah ! Enfin une bonne nouvelle : la soirée n'est pas annulée. Je pense que c'est essentiel de se détendre après la journée qu'on a eue. Qu'est-ce que tu en penses ?

Les yeux de Cupidon me défiant sur la piste de danse me reviennent en tête. Je pense aussi au texto de Cal me rappelant que Cupidon est dangereux. Puis à Jack qui se jette dans le vide, les bras écartés comme un ange déchu.

Des sentiments contradictoires me traversent. Une bataille se livre en moi : la logique contre les émotions, l'esprit contre le cœur. J'ai besoin de le voir. Je ne sais pas pourquoi, mais je *dois* le voir. Je *dois* comprendre pourquoi il a fait ça.

Si je vais à la soirée, je me jette dans la gueule du loup. Si je n'y vais pas, je sais très bien qu'il me trouvera quand même. Il est venu ici pour moi. Mais au moins, j'imposerai *mes* conditions, plutôt que me soumettre aux siennes.

J'adresse un sourire crispé à Charlie, alors que mon cerveau hurle pour me faire taire.

— Bonne idée ! Allons-y ! Laisse-moi juste le temps de prévenir mon père.

CHAPITRE 12

Le crépuscule descend sur la route poussiéreuse quand Marcus, le grand frère de Charlie, nous dépose à la sortie de Forever Falls. La voiture nous laisse au pied de la colline et Marcus se penche par la vitre baissée.

— Soyez sages, nous recommande-t-il avec un clin d'œil.

Charlie lève les yeux au ciel et Marcus redémarre. Nous avançons sur un sentier bordé d'arbres.

Charlie est toute folle à l'idée d'aller à cette soirée. À chaque pas, elle tire sur le bas de sa robe noire courte. Elle a proposé de me prêter des vêtements pour que je ne doive pas repasser chez moi, mais j'ai préféré garder le jean slim foncé, les bottines et le débardeur noir que je portais au lycée. Les robes, c'est pas trop mon style.

Alors que nous approchons du sommet de la colline, les arbres squelettiques semblent se serrer les uns contre les autres et je me retiens de rire en voyant Charlie perchée sur ses hauts talons tenter de fouler avec grâce les branches mortes. La musique résonne dans l'air chargé d'une odeur de feuilles en décomposition. Mon amie pousse un cri admiratif quand elle atteint le point culminant. Je me dépêche de la rejoindre pour comprendre ce qui mérite un tel enthousiasme.

Devant nous, la colline redescend en pente douce vers un parc verdoyant éclairé par des lanternes à l'ancienne. Le terrain est entouré de massifs de plantes et d'arbres en fleurs, malgré la saison. Au centre se dresse une imposante bâtisse, dont la façade est essentiellement constituée de baies vitrées.

La maison de Cupidon.

— Waouh ! murmure Charlie. C'est incroyable.

J'admire moi aussi la vue, sans un mot. De nombreux invités sont déjà sur place : la plupart sont rassemblés autour de la piscine à côté de la demeure, d'autres sont assis sur des bancs ou discutent au pied des statues en pierre du parc.

Mon regard s'attarde sur une grande terrasse plongée dans l'obscurité, qui surplombe la piscine, à l'étage de la maison. Une silhouette est appuyée à la balustrade, comme si elle observait la scène en contrebas. Même si son visage est en partie caché dans l'ombre, je reconnais Cupidon.

Il se détourne lentement de la piscine, lève le regard vers le haut de la colline et pose les yeux sur moi. Il m'adresse un signe de tête pour m'inviter à le rejoindre.

Il veut me parler.

Je sens le stress monter. Charlie m'adresse un sourire enthousiaste.

— Allons-y !

Elle commence à descendre la pente, tandis que je continue à observer Cupidon de loin. Je la suis en murmurant pour moi-même :

— Trop tard pour faire marche arrière.

Des odeurs de bière et de hamburgers grillés parviennent jusqu'à nous.

— James nous retrouve ici ? me demande Charlie.

Je hoche la tête.

— Il devrait déjà être là. Il était censé venir avec Tom après l'entraînement de foot.

Nous nous arrêtons devant l'élégant portail noir qui ouvre sur le parc. Des haut-parleurs diffusent de la musique et j'aperçois des fûts alignés sur la pelouse.

Charlie est impatiente d'entrer. L'excitation est palpable dans l'air : notre petite ville n'a pas l'habitude d'être aussi secouée. En l'espace de quelques jours, deux nouveaux ont débarqué au lycée, un élève s'est jeté du haut d'un toit et une méga fête bat son plein.

Et encore, personne n'est au courant de l'existence des cupidons...

Je prends une profonde inspiration avant de franchir le portail. Nous nous dirigeons vers la maison. L'allée est balisée de hautes statues blanches qui me rappellent celle que j'ai vue à l'agence. Celle que Cal semblait vouloir éviter.

— C'est un peu *too much*, non ?

Charlie rit.

— Ses parents doivent être pleins aux as.

Quand Cupidon m'a précisé que sa mère serait absente, il avait un air étrange, comme s'il voulait me faire passer un message. Je suis sûre que c'est *sa* maison : s'il a des parents, il ne vit pas avec eux.

Alors que nous rejoignons les convives qui se pressent près du barbecue, deux filles du comité des fêtes du lycée aperçoivent Charlie et lui font signe.

— Vas-y, Charlie. Je vais chercher James.

Est-ce vraiment ce que je compte faire ? James est ici quelque part, il m'attend, c'est vrai. Mais Cupidon est sur la terrasse. Il m'attend lui aussi.

— D'accord. Je vous rejoins après, mais d'abord, je fais une pause hamburger, me répond-elle.

Elle fonce droit vers ses copines en attrapant un cheeseburger au passage.

En une seconde, ma décision est prise. Je dois entrer dans la maison. Alors que je me faufile entre les invités qui se pressent dans la cuisine, je ne peux m'empêcher de me demander si Cupidon sait que je suis son âme sœur. Je repense à ce qu'il m'a dit : *C'est toi que j'ai envie de mieux connaître, Lila Black.*

Il est au courant. J'en suis certaine.

Je cherche James ou Cal du regard. Je remonte un couloir vide dallé de blanc et je jette un coup d'œil au passage par chacune des portes en me dirigeant vers un escalier tournant. Je pose le pied sur la première marche. J'ai beau tenter de me convaincre que James est sûrement à l'étage et que c'est pour ça que je monte, en réalité je sais qui je cherche vraiment.

L'accès à la terrasse doit se trouver quelque part là-haut.

Sur le palier du premier étage, je fais face à un nouveau couloir. Des peintures de scènes mythologiques revisitées sont accrochées aux murs. Des arcades mènent à d'autres pièces et le corridor vire vers la gauche. Le bruit de la fête semble lointain, l'atmosphère est de plus en plus calme.

Je continue à avancer et je tourne au bout du couloir. Je me retrouve face à une imposante baie vitrée qui donne sur la terrasse où m'attend Cupidon. Je m'arrête, le cœur battant, et je tends la main vers la poignée.

Qu'est-ce que je fiche ici ? Ce gars est dangereux. Il est venu à Forever Falls pour moi. Et je m'apprête à foncer droit dans son piège.

Soudain, des voix empreintes de colère en provenance d'une pièce voisine me sortent de ma torpeur.

— Oui, eh bien ta mission entre en conflit direct avec la mienne !

C'est Cal. Intriguée, je m'approche de la porte ouverte pour écouter.

— Je fais juste mon boulot, répond une voix féminine irritée. J'ai une alliance à réaliser et je compte aller jusqu'au bout.

La voix m'est familière, mais je n'arrive pas à l'identifier.

— Ah oui ? Comme tu as fait ton boulot avec Jack ?

La jeune femme lâche une exclamation furieuse.

— Ma mission était très claire : je devais m'assurer qu'il n'arrive rien à la fille et Laura va très bien, il me semble !

— Tu diras ça au pauvre gars qui a sauté du toit…

Je m'apprête à jeter un coup d'œil à l'intérieur quand deux mains se posent sur mes épaules. Je pousse un cri involontaire, je sursaute et je me retrouve poussée dans la pièce.

— Salut, Lila. Je te cherchais.

C'est James. Les deux personnes qui se disputent se tournent vers nous. Le visage de Cal est déformé par la rage. Son interlocutrice est belle, blonde et impeccable dans sa robe de soirée bleue scintillante : c'est la réceptionniste de l'agence.

Elle n'a d'yeux que pour mon petit ami, qui se tient juste derrière moi.

— Salut, James, lui lance-t-elle en souriant doucement.

Hein ? Ils se connaissent ?

— Salut, Crystal, répond James.

CHAPITRE 13

J'adresse un regard interrogatif à Cal, dans l'espoir d'obtenir une explication. Comment James a-t-il pu rencontrer la réceptionniste de l'Agence Cupidon ? Et qu'est-ce que c'est que cette histoire d'alliance ?

Cal ne dit mot. Il reste immobile à côté du lit à baldaquin qui domine la chambre. On dirait une statue. Je me tourne vers James, qui se rapproche et passe un bras autour de ma taille.

— C'est Crystal, m'explique-t-il. Elle travaille chez *Roméo*.

Roméo c'est le nom du resto un peu crade sur la place. James y a décroché un job de serveur l'été dernier. Il y travaille depuis quelques soirs par semaine. Pourquoi est-ce que Crystal bosse là aussi, alors qu'elle est réceptionniste à l'agence ?

Cal ne réagit toujours pas ; il se contente de foudroyer Crystal du regard. Je repense soudain à la vidéo de Cal employé de bowling, arrangeant la rencontre entre mes parents.

Une intervention manuelle est parfois nécessaire.

Je sens la colère monter en moi.

Est-ce que Crystal essaie de jouer les entremetteuses pour que mon petit ami rencontre l'amour de sa vie ?!

Je suis furieuse. Non seulement contre elle, mais aussi contre Cal, et même contre James, même s'il n'y est pour rien. Les paroles de Cal me reviennent : *Votre petit ami n'est pas votre âme sœur... Son âme sœur, c'est...*

Crystal ignore la tension dont la pièce est chargée et fait un pas vers moi.

— Tu dois être Lila, pépie-t-elle, feignant de me voir pour la première fois. J'ai beaucoup entendu parler de toi.

Quand elle me tend la main, son parfum qui évoque la barbe à papa me submerge. Elle semble me mettre au défi de révéler à James qui elle est vraiment. Je lui serre la main plus fort que je ne le devrais.

— Enchantée, dis-je à contrecœur.

Cal a l'air tendu. Crystal recule d'un pas et regarde mon petit ami.

— Cal et moi descendions prendre un verre. Vous nous accompagnez ?

James me lance un regard interrogatif. Je me force à prendre un ton indifférent :

— Vas-y sans moi, je vais aux toilettes.

Je devrais les suivre en bas, pourtant ; je devrais m'éloigner de Cupidon le plus possible. Mais je tremble de colère. Je serais incapable de rester avec Cal et Crystal. Ils tentent de caser mon petit ami avec quelqu'un d'autre que moi !

Cal ne semble pas ravi, mais il ne dit rien. Ils sortent tous les trois de la chambre. Quand Cal passe devant moi, il me met en garde :

— Ne fais pas de bêtises, Lila. Je vais aller *le* trouver dès que j'aurai réglé un truc avec Crystal. Je crois qu'il se passe des choses bizarres. Je viendrai te voir après.

Son visage grimace comme s'il avait un goût amer en bouche à la seule prononciation du nom de la réceptionniste. Je suis soulagée quand je réalise que Cal ignore que Cupidon se trouve sur la terrasse. Quelques instants plus tard, je suis à nouveau seule dans la pièce.

J'expire de soulagement et j'examine de plus près l'endroit où je me trouve. C'est probablement la chambre de Cupidon et cette idée me trouble un peu. Comme si je voyais quelque chose qui aurait dû rester hors de ma portée. C'est son espace personnel. Ce lieu est privé.

Je jette un coup d'œil dehors pour vérifier que personne n'approche, puis je me dirige vers le grand lit à baldaquin, l'endroit où il dort, le lieu où il rêve.

Je m'assieds timidement sur le matelas, en prenant une profonde inspiration pour calmer les émotions qui bouillonnent en moi. Les draps sont soyeux et je sens à nouveau le léger parfum d'été qui m'a envahie lorsque je l'ai rencontré.

Je tente de calmer la colère que je ressens envers Crystal et Cal, de chasser mes doutes sur James et d'oublier le regard trouble de Cupidon.

Il ne faut surtout pas que j'aille sur la terrasse, me dis-je.

Pour tenter de me changer les idées, j'observe le sanctuaire de Cupidon.

De livres écornés sont posés sur sa table de chevet. Je passe mon index le long de leurs dos abîmés, m'arrêtant entre autres sur *Les Hauts de Hurlevent*, *Jane Eyre* et *Orgueil et Préjugés*. Je suis surprise.

Le dangereux Cupidon, qui a été banni et qui a poussé un jeune homme à se jeter d'un toit cet après-midi même, aime lire des romans d'amour ?

Ma curiosité est piquée au vif.

Ça n'a pas de sens. Rien de tout ça n'a aucun sens. Ses méfaits doivent avoir une explication. Il doit y avoir une raison pour qu'il soit mon âme sœur.

Je secoue la tête et je me lève du lit pour quitter la chambre. Il me faut rejoindre les autres. Je n'aurais pas dû monter ici.

Mais, une fois dans le couloir, je me fige d'un coup. D'un côté, l'escalier mène vers James et la sécurité ; de l'autre, la baie donne sur la terrasse. Je sais quel chemin emprunter, mais mes pieds me conduisent dans l'autre sens. J'ai l'impression que quelque chose m'attire vers Cupidon. Je dois lui poser les questions qui me brûlent les lèvres. Je dois savoir pourquoi il a fait ça.

J'approche la main de la poignée, les doigts tremblants. Je suspends mon geste, puis je rassemble tout mon courage et j'ouvre.

Je sors sur la vaste terrasse. De dos, dressée devant la rambarde, une silhouette éclairée à la fois par la lune et par les lumières de la piscine en contrebas observe le jardin.

— Cupidon, dis-je doucement.

Il se retourne et plonge son regard dans le mien.

Je ne peux vraiment plus faire marche arrière.

Pendant un instant, il paraît presque surpris.

— Lila, tu es venue, finit-il par déclarer.

Il fait un pas vers moi et mon cœur s'emballe. Il porte un t-shirt à manches longues bleu clair sur un jean foncé. Ses pieds sont nus, et ses cheveux blond foncé sont ébouriffés comme s'il venait de sortir du lit. Son expression semble plus douce que quand je l'ai vu au lycée, plus vulnérable.

Dans la faible lumière, il pourrait passer pour un ange. Mais ce n'est *pas* un ange, je me le répète. Nous prononçons tous les deux la même phrase en même temps :

— Je sais que c'est toi.

Une lueur d'amusement pétille dans ses yeux et il s'approche encore de moi. Je ne recule pas. Je suis bien décidée à tirer au clair l'affaire de Jack.

— Je sais ce que tu as fait.

Il ignore mon intervention et me sourit avec une expression un peu triste.

— Tu es mon âme sœur, décrète-t-il. C'est toi que je suis venu chercher.

Il se rapproche encore et cette fois je sens la chaleur qui irradie de son corps en même temps que son parfum ; il ne sent plus l'été, mais une odeur enivrante qui ressemble à l'air chargé avant un orage. Je devrais reculer, m'écarter, mais je ne bouge pas.

— Tu as vu l'Ardeur, constate-t-il. Un humain ne voit les flèches que si un cupidon lui a expliqué leur fonctionnement. Cal t'a montré comment ça marche ?

Il me scrute. J'ai l'impression de discerner son âme derrière ses yeux menaçants. Dans l'obscurité, les petits points verts de ses iris semblent danser dans le bleu foncé. Ils me rappellent les vagues qui s'écrasent sur les rochers. Nous sommes si près que nos corps se touchent presque. Je sens l'énergie courir entre nous, comme des crépitements d'électricité, nous attirant l'un vers l'autre.

Qu'est-ce que je fais ici ? Et James ?

Mais je sais que je ne partirai pas.

— Il essayait de te protéger, reprend Cupidon.

Son visage est à nouveau triste.

— Mais il ne peut pas te protéger, affirme-t-il, la mâchoire crispée. Il est déjà trop tard.

Ses paroles me font peur.

Il est déjà trop tard.

Je recule d'un pas sans le quitter des yeux. Je ne pense pas qu'il me fera du mal, mais je sens la menace, comme un animal devine l'approche de la tempête.

— Je ne suis pas ton âme sœur, dis-je tranquillement. Tu as failli tuer quelqu'un. Un type comme toi ne pourrait jamais être mon homme idéal.

Cupidon éclate d'un rire méprisant, rompant aussitôt l'atmosphère électrique.

— C'est pas comme ça que ça marche.

J'essaie de garder un ton calme :

— Pourquoi tu as fait ça ? Pourquoi tu as tiré la flèche sur Jack ?

Il secoue la tête en souriant.

— Lila, ce n'est pas moi.

Je fronce les sourcils.

Il ment. Ce n'est pas possible. Le Cupidon contre lequel Cal m'a mise en garde est du genre à mentir, évidemment.

Mais le Cupidon qui lit des romans d'amour et a le regard triste… est-ce qu'il mentirait ?

— Je t'ai vu. Tu tenais la flèche.

Il lève les mains comme pour prouver son innocence.

— Ce n'est pas moi, Lila. Qu'est-ce que j'aurais à gagner à tirer sur un innocent ? En revanche, j'ai ôté la flèche.

Cette histoire m'énerve. *Je veux des réponses ; c'est pour ça que je suis venue. Pas pour ses beaux yeux ni pour sentir l'énergie crépiter entre nous, ce genre de courant que je n'ai jamais ressenti avec James.*

— C'est qui alors si ce n'est pas toi qui as tiré ?

Tout à coup, j'entends la baie se refermer doucement derrière moi.

— C'était… quelqu'un d'autre, déclare Cal d'un ton las.

Je me retourne. Cal m'adresse un regard furieux, l'air de dire « je m'occuperai de toi plus tard », avant de se concentrer sur Cupidon.

— Salut, Cupidon, déclare-t-il froidement, le visage fermé.

Cupidon affiche un sourire sardonique.

— Salut, mon frère.

CHAPITRE 14

Un courant d'air glacé balaie la terrasse au moment où je me tourne vers Cal. Droit comme un I, il fixe Cupidon de ses yeux argentés. L'animosité entre les deux hommes est palpable.

— C'est vraiment ton *frère* ou c'est comme ça que tu appelles tous les cupidons ?

Le visage de Cal s'assombrit.

— Malheureusement, c'est la première proposition qui est la bonne.

Cupidon lâche un rire force, tandis que Cal s'avance pour se poster à côté de moi et me protéger. Cupidon ne bouge pas d'un cil. Je les compare : Cal, mince et soigné, a toujours l'air sérieux. Son visage est anguleux. Cupidon a les épaules larges, le corps musclé et affiche en permanence un sourire narquois. Ils se ressemblent si peu que je me demande s'ils ont les mêmes deux parents.

— Tu ne lui avais pas encore dit qu'on est frères ? s'étonne Cupidon.

Il pose sur moi ses yeux océan qui scintillent au clair de lune.

— Il adore me garder secret.

Je réplique sur le mode de l'ironie :

— Je me demande bien pourquoi.

Ma remarque fait sourire Cal, qui reprend très vite son sérieux.

— Alors, mon frère, comment est-ce que j'ai été tiré d'affaire ? demande Cupidon à Cal. C'est Crystal qui t'a prévenu ?

Cal hoche la tête d'un air tendu.

— Oui, elle épiait tes mouvements. J'imagine que nous sommes arrivés à la même conclusion ?

Cupidon acquiesce, avec un demi-sourire.

— Oui.

— Depuis combien de temps est-ce que tu les soupçonnais d'être là ?

Cupidon hausse les épaules.

— Depuis l'Ardeur au *Nid d'amour*.

Cal soupire si fort qu'on dirait que son corps se dégonfle.

Je décide d'interrompre leur mystérieuse conversation.

— De quoi vous parlez ? Qui est-ce qui est là ? Qui a tiré sur Jack si ce n'était pas Cupidon ?

Tout à coup, un détail me revient à l'esprit.

— Le videur a dit que tu étais le troisième nouveau qu'il faisait entrer au club ce soir-là.

Il y a un autre cupidon à Forever Falls ?

Cal hoche la tête, sans quitter son frère des yeux.

— C'est à cause de toi. Tu n'aurais jamais dû venir ici.

Cupidon hausse un sourcil.

— Et passer à côté de tout ça ?

Cal n'a pas l'air amusé du tout. Cupidon le défie du regard. Son frère s'avance vers lui et s'arrête quand ils se retrouvent nez à nez. Cupidon ne bouge pas.

— Tu dois partir, lui ordonne Cal en faisant peser la menace dans chacun de ses mots. Tu sais très bien ce qui va se passer, sinon.

Je regarde tour à tour les deux frères. Même si Cupidon est plus grand et plus musclé que Cal, Cal est furieux et je sais que la colère suffit parfois pour remporter un combat.

L'atmosphère est pesante et chargée d'électricité. La tension qu'il y a entre eux ne peut pas s'expliquer seulement par ma faute ou celle de Jack. Il y a autre chose. Ils ne m'ont pas tout dit. J'ai envie de comprendre.

— Les gars, qu'est-ce qui se passe ?

Cal me jette un coup d'œil en coin.

— Ça ne te regarde pas.

Cupidon lâche un petit rire incrédule.

— Euh, si, ça la concerne maintenant…

Ils se toisent encore un moment, puis Cal recule d'un pas en soupirant. Il passe la main dans ses cheveux.

— Elle n'aurait jamais dû être mêlée à tout ça. Pourquoi est-ce que tu es venu ici ?

Cupidon hausse à nouveau les épaules.

— Lila est mon âme sœur : tu croyais vraiment que je ne viendrais pas ?

Cal le fixe d'un air méprisant.

— Et d'ailleurs, bravo, ajoute Cupidon, tu t'y es vachement bien pris pour me la cacher.

Je ne peux pas lui donner tort. Je trouve depuis le début que le plan de Cal est pourri.

— Allez, les gars, dites-moi ce qui se passe.

Cal se tourne vers moi, le visage adouci. Mais juste au moment où il ouvre la bouche, il est interrompu par un énorme vacarme en provenance du rez-de-chaussée. Je sursaute, tandis que les deux frères ferment les yeux.

Des cris retentissent dans la nuit, accompagnés d'un *pfuit* qui me semble familier. Quelques instants plus tard, le silence retombe à nouveau. Un frisson me parcourt l'échine.

Je passe devant les deux frères pour m'approcher de la balustrade mais l'un d'eux tente de me retenir. Je me dégage et je m'appuie sur la rambarde pour regarder la piscine en contrebas.

Tout semble normal : les invités bavardent encore au bord de l'eau. Personne n'a l'air d'avoir remarqué quoi que ce soit. Je me tourne vers les deux frères qui semblent dialoguer en silence.

Qu'est-ce que…

Soudain, Cal se précipite sur moi, me tire loin du garde-corps et me précipite sur le sol. Je sens ses abdos bien dessinés et la force surprenante de ses bras tandis qu'il me plaque sous lui.

— Ça va pas ? Qu'est-ce…

Je n'ai pas le temps de finir ma phrase : une flèche fend l'air à l'endroit où je me trouvais quelques instants auparavant. Elle se fiche dans le mur ; elle est argentée et sa pointe est rose. C'est la Capax.

Un bout de papier y est accroché.

Mon cœur bat la chamade.

— Un message, dit Cupidon, comme s'il s'adressait à lui-même.

Il s'avance et dégage le papier, quelques instants avant que la flèche ne se transforme en cendres. Il y jette un œil, puis se tourne vers Cal, qui me maintient encore au sol, un bras plaqué sur mon cou et mes épaules. Il hoche la tête comme s'il confirmait quelque chose.

— Ils sont là. On avait raison, ce sont eux. Les Flèches.

Cal pousse un juron, puis il me relâche soudain, se relève et époussette ses vêtements.

— Nous devons emmener Lila loin d'ici, décrète Cupidon. Tout de suite.

PARTIE 2
LES FLÈCHES

CHAPITRE 15

Cher Cupidon,

Nous avons appris l'existence de votre âme sœur. Nous avons le regret de vous informer que nous devrons mettre fin à cette alliance. Nous n'avons pas encore déterminé de qui il s'agit, mais nous vous conseillons de la livrer pour éviter de nouvelles répercussions. Nous savons qu'elle se trouve ici.

Nous n'avons pas besoin de vous rappeler les conséquences si vous, ou n'importe quel autre cupidon, se permet d'avoir une âme sœur. Vous connaissez parfaitement les règles. Nous ne pouvons pas laisser passer cela.

Vous savez probablement que nous avons déjà lancé un certain nombre de Capax dans votre lieu de résidence et vous avez sans doute constaté les résultats de l'Ardeur. Nous voulions vous prouver que nous sommes déterminés et que nous pouvons vous compliquer la vie et celle de tous les habitants de Forever Falls, si vous ne remplissez pas nos conditions.

D'autres complications sont à prévoir, si la situation n'est pas résolue rapidement.

Si nous ne pouvons pas éliminer la jeune fille, nous nous en prendrons à vous. Même s'il faut pour cela localiser la Finis.

Nous vous accordons vingt-quatre heures pour réfléchir à votre réponse. Un de nos agents vous attendra sur la place de Forever Falls.

Déposez la jeune fille à la fontaine avant que le délai ne soit écoulé ou vous devrez assumer les conséquences.

Bien à vous,

Les Flèches.

▲▲▲

Cupidon plie la feuille de papier et la glisse dans la poche de son jean.

Je me remets debout à mon tour et je l'interroge :

— Qu'est-ce que ça signifie ? C'est qui, les Flèches ?

Je me tourne vers les deux frères, qui ont l'air stressés.

— Plus tard, ils pourraient encore être là, me répond Cupidon, avant d'ajouter à l'intention de son frère : Lila ne peut pas être vue avec moi, c'est trop dangereux. Retrouve-moi dans le garage. Je peux compter sur toi ?

Cal acquiesce d'un signe de tête, la mâchoire crispée.

— Je la protégerai.

Me protéger ? De quoi ?

Je repense aux cris au bord de la piscine quelques instants plus tôt et à la flèche rose et argentée qui a failli me transpercer.

— Bon, vous allez m'expliquer ce qui se passe ?

Cupidon plonge ses yeux dans les miens ; la tempête qui fait rage dans ses iris a atteint son apogée, j'ai l'impression que je pourrais me noyer dans ses remous.

— On n'a pas le temps. Tu dois nous faire confiance. Nous devons t'éloigner d'ici avant qu'il ne soit trop tard.

Il tourne les talons et se précipite à l'intérieur, me laissant seule avec Cal sur la terrasse. Ce dernier déclare alors :

— On doit y aller.

— Aller où ?

Il ne me répond pas. J'insiste, plus fermement cette fois.

— Où ?

Ses doigts pianotent nerveusement sur sa jambe.

— Tu es en danger, on doit s'en aller, peu importe où on va. Si tu ne veux pas faire confiance à mon frère, fais-moi confiance. Je t'expliquerai dans la voiture.

Je ne comprends rien.

— Tu n'as pas lu le message, comment peux-tu être sûr que c'est une bonne idée ? Tu m'as assuré que Cupidon était dangereux et, maintenant, tu prétends qu'on doit partir avec lui ?

Je sais pourtant que ce n'est pas Cupidon qui a tiré sur Jack. Il n'est pas aussi malfaisant que me l'a raconté Cal. Cette histoire est beaucoup plus compliquée qu'il n'y paraît.

Cal passe nerveusement une main dans ses cheveux, puis me fixe d'un air suppliant.

— Cupidon est dangereux, mais les Flèches sont pires. Je lui fais confiance s'il me dit qu'ils sont ici et je le crois quand il affirme que tu es en danger. Maintenant, s'il te plaît…

Il me tend la main, l'air gêné. Il semble tellement vulnérable que je sens ma détermination fondre.

Je soupire.

— J'exige une explication dès qu'on sera dans la voiture. Et ne te tracasse pas, on n'est pas obligés de se tenir par la main.

Il paraît soulagé, mais en même temps un peu vexé. Il retire sa main.

— Viens, alors, m'ordonne-t-il d'un ton brusque.

Je le suis. Nous dévalons à toute allure l'escalier tournant jusqu'au rez-de-chaussée, puis Cal m'emmène dans un couloir que je ne connais pas.

— Le garage est par là.

Lorsque nous arrivons au bout du long corridor, Crystal jaillit d'une porte juste devant nous, manifestement inquiète.

— Cal, je sais que ça paraît difficile à croire, mais je jure que ce n'est pas moi. Ils ont été touchés par les Capax, tous les deux. Je crois que les Flèches sont ici.

Cal fronce les sourcils, puis pénètre dans la pièce d'où elle vient. La réceptionniste blonde se poste devant moi pour me bloquer le passage. Quelques instants plus tard, Cal ressort et m'attrape par le bras.

— Allez, il faut qu'on y aille, m'ordonne-t-il d'un ton pressant en me tirant à sa suite.

Mais je résiste et tourne la tête pour essayer d'apercevoir l'intérieur.

— Qu'est-ce qu'il y a ? Qu'est-ce que tu as vu là-dedans ?

C'est alors que j'entends une voix masculine qui m'est familière.

— Tu m'as toujours plu, murmure-t-on doucement, je veux que tu le saches.

Je me dégage brusquement de Cal et je me précipite vers la porte ouverte, en poussant Crystal hors de mon chemin. L'intérieur est sombre, mais je distingue deux silhouettes collées l'une contre l'autre.

— Moi aussi, tu me plais, répond-elle, mais… et Lila ?

Je sens mon estomac se nouer. C'est James et Charlie. Il hausse les épaules puis se presse contre la robe de mon amie et penche son visage vers le sien en lui caressant la joue. Ils s'embrassent. J'ai la nausée.

Cal m'attrape à nouveau par le bras et me force à le regarder droit dans les yeux. J'entends une volée de flèches fendre l'air et des cris retentir dans un autre endroit de la maison.

— C'est la Capax, Lila, c'est tout…

Un peu plus loin dans le couloir, j'entends une voiture démarrer.

— On doit y aller. *Maintenant.*

Cal me traîne le long du couloir, descend quelques marches et entre dans le garage. Je suis trop ébranlé pour m'opposer à quoi que ce soit. *James et Charlie ?* J'ai envie de hurler.

Cal me pousse à l'arrière d'une Mini beige, puis saute à l'avant côté passager. Cupidon est au volant. Il se retourne et me sourit. Il ne se rend visiblement pas compte de mon état.

— Alors, on y va ?

CHAPITRE 16

Je suis assise à l'arrière de la Mini, les mains serrées l'une contre l'autre. J'ai froid partout.

James et Charlie. *Mon James. Et ma Charlie.* Mon esprit n'arrive pas à emmagasiner l'info. *Comment ont-ils pu me faire ça ?*

Cal a l'air tendu, il fixe le paysage vallonné qui défile derrière les vitres.

Cupidon brise le silence :

— Qu'est-ce qui vous arrive ? Il s'est passé quelque chose pendant que j'étais dans le garage ? J'ai raté un épisode ? Ce trajet en bagnole est encore plus pénible qu'une visite au musée de la cravate.

Je ne réponds pas. Je n'ai pas envie d'expliquer à voix haute ce à quoi j'ai assisté. Pas devant Cal, qui a fait entrer Crystal et les entremetteurs dans ma vie, et certainement pas devant Cupidon, le gars aux yeux océan qui m'a fait douter de ma relation avec James.

— Et au cas où vous vous poseriez la question, ce musée est d'un ennui mortel. Croyez-moi. J'y suis allé. Deux fois.

— C'était la Capax, Lila, murmure Cal, sans se détourner de la vitre.

Cupidon regarde son frère, puis me jette un coup d'œil dans le rétroviseur.

— Ah ! Le petit ami a été touché par une flèche. Tu sais… ça ne marche que quand la personne a des sentiments pour…

Cal lui jette un regard assassin et, heureusement, Cupidon se tait. Mais il a raison. Je me souviens que Cal me l'a expliqué dans le gymnase du lycée quand il m'a montré les différentes flèches : *Il faut qu'il y ait des sentiments à la base pour que ça fonctionne.*

Je me sens engourdie. Le ronronnement du moteur m'apaise. Je m'adosse au siège, le contact du cuir froid contre ma peau est agréable. J'essaie de me concentrer sur le paysage, mais l'image de James qui embrasse Charlie est gravée dans mes rétines. Je repense au fait que Crystal a évoqué une mission quand nous étions dans la chambre et je me souviens de ce que Cal m'a dit à l'agence : *Votre petit ami n'est pas votre âme sœur… Son âme sœur, c'est…*

La chaleur me monte aux joues quand je termine la phrase à sa place : *Charlie.*

Cupidon m'observe à nouveau dans le rétroviseur. Les ombres dansent sur son visage.

— Si ça peut te réconforter, ton petit ami et toi n'étiez pas faits l'un pour l'autre. Tu es mon âme sœur, pas la sienne.

Ses yeux prennent différentes nuances de bleu sous la lumière de l'éclairage public. J'ai l'impression qu'il sonde mon âme.

— Non, ça ne me réconforte pas, lui dis-je en soutenant son regard. James était mon petit ami. Je tenais à lui, avant qu'il ne m'humilie. Je t'ai rencontré il y a deux jours à peine et tu n'as provoqué que des emmerdes depuis ton arrivée. Je me fiche de ce qu'un algorithme a dit sur nous. Tu n'es pas mon âme sœur.

Il continue de m'observer.

— James ne faisait que me chauffer la place, Lila, je l'ai vu dans tes yeux quand on s'est rencontrés. Tu ne l'aimes pas, sinon pourquoi es-tu venue me retrouver sur la terrasse ?

La rage monte en moi. Le pire, c'est qu'il a sans doute raison.

— Ne crois pas savoir quoi que ce soit sur moi.

Il y a un lourd silence et je remarque que sa mâchoire est crispée. Je détourne les yeux et j'appuie la tête contre la vitre froide. Je tente de me calmer. Après quelques minutes, je leur demande :

— Et où est-ce qu'on va d'abord ? Qu'est-ce qu'il y avait sur ce bout de papier ?

Tenant le volant d'une seule main, Cupidon fouille dans sa poche et en sort le message plié. Il le donne à Cal.

— On devrait aller à l'agence, suggère Cal en parcourant la lettre. Ils protégeraient Lila.

Cupidon secoue la tête.

— Non. Je ne leur fais pas confiance. Il y a trop de gens qui ne veulent pas que l'alliance se concrétise, ce serait trop facile pour eux de se débarrasser de Madame Bonheur ici présente…

Il me montre d'un geste avec un sourire narquois.

— On va plutôt voir une de mes vieilles amies, poursuit-il. Elle devrait pouvoir nous apporter sa protection et des réponses.

Cal me tend la lettre par-dessus son épaule sans tourner la tête.

— Tu ne veux tout de même pas dire… ?

Cupidon acquiesce solennellement. Je saisis le bout de papier. À mesure que je lis, je suis de plus en plus horrifiée.

Mettre fin à cette alliance ? Des répercussions ? Localiser la Finis *? Les Flèches ?*

— Qu'est-ce qu'ils veulent dire par *m'éliminer ?* Ils veulent… me tuer ?!

— Probablement, me répond Cupidon. Ou, si tu as de la chance, tu pourrais te prendre une flèche noire dans le bide et tu deviendrais une des nôtres.

— Et tout ça parce que tu es venu à Forever Falls ?

Cupidon hausse les épaules.

— Oui, si tu veux…

— Et, euh, tu ne peux pas juste… partir ?

Il affiche à nouveau un sourire narquois.

— J'ai bien peur que ça ne soit pas aussi simple que ça…

— Vous n'allez tout de même pas me déposer à la fontaine ?

— Ce serait plus simple…

— Non, le coupe Cal.

Cupidon rit et reporte son regard sur la route.

— Je plaisantais, mon frère. Tu ne crois tout de même pas que je livrerais mon âme sœur ?

Il tourne brièvement la tête vers moi.

— Je te cherche depuis longtemps, Lila. Tu es en sécurité, pour l'instant en tout cas…

Cal ne dit rien et je ne me sens pas rassurée du tout.

— J'étais persuadé que tu aurais voulu la livrer, mon frère, reprend Cupidon. Après tout, c'est toi le grand défenseur de la règle « pas d'âme sœur pour Cupidon ». Tu es venu à Forever Falls pour nous empêcher de nous rencontrer, non ?

Il jette un coup d'œil amusé à Cal.

— On ne serait jamais sortis ensemble de toute façon, dis-je.

Je ne sais pas si c'est la vérité, mais je l'affirme avec aplomb. Je pense à mon estomac qui palpite quand ses doigts frôlent les miens, à son regard qui semble m'attirer irrésistiblement vers lui. *Et si James et Charlie sont faits l'un pour l'autre...*

Je chasse Cupidon de mes pensées en m'intéressant au paysage. Des bâtiments et des lumières vives défilent. La route est beaucoup plus large à présent, j'ai l'impression que nous approchons de Los Angeles. Je repense à la lettre.

— C'est qui, les Flèches ?

J'aperçois l'expression de Cal dans le rétroviseur ; un air dégoûté traverse son visage.

— Un groupe de cupidons, un noyau dur très attaché aux anciennes pratiques. Ils proviennent principalement des succursales européennes de l'Agence Cupidon. Certaines de leurs méthodes sont un peu plus... extrêmes là-bas.

— Mais pourquoi est-ce qu'ils voudraient me tuer ?

— Parce qu'un cupidon ne peut pas avoir d'âme sœur.

Je réfléchis à tout ce que je sais : Cal semble vouloir me protéger, mais il a été catégorique depuis le début sur le fait que Cupidon et moi ne devions en aucun cas sortir ensemble. Il m'a affirmé que c'était parce que Cupidon était dangereux, mais maintenant je n'en suis plus si sûre. Je me souviens de la phrase gravée dans la pierre sous la statue de l'agence.

Aucun cupidon ne peut avoir d'âme sœur.

Je me demande si c'est une règle qui remonte à très longtemps. *Est-ce que Cal est d'accord avec les Flèches ? Est-ce qu'il pense aussi qu'il faut m'éliminer ?*

Cupidon sourit avec une douceur que je ne lui connaissais pas.

— Il ne t'arrivera rien. S'ils ne parviennent pas à t'attraper, ils essaieront de m'avoir à la place.

Il me regarde avec sérieux et ajoute :

— Et on ne les laissera pas t'attraper.

Il reste encore beaucoup de zones d'ombre dans cette affaire.

— C'est quoi, la Finis ?

— La dernière flèche, déclare gravement Cupidon.

— Qu'est-ce que ça veut dire ?

Cal tourne la tête vers moi. Les réverbères confèrent une teinte dorée à ses iris.

— C'est une flèche forgée il y a des milliers d'années. D'autres cupidons peuvent être tués par les flèches noires, mais nous – mon frère et moi – sommes les cupidons originaux. *Finis* signifie « la fin » : cette flèche est la seule qui puisse nous tuer. Apparemment, les Flèches ont l'intention de la localiser, de l'utiliser pour éliminer Cupidon une fois pour toutes, s'il ne te livre pas d'abord.

Il jette un coup d'œil de côté à son frère et je me demande s'il serait heureux de le voir disparaître.

— Elle est perdue depuis des siècles d'après ce qu'on dit, précise Cupidon.

Tout à coup, il se gare dans un boulevard très animé.

De nombreux clubs d'où s'échappe de la musique sont situés le long de la chaussée bordée de palmiers. Cupidon s'étire comme un chat et ses bras frôlent le toit de la voiture. Puis il se tourne vers moi et sourit.

— On est arrivés.

CHAPITRE 17

Je sors de la voiture et referme la portière. Un flot de passants en tenue de clubbing contourne Cupidon et Cal, qui sont déjà sur le trottoir. L'air est humide et sent les gaz d'échappement.

— Où est-ce qu'on est exactement ?

Les deux frères se mettent à marcher sur le boulevard illuminé.

— Cupidon connaît quelqu'un qui pourrait nous aider, m'explique Cal d'un air dubitatif.

Quelques centaines de mètres plus loin, on s'arrête devant un établissement, affichant une grande enseigne lumineuse rose : CHAMPS ÉLYSÉENS. Des basses nous parviennent par la porte ouverte et une file d'attente s'étend tout le long de la chaussée. Je me tourne vers Cal.

— On va y passer la nuit. Il ne peut pas parler à son amie par… je ne sais pas… téléphone ?

Cupidon se retourne pour m'adresser son habituel sourire narquois.

— On ne va pas dans la partie du club accessible aux humains. Et Selena n'a pas de téléphone. À moins qu'Apple n'ait développé une appli étanche.

Je secoue la tête.

— Tu sais quoi ? Je ne vais même pas te demander d'explication.

Ma remarque semble amuser Cupidon. Il s'approche d'un des deux colosses postés à l'entrée, un homme et une femme. Quand on le rejoint, Cupidon est occupé à murmurer à l'oreille de la videuse en tailleur. Elle lui passe quelque chose qu'il glisse dans sa poche.

— Ils sont avec moi.

Elle s'écarte pour nous laisser passer. Quelque chose en elle ne me paraît pas très humain. Je ne me sens pas rassurée et Cal a l'air aussi tendu que moi : sa posture est encore plus rigide que d'habitude, ses yeux argentés semblent en alerte.

Lui non plus n'est pas ravi d'être ici.

Cupidon nous guide le long d'un couloir très sombre. Les lumières stroboscopiques clignotent à une extrémité et la musique nous perce les tympans depuis la piste de danse principale. Je m'entends à peine penser, ce qui m'arrange bien. Les *boum boum* repoussent les images qui tournent dans mon esprit : James, Charlie, la videuse, Cupidon, Cal, et l'impression qu'un truc horrible va bientôt se produire.

Avant d'atteindre la salle principale, Cupidon tourne à gauche et s'arrête devant une porte tout ce qu'il y a de plus banal. Il s'appuie contre le mur à côté pour nous attendre. En m'approchant, je remarque que des notes et des portées sont gravées dans le mur. Un animal à trois têtes est en bas-relief dans le bois en décomposition au-dessus de la poignée de la porte. Un chien difforme, peut-être ?

Cupidon me sourit et j'ai à nouveau l'impression de me noyer dans ses yeux. Je me surprends à me demander ce que ça ferait de passer les doigts dans ses cheveux. Et puis je bats des paupières pour m'obliger à chasser mes sentiments. Penser à James ne suffit plus pour que je me sente coupable, mais je pressens que Cupidon est un sac d'embrouilles. Je dois me méfier. Si je suis en danger, c'est à cause de lui.

Il fouille dans sa poche et sort ce que la videuse lui a remis.

— Restez près de moi, crie-t-il pour se faire entendre par-dessus le bruit des basses, et mettez ça.

Il nous tend deux petits boudins en mousse.

— Des bouchons d'oreilles ?

Cal examine Cupidon, d'un air toujours aussi soupçonneux.

— Vous allez en avoir besoin, nous assure-t-il en poussant la porte. Bienvenue aux Champs Élyséens.

Je suis Cupidon, Cal referme le battant derrière nous. La musique tonitruante est atténuée d'un coup et fait place à une voix féminine qui chante *a cappella*. La mélodie est puissante, mais apaisante et envoûtante. Pendant un moment, je me concentre uniquement là-dessus. Puis je prends le temps de regarder autour de moi. Le décor est surprenant. Un vaste espace s'étend devant nous. Le sol est en gazon vert, jonché de couvertures de pique-nique à carreaux ; une allée pavée éclairée par de petites lampes solaires mène à un bar central. Des filets de pêche sont suspendus à un plafond transparent parsemé de guirlandes d'ampoules blanches : elles clignotent toutes les secondes et s'ajoutent aux étoiles dans le ciel nocturne visible par-delà la baie vitrée. Une odeur de miel et de citrons gorgés de soleil flotte dans l'air.

Il y a pas mal de gens et j'ai envie de m'allonger parmi eux et de dormir. J'ai l'impression d'être au paradis.

Cupidon m'observe d'un air entendu.

— C'est le moment d'utiliser les bouchons d'oreilles, Lila, me rappelle Cal d'un ton las.

Il semble irrité.

Cupidon sourit et s'approche. Il saisit les boudins en mousse dans ma paume et les introduit délicatement dans mes conduits auditifs. J'admire un instant le reflet des guirlandes lumineuses qui dansent dans ses yeux comme des lucioles. Puis je pousse un petit cri d'effroi et je recule.

Le décor a changé.

Il y fait beaucoup plus sombre et le béton règne. L'herbe et les étoiles ont disparu. Les couvertures sur le sol sont des paillassons sales et usés, les gens qui sont allongés dessus ont l'air complètement dans le gaz : leurs têtes dodelinent et de la bave coule de leurs bouches ouvertes.

L'air sent l'eau salée croupie.

Le chant résonne encore, mais il me paraît bien moins beau qu'avant.

— Ce club appartient aux sirènes, signale Cal d'un air désapprobateur.

Je m'apprête à lui demander ce qu'il veut dire par là, quand un homme en costume s'approche de nous.

— Vous n'êtes pas venus pour vous faire plaisir ? demande-t-il en remarquant nos bouchons d'oreilles.

— Pas ce soir, mon ami, décrète Cupidon. Elle accepte de nous recevoir ?

L'homme acquiesce.

— Elle fera une exception pour toi, Cupidon.

Ce dernier lui emboîte le pas d'un air triomphant. Cal et moi les suivons de près.

— Est-ce que ces gens sont… humains ?

Cal secoue la tête.

— Le club est aux mains des sirènes.

Je fronce les sourcils.

— Tu veux parler des femmes à queue de poisson qui chantent pour attirer les marins dans les rochers ?

Cal hausse légèrement les épaules.

— C'est la légende que les humains racontent. C'est vrai que le pouvoir des sirènes réside dans leur chant, mais il n'y a pas que les femmes ; les hommes peuvent aussi être des sirènes. Ils sont puissants, mais ce ne sont pas tous des tueurs.

Je ne me sens pas rassurée. Nous croisons de plus en plus de groupes de gens qui se balancent sans retenue au rythme de la musique.

— Et eux ?

— Principalement des cupidons, m'explique-t-il d'un air dégoûté. Il y a des djinns aussi, parfois, et les oracles viennent de temps en temps, même s'ils sont généralement plus futés que ça. De temps en temps, un humain passe à travers les mailles du filet, mais il ne tient pas le coup longtemps, la dépendance est trop forte.

Nous passons devant une grande femme qui chante sur un podium. Elle nous suit du regard alors que nous nous dirigeons vers le mur du fond. Je perçois la puissance qui émane d'elle.

— Ils sont accros au *chant* ?

Il acquiesce d'un air grave.

— Les sirènes refilent des doses de leur musique en échange de secrets, m'explique-t-il, mal à l'aise. C'est une pratique malsaine et l'Agence Cupidon devrait y mettre un terme.

— Pourquoi est-ce que vous ne le faites pas, alors ?

Cal ne répond pas et je comprends au regard qu'il me lance que je ne dois pas insister. La réponse me vient et je la formule :

— Parce que les sirènes connaissent trop de secrets.

Cal n'est visiblement pas content que je dise ça. Je pensais aux secrets de l'agence, mais, en voyant sa réaction, je me demande si les sirènes n'ont pas surtout des infos personnelles sur Cal. Quels sont ces secrets ?

Cupidon se tourne vers nous quand nous approchons d'une porte.

— Au fait… à propos de l'amie qu'on va rencontrer. Elle est furieuse contre moi en ce moment… Je voulais juste vous prévenir.

— Quoi ? s'exclame Cal. Tu m'avais juré que ça s'était bien terminé…

Avant qu'il ne puisse continuer, l'homme en costume ouvre la porte et une bouffée de vapeur chaude au parfum de mer frappe nos visages. J'ai un peu de mal à respirer, mais je demande tout de même à Cal :

— Attends. Dis-moi ce qu'on fait ici. Qui est-ce qu'on va rencontrer ?

— Selena. C'est une sirène, reine des bas-fonds de Los Angeles, propriétaire des Champs Élyséens, et, ajoute-t-il d'un air furibard, ex de Cupidon.

CHAPITRE 18

Cupidon formule un semblant d'excuses.

— Je sais, je sais. L'ancienne petite amie qui rencontre la future petite amie, la situation est gênante.

— Je ne suis pas ta future petite amie.

J'interroge Cal d'un ton accusateur :

— Tu m'as dit que les cupidons n'avaient pas le droit de vivre des histoires d'amour.

Cal me toise sévèrement.

— Non, j'ai dit que les cupidons n'ont pas le droit d'avoir une âme sœur. Il nous est interdit de tomber amoureux…

— Selena n'était pas mon âme sœur, l'interrompt Cupidon, mais c'est lassant d'être immortel, si on ne s'amuse pas un peu de temps en temps.

Il ajoute en posant un regard perçant sur Cal :

— Bien que certains d'entre nous préfèrent se priver de tout ça…

Cal ignore son commentaire.

La rencontre qui nous attend m'inquiète un peu.

— Si j'ai bien suivi, elle ne sera peut-être pas ravie de te voir. Est-ce qu'on est en danger ?

Cupidon fait la moue.

— Tu as eu un aperçu des pouvoirs des sirènes dans l'autre pièce, tu l'as senti toi-même. Tu as vu des choses qui n'étaient pas vraiment là, tu as éprouvé des sensations que tu ne pouvais pas contrôler. Selena est capable de provoquer tout ça, et bien plus encore. Maintenant... imagine qu'elle en veuille à quelqu'un et qu'elle désire se venger...

Il frissonne et Cal demande, très inquiet :

— La rupture s'est si mal passée que ça ? Est-ce que c'est une bonne idée que Lila soit là ?

— Eh bien, une fois Selena... avec une fille qui... bredouille Cupidon avant de s'arrêter et de balayer nos craintes du revers de la main. Lila ne risque rien. Il vaut juste mieux ne pas mentionner qu'elle est mon âme sœur. Il ne faudrait pas rendre Selena jalouse...

Cal a l'air exaspéré. Je sens qu'il est prêt à me faire rebrousser chemin, mais Cupidon secoue la tête.

— Les Flèches sont peut-être là, mon frère, il faut que Selena soit de notre côté si on veut protéger Lila. C'est ici avec nous qu'elle est le plus en sécurité.

L'homme en costume nous confie alors à un autre qui nous emmène sur une passerelle qui surplombe une piscine intérieure brûlante. J'ai un coup au cœur en contemplant l'eau. Elle me fait penser à Charlie et James ; nous aimions tant nous détendre tous les trois dans le Jacuzzi des parents de James avant le décès de ma mère.

J'aimerais revenir à cette période, retrouver les journées normales, avant les Flèches, la trahison de James et Charlie, la rencontre avec Cupidon et l'océan de ses yeux. Je voudrais retrouver la stabilité de James, le rire de Charlie, les cocktails au *Nid d'amour*, manger des hot dogs sur la plage.

Je chasse ces pensées : cette époque est révolue.

Un groupe de cupidons fous me court après, deux frères immortels veillent sur moi et je m'apprête à rencontrer une sirène qui règne sur les bas-fonds de Los Angeles et pourrait me sauver…

Après un tournant, ma bouche s'ouvre de surprise. Nous nous retrouvons face à une installation qui ressemble à un cabaret dans un lagon. Des silhouettes en maillots de bain sophistiqués sont perchées sur des tabourets autour de tables hautes, juste au-dessus du niveau de l'eau, au milieu des rochers. J'aperçois la lune à travers une lucarne.

— Par ici, signale notre guide en nous menant vers une zone au bord de la piscine, délimitée par un cordon noir, auquel est suspendu un panneau VIP, en lettres élégantes.

Une couverture de pique-nique est étendue dans la zone réservée, avec un panier de nourriture.

Nous nous en approchons et l'homme qui nous accompagnait s'incline légèrement et disparaît.

— Bon, ben, asseyons-nous, alors, décrète Cupidon, en se laissant tomber par terre, avant de saisir un bout de pain dans un panier.

Après quelques secondes d'hésitation, je m'installe en face de lui. Cal a toujours la même expression dégoûtée.

— Je n'aime pas ça.

Cupidon lève les yeux au ciel.

— Évidemment, réplique-t-il entre deux bouchées, tu n'aimes rien. Mais… assieds-toi. Tu me rends nerveux…

Au lieu de répondre, Cal se tourne soudain vers la lagune. Cupidon semble mal à l'aise, pour la première fois depuis que je le connais.

— Oh, oh… la voilà, nous annonce-t-il discrètement.

Une femme à moitié immergée dans l'eau nous observe. De la vapeur s'enroule autour de son corps à demi émergé comme si la brume était un vêtement qui l'enveloppait. Cupidon déglutit, se débarrassant en même temps de son pain et de toute trace de sa jovialité.

La sirène se dirige vers nous. C'est sans doute la plus belle femme que j'aie jamais vue. L'eau ruisselle le long de sa peau noire impeccable, sans mouiller sa robe vaporeuse et sombre. Ses yeux semblent briller de l'éclat des étoiles. Son expression est insondable. Cupidon se met debout d'un bond.

— Écoute, Selena, commence-t-il, en levant la main en signe d'apaisement. Tu as toutes les raisons de m'en vouloir…

Selena hausse un sourcil parfaitement dessiné.

— Cupidon chéri, remets-toi.

Elle se tourne vers moi en souriant.

— Moi c'est Selena. Tu dois être son âme sœur.

CHAPITRE 19

Bon, si je voulais cacher mon identité, c'est raté !

Selena s'assied à côté de moi. Elle s'étend en arrière sur ses mains et ses longs cheveux retombent sur la couverture à carreaux.

— Bonjour, Cal, lance-t-elle au frère de Cupidon, toujours debout sur les rochers. Il lui adresse un signe de tête, l'air aussi embarrassé qu'avant.

— Selena.

Les yeux de la sirène scintillent.

— Toujours aussi rigolo, à ce que je vois… Tu vas te joindre à nous ?

Elle tapote le plaid du doigt. Cal s'installe, le dos droit, le visage crispé.

Selena choisit une pomme dans le panier de pique-nique et en croque une bouchée.

— Je suppose que vous n'avez pas eu le temps de manger. Sers-toi, je t'en prie, ajoute-t-elle à mon intention.

Après une légère hésitation, je prends un sandwich. Elle sourit d'un air approbateur avant de s'intéresser à nouveau à Cupidon.

— Alors… qu'est-ce que je peux faire pour toi ? Tu sais, je n'accorde pas de rendez-vous en dernière minute à tout le monde.

Pendant qu'elle parle, j'essaie de déterminer son âge. Elle semble avoir dans les dix-huit ans, mais Cupidon et Cal aussi… et ils sont beaucoup plus vieux que moi.

— À mon avis, tu sais très bien pour quelle raison nous sommes là, commence Cupidon en jetant un coup d'œil dans ma direction.

Elle acquiesce.

— Oui, mais comme tu es venu me demander de l'aide en personne, je préférerais l'entendre de ta bouche. D'après moi, il y a une solution très simple à ton problème.

Ses yeux bruns scintillent derrière ses longs cils. Elle me fixe en souriant. Je la regarde, puis je tourne la tête vers les frères, la bouche pleine de pain et de fromage.

— Hein… ?

— Nous ne livrerons pas Lila aux Flèches. Il n'en est pas question, décrète Cal avec brusquerie.

Selena, surprise, rétorque :

— Cal ! Qu'est-ce qui t'arrive ? Je ne t'aurais jamais cru capable de désobéir aux ordres.

— Il ne m'arrive rien, grogne-t-il, furieux. On ne va pas la livrer aux Flèches, c'est tout.

Elle sourit puis secoue la tête.

— Bien sûr que non, mon cœur, ce n'était pas mon idée. Je me demande simplement pourquoi ton frère ne quitte pas la ville.

Elle lève un sourcil interrogateur vers Cupidon.

— Les Flèches ne te laisseront jamais former un couple avec ton âme sœur. Si tu partais et que tu leur jurais de laisser tomber pour de bon, peut-être qu'ils vous laisseraient tous les deux en paix.

— Comment as-tu su que Lila est mon âme sœur ? Je croyais que les Flèches ne connaissaient pas encore son identité.

— Pourquoi aurais-tu amené une humaine ici ? Ce n'était d'ailleurs pas un bon plan, mon cœur. Si la rumeur que tu as une âme sœur se répand, les Flèches ne seront pas seuls à s'y opposer.

Cupidon fronce les sourcils.

— Et toi, qu'est-ce que tu en penses ? Tu es de notre côté ?

Selena hausse les épaules.

— C'est contraire à la politique de votre agence et tu connais les conséquences mieux que moi. Je ne me sens pas vraiment concernée. Quelle que soit l'issue de cette affaire, ça ne changera pas grand-chose pour moi. Pourquoi tu ne t'enfuis pas, pour ton bien ?

— C'est un peu tard.

— Oui, tu as raison, concède-t-elle. Alors… tu veux notre protection ?

Le visage de Cupidon se fait grave. Il hoche la tête.

— Tu connais notre prix… rappelle Selena.

— Tu te souviens de ce qui est arrivé en France ? Avant qu'on ne sorte ensemble ? Les Flèches en avaient après la fille que Cal devait éloigner de son âme sœur. Tu nous as aidés à l'époque.

Selena sourit.

— J'avais presque oublié ! Cal était convaincu que ce n'était pas un bon couple et, contrairement à ses habitudes, il a enfreint les règles !

Elle ajoute à mon intention :

— C'est sans doute difficile à croire, mais Cal peut être un amour parfois.

Je regarde Cal, mais il détourne rapidement les yeux pour saisir une petite quiche posée à côté du panier de pique-nique. Ses joues habituellement pâles ont rosi. Je tente de réprimer un sourire et les yeux de Selena pétillent un instant, avant que son expression ne redevienne sérieuse.

— Mais il y avait un prix à payer, souligne-t-elle. Il ne t'a rien dit ?

Cupidon jette un regard interrogateur à son frère, mais Cal se contente de secouer la tête.

— D'accord, on paiera, lance Cupidon, mais tu pourrais peut-être ajouter un petit bonus, en souvenir du bon vieux temps. Nous avons besoin de protection pour Lila. Je ne fais pas confiance à l'agence pour ça, et Cal et moi ne pouvons pas affronter seuls les Flèches.

Selena acquiesce.

— Tu as un plan à long terme ? Je veux dire, à part obtenir la Finis. Parce que si tu n'élimines pas tout le groupe, si tu ne les fais pas arrêter par l'agence, ou… si tu ne t'enfuis pas et que tu ne meurs pas, ils ne cesseront jamais de vous courir après.

Je sens Cal se raidir à côté de moi. Cupidon semble sûr de lui :

— J'ai le meilleur plan du monde.

Je décide d'intervenir :

— Une seconde. J'aimerais bien revenir en arrière une minute. Ils ne cesseront jamais de nous courir après ? Juste parce que je suis censée être son âme sœur ? Pourquoi on ne leur explique pas tout simplement qu'on ne se mettra jamais ensemble pour arrêter toute cette histoire ?

— Elle a raison, Cupidon, renchérit Cal. On met Lila sous haute protection à l'agence, puis toi et moi on va voir les Flèches à la fontaine pour régler tout ça. Il n'y a pas de raison qu'il y ait des victimes.

Ses pupilles argentées jettent des éclairs.

— Aucun cupidon ne peut avoir d'âme sœur, rappelle-t-il.

La tempête fait rage dans les yeux de Cupidon.

— Tu n'as jamais imaginé que je puisse faire un truc dans l'intérêt de tous, mon frère ?

— Non, tranche sèchement Cal. Tu ne fais jamais rien qui ne te rapporte pas un intérêt immédiat. Vas-y, explique-moi ce qui pourrait sortir de bien de cette histoire ? Nous avons été obligés de révéler l'existence de notre espèce à une humaine, les Flèches sont de retour et nous sommes *tous* en danger.

Il insiste sur le *tous*, comme si ça n'englobait pas que nous trois.

— Tu t'es bien amusé, tu as pu voir qui était ton âme sœur, maintenant il est temps de revenir à la raison.

Ils se toisent et la tension est palpable. Selena s'éclaircit la gorge.

— Désolée d'interrompre votre discussion, les gars, mais vous voulez mon aide ou pas ?

Cupidon pose un regard lourd sur Cal et assène :

— Quoi qu'il arrive, on a besoin de son aide.

Cal a toujours l'air furieux, mais il hoche la tête à contrecœur.

— Bien, reprend Selena, je ferai savoir que l'âme sœur de Cupidon est sous notre protection et que si quelqu'un s'en prend à un humain sur notre territoire, il aura affaire à nous. Ça devrait suffire à dissuader les Flèches. On ne peut pas trop s'impliquer dans les affaires de l'agence. Ils pourraient nous compliquer la vie s'ils voulaient.

— Parfait, déclare Cupidon.

Selena fronce les sourcils :

— Je te rappelle que s'ils n'arrivent pas à atteindre Lila, ils chercheront la Finis.

Les iris de Cupidon brillent de malice.

— J'y compte bien. Ce qui m'amène au deuxième service que je veux te demander : dis-moi où se trouve la Finis.

Elle garde le silence un instant, puis secoue la tête.

— Désolé de te décevoir, je ne sais pas où elle est. Mais je sais qu'un ouvrage dans la bibliothèque de l'Agence Cupidon devrait vous aider à en apprendre plus. *Les Archives de la Finis.* C'est probablement un bon point de départ.

Cupidon se tourne vers Cal :

— Tu vas devoir chercher ce bouquin pour moi, mon frère. Je suis banni. Je ne peux pas entrer dans l'immeuble.

Cal lui jette un regard noir.

— Chouette, je dois te servir d'assistant, quel honneur…

Selena sourit.

— Bon, et maintenant, abordons la question de mon paiement.

Ce sujet m'inquiète.

— C'est beaucoup d'argent ?

Selena éclate de rire.

— Non, ma chérie, nous n'avons pas besoin d'argent. Ce qui nous intéresse, c'est l'information.

Ses yeux bruns plongent dans les miens.

— Je veux un secret, annonce-t-elle. Un secret concernant Lila. Quelque chose que personne ne sait.

La panique me noue l'estomac. Un secret ? Je ne veux rien lui dire. Cupidon esquisse un demi-sourire.

— D'accord. Marché conclu.

Je bous de colère :

— Tu ne peux pas…

Je m'interromps lorsqu'il se penche pour chuchoter quelque chose à l'oreille de Selena. Les yeux de la sirène se plissent de curiosité. *Qu'est-ce que Cupidon sait sur moi ?*

Il s'écarte de Selena. Elle l'observe avec attention avant d'émettre un sifflement admirateur.

— Eh bien, je ne m'attendais pas à ça.

— Quoi… ? Qu'est-ce que tu lui as dit ?!

La vapeur de la piscine danse autour du visage de Cupidon et adoucit ses traits.

— C'est entre Selena et moi, à présent. Désolé, Lila, nous devons respecter notre part du marché.

— C'est ridicule, ça me concerne…

Selena m'interrompt en claquant des doigts pour signaler que notre entrevue est terminée. Le préposé qui nous a conduits ici émerge aussitôt de la brume.

— Faites sortir mes invités par-derrière, je vous prie, ordonne-t-elle. Puis elle se tourne vers Cupidon : Je suppose que vous irez au rendez-vous sur la place demain ?

L'expression de Cupidon se durcit.

— Bien sûr, personne ne peut me menacer et s'en tirer comme ça.

— Je viendrai aussi. Le message sera on ne peut plus clair : personne ne touche à l'âme sœur de Cupidon.

CHAPITRE 20

Une demi-heure plus tard, nous approchons de Forever Falls, quand la sonnerie de mon téléphone retentit sur le siège arrière à côté de moi. C'est Charlie.

Je l'éteins.

Je m'occuperai d'elle et de James plus tard.

— Vous êtes sûrs que ça va marcher ? Selena parviendra à les empêcher de s'en prendre à moi ?

— L'effet dissuasif devrait durer un certain temps, concède Cal. Ils concentreront leurs forces sur Cupidon. Mais ce ne sera pas fini pour autant. Un cupidon ne doit jamais avoir d'âme sœur, me rappelle-t-il une fois de plus. On ne pourra pas veiller éternellement sur toi.

— Tout va s'arranger, m'assure Cupidon. Selena leur fera comprendre qu'ils ne doivent faire de mal à aucun humain. Ils n'ont vraiment pas envie d'entrer en guerre avec les sirènes. Ils s'en prendront à moi, mais on trouvera la Finis avant eux et ils ne pourront rien faire… C'est simple, conclut-il d'un ton confiant.

Je jette un coup d'œil à Cal dans le rétroviseur. Il ne semble pas convaincu.

— Je devrais peut-être emmener Lila chez moi ce soir, suggère Cupidon. Veiller sur elle. Juste au cas où…

Cal et moi, nous nous exclamons en chœur :

— Non !

Les routes se font plus étroites à mesure que nous approchons du centre de Forever Falls. Cupidon tourne en rond dans les rues comme s'il ne savait pas où aller. Je finis par le lui faire remarquer :

— Tu te trompes de chemin.

— Je vérifie juste que personne ne nous suit, m'explique Cupidon en jetant des coups d'œil inquiets dans les rétroviseurs.

Finalement, nous nous arrêtons dans mon allée et Cupidon se retourne vers moi.

— Je vais inspecter les environs, m'assurer qu'il n'y a pas de Flèches dans le coin. Restez là.

Il saute sur le trottoir, nous laissant seuls, Cal et moi.

— Je vais tout faire pour que ça s'arrange, Lila, me promet Cal. Mon frère est têtu et a un mépris total pour les autres… mais il ne peut pas continuer à te mettre en danger comme ça. Soit il le comprendra, soit il finira par se lasser. Quand il en aura marre, il quittera Forever Falls et tout rentrera dans l'ordre. Je dois juste m'arranger pour que ça se concrétise avant que quelqu'un ne soit blessé.

— C'est quoi leur problème, aux Flèches ? Pourquoi est-ce qu'on n'a pas le droit de sortir ensemble ?

Cal me fixe pendant que Cupidon soulève un pot de fleurs, comme si quelqu'un pouvait se cacher dessous.

— Tu as vraiment envie de sortir avec Cupidon ?

— Bien sûr que non !

J'ai répondu un peu trop vite.

Cal a l'air déçu.

— Tes pupilles se sont dilatées. Tu le trouves…

— Rhoo, Cal, t'es un obsédé des pupilles ou quoi ? Ce n'est pas ça. C'est juste…

C'est juste que malgré le danger, malgré les Flèches, malgré le baiser que James et Charlie ont échangé… c'est la première fois que je me sens vraiment en vie depuis la mort de maman. Je me mords la lèvre, je m'en veux d'avoir pensé un truc pareil.

— Je ne sais pas… Il ne se passera rien entre Cupidon et moi, c'est tout. OK ?

Cal hoche la tête quand le visage de Cupidon apparaît à la vitre. Il ouvre la portière.

— La voie est libre.

Je sors de la voiture.

— Bonne nuit, Cal.

Il grommelle une réponse et Cupidon m'accompagne jusqu'au seuil. Il y a de la lumière dans le salon, comme si la télé était allumée. J'espère que papa s'est endormi sur le canapé. S'il est encore éveillé, je suis dans la merde : il doit être autour d'une heure du matin.

Cupidon est si près de moi que je sens la chaleur de son corps à travers son t-shirt bleu tout froissé. La brise mélange son parfum d'été à des odeurs d'eau salée. Ses yeux flamboient et j'ai l'impression d'être prise au piège. Je recule d'un pas et mon dos va cogner la porte d'entrée.

Cal a raison : je dois rester sur mes gardes. Cupidon ne m'apportera que des ennuis. Sa simple présence à Forever Falls me met en danger et il s'en fiche complètement.

J'entends du bruit à l'intérieur de la maison. Il lève la tête.

— On dirait que ton père est debout.

Merde.

— J'ai passé la soirée à me tracasser pour les Flèches, alors que c'est maintenant que je vais mourir pour de bon…

Ma blague fait rire Cupidon.

— Bon… eh bien… je ferais mieux d'y aller.

Puis il se penche vers moi et ajoute d'un air de conspirateur :

— Les parents ne m'aiment pas trop, en général.

Il marche à reculons dans l'allée sans me quitter des yeux.

— À demain matin.

— Quoi… ?

Mais il se retourne aussitôt et monte dans la Mini.

Quelques instants plus tard, le moteur démarre. Je rassemble mon courage et j'ouvre discrètement la porte. Je la franchis et m'apprête à la refermer quand j'entends :

— C'est à cette heure-ci que tu rentres ?

Je me retourne. Mon père est sur le seuil du salon, dans sa robe de chambre. Ses cheveux bruns parsemés de gris sont aplatis dans sa nuque, comme s'il s'était endormi dans le canapé. Même si son expression est sérieuse, j'aperçois une lueur de malice dans ses yeux.

— Désolée, papa.

Il secoue la tête.

— Une heure et demie du matin… J'imagine que c'était une bonne soirée.

Je hausse les épaules.

— C'était… intéressant.

— Intéressant ? Tu es saoule ?

— Non !

— C'est bien. Tu n'as rien fait que tu regretteras demain matin ?

J'ai suivi un dieu de l'amour sur une terrasse et, maintenant, je me retrouve avec un groupe de cupidons aux trousses. Ils veulent me tuer, rien de plus.

— Non.

Il n'arrive pas à contenir un sourire.

— Va te coucher, alors. On en reparlera demain matin.

Je me dépêche de monter l'escalier et je l'entends marmonner :

— Ah, les ados…

⋀⋀⋀

Au beau milieu de la nuit, je suis réveillée par un bruit dehors. Je me redresse d'un bond, le cœur battant, et je m'approche de la fenêtre. *Et si les Flèches m'avaient trouvée ?*

J'inspecte la rue bordée d'arbres, faiblement éclairée par les réverbères et le croissant de lune. Quelque chose remue dans l'ombre. J'aperçois l'éclat d'un carquois et le noir d'une flèche. Ce n'est pas rassurant. Puis la silhouette se déplace légèrement et je reconnais Cal, raide dans le froid.

Il est habillé de noir de pied en cap, pour se fondre dans la nuit, mais ses cheveux blonds renvoient la lumière des lampadaires. Il lève la tête vers ma fenêtre. Son regard argenté croise le mien et nous nous observons en silence. Puis il détourne les yeux, l'air gêné.

Il recule d'un pas pour se tapir derrière l'arbre le plus proche et disparaît de ma vue.

Cal monte la garde. Malgré la promesse de Selena, il veut s'assurer que les Flèches ne me feront aucun mal.

J'hésite à lui apporter une boisson chaude. Il ne semble pas ravi que je l'aie repéré. J'observe la scène encore quelques minutes avant de rejoindre mon lit.

⋀⋀⋀

Je me réveille tôt et les événements de la veille me reviennent à l'esprit, alors que la lumière de l'aube passe à travers mes stores. J'ai beau savoir que je ferais mieux de me tenir à l'écart de Cupidon, je ressens un pincement d'excitation en pensant qu'il m'a dit qu'on se verrait ce matin. *Non.* Ce gars est dangereux. Le fait qu'il paraisse sorti tout droit d'un magazine de mode ne change rien à cette certitude.

Je jette un coup d'œil à mon téléphone. Deux nouveaux appels manqués de Charlie. Je gémis intérieurement. Je n'ai pas envie de m'occuper de cette histoire en plus de tout le reste. Pourtant il faudra bien que je le fasse un jour ou l'autre.

Je me dirige vers ma fenêtre et je scanne la rue pour repérer Cal. Il est parti. Je prends une grande inspiration et j'appelle Charlie. Elle ne répond pas tout de suite et je pense tomber sur sa messagerie quand elle se décide enfin à décrocher.

— Lila.

Je ne sais pas quoi lui dire. Je suis en colère et stressée. Je déteste ça. On ne se dispute jamais.

— Charlie.

J'entends sa respiration nerveuse.

— Écoute, Lila, il… il s'est passé un truc.

— Je sais, je sais. James. Je vous ai vus vous embrasser.

Elle lâche un petit gémissement de désespoir et j'ai froid tout à coup. Le dire à haute voix rend la situation plus réelle.

— Je suis désolée, Lila. En plus, je n'arrive pas à l'expliquer. Je… J'ai l'impression de devenir folle, c'est juste…

Elle se tait et soupire.

— Non, reprend-elle doucement, tu ne me croiras pas…

J'oublie ma colère.

— Qu'est-ce que tu veux dire ? Qu'est-ce que je ne croirai pas ?

— Ça m'est revenu il n'y a que quelques heures. Comme si on m'avait fait oublier que je l'avais vue…

Je fronce les sourcils.

— De quoi tu parles ? Vu quoi ?

— La flèche.

Mes yeux s'agrandissent. *Elle a vu la flèche ? Elle a vu la Capax qui l'a frappée ?*

Nous nous taisons toutes les deux ; mon cerveau essaie encore d'analyser cette information.

Comment a-t-elle pu voir la flèche ?

— Je sais… ça paraît dingue, mais il y avait des… des gens… qui ont tiré des flèches, je te jure. J'ai été touchée… je ne suis pas la seule… puis les flèches ont disparu et c'est comme si rien n'était arrivé. Mais après ça, tous les sentiments que je refoulais, que je te cachais… au sujet de James… ils sont remontés à la surface… et… Oh, Lila, je suis vraiment désolée.

Je ne dis rien pendant quelques instants ; je regarde de l'autre côté de la rue où le soleil est en train de se lever. J'hésite à lui révéler ce que je sais. Elle a embrassé mon petit ami. Même si c'est la Capax qui a fait remonter à la surface les sentiments de James, rien ne la forçait à l'embrasser.

Mais c'est ma meilleure amie : on se dit tout. Et si elle a vu la flèche, c'est peut-être l'occasion pour moi d'avoir quelqu'un à qui en parler ; quelqu'un qui n'est ni un agent paranormal dans une agence de rencontres ni un dieu de l'amour…

Je décide de me jeter à l'eau.

— Tu ne deviens pas folle, Charlie. Écoute… j'ai quelque chose à te dire aussi… mais tu dois me promettre de ne le raconter à personne…

Alors que les premiers rayons du soleil font leur apparition, je raconte à Charlie ce qui s'est passé ces derniers jours : l'Agence Cupidon, Cal, Cupidon, les Flèches, Les Champs Élyséens, et enfin le projet de Cupidon d'aller rencontrer les Flèches sur la place publique avec Selena.

— Waouh, fait-elle quand j'ai fini.

Puis elle me demande :

— Alors, comme ça, tu es l'âme sœur de Cupidon ?

Son ton me paraît presque triomphant, mais je me persuade que c'est peut-être mon imagination, quand elle ajoute :

— C'est dingue… je veux dire… waouh…

— Je sais.

— Et ils vont aller trouver les Flèches aujourd'hui ? T'y vas aussi ?

— Ils ne me laisseront jamais venir. Mais j'aimerais bien. Il y a un truc qui me semble… bizarre. Je veux dire encore plus bizarre que tout le reste. J'ai l'impression qu'ils me cachent quelque chose.

— C'est vrai que cette histoire paraît un peu tirée par les cheveux, convient Charlie. On devrait les suivre, pour voir si on peut trouver des réponses.

Je devine le sourire de Charlie de l'autre côté du téléphone.

— On n'a pas besoin de leur permission, si ?

CHAPITRE 21

Je ne m'attendais pas à ce que papa soit déjà debout, quand j'entre dans la cuisine, mais je le trouve tout habillé, penché sur la bouilloire. Il sursaute en me voyant. Nous nous exclamons en chœur :

— Tu es debout tôt !

Papa sourit, mais je remarque qu'il a l'air tendu. Il me tend une tasse de café instantané alors que je m'assieds à la petite table en bois.

— J'ai rendez-vous avec Éric avant son service pour un boulot comme agent de sécurité au *Nid d'amour*...

Je rayonne.

— C'est super, ça, papa !

Il a été licencié de son travail de comptable il y a quelques mois. Il n'allait pas bien, après ce qui est arrivé à maman. Il détestait de toute façon son boulot, mais se retrouver coincé à la maison ne lui a pas fait du bien. Je suis contente qu'il ait envie d'aller de l'avant.

— Je ne te gênerai pas trop ? Je sais que tu aimes bien traîner là-bas.

Mon téléphone sonne sur la table.

— Heu... peut-être un peu... mais tant que tu ne rentres pas dans la salle pour faire une danse ringarde, ça va.

J'ai reçu un SMS d'un numéro inconnu. Mon cœur bondit. Cupidon ?

Viens me rejoindre dehors.

Des papillons se mettent à battre des ailes dans mon estomac.

— Je connais ce sourire, déclare mon père. Dis bonjour à James de ma part. Bonne journée, ma chérie.

Quel sourire ? Je l'efface aussitôt, bien décidée à ce que Cupidon n'ait aucun effet sur moi. Papa m'embrasse sur le front et quitte la cuisine. Je l'entends sortir par la porte d'entrée.

Tout à coup une horrible pensée me vient : et si Cupidon était dehors ? Et si mon père le croisait ? Je ne veux surtout pas qu'ils se rencontrent.

Je me dépêche de le poursuivre, en sautillant pieds nus dans l'allée. Papa s'est déjà engagé dans la rue avec sa voiture.

Je regarde autour de moi : le jardin de devant est vide. Je sens une vague de soulagement mélangée à de la déception... Je m'apprête à rentrer quand la Mini de Cupidon apparaît. Il s'arrête devant mon allée et baisse la vitre.

— Lila, je m'attendais presque à ce que tu sois partie, que tu aies quitté Forever Falls.

— Ce serait sans doute une bonne idée, mais je me suis dit que si quelqu'un devait partir, c'était toi...

Ses yeux pétillent d'amusement.

— Je vais te conquérir, Lila Black. Maintenant, va mettre tes chaussures et monte dans la voiture.

— Et pourquoi est-ce que je t'obéirais ?

Il se penche vers moi.

— Parce que, tant que je suis ici, tu as un groupe de cupidons aux trousses. Et je m'en voudrais s'il t'arrivait quelque chose.

— Mais pas au point de t'en aller, c'est ça ?

Il sourit.

— Je te l'ai déjà dit… ce n'est pas si simple. Cal et moi, on va s'entraîner au combat jusqu'à notre petite réunion de ce soir. Et tu vas venir avec nous. Tu vas apprendre à te battre comme un cupidon.

Vingt minutes plus tard, Cupidon me dépose devant sa maison pendant qu'il va garer la voiture. À mon grand amusement, quand j'entre, Cal est debout devant la cuisinière, occupé à retourner des pancakes. Il porte les mêmes vêtements que la veille : un jean foncé, un t-shirt à manches longues qui souligne les muscles de son dos. Il a dû revenir ici juste après m'avoir surveillée la nuit dernière.

Il se retourne en m'entendant approcher. Je souris en voyant son tablier couvert de farine. Je n'aurais jamais imaginé Cal aux fourneaux. Il me salue avec sa rigidité habituelle.

— Bonjour, Lila.

— Salut, Cal.

Je m'installe sur un tabouret au bar.

— Je prépare le petit déjeuner, m'explique-t-il en me montrant la poêle.

— J'adore les pancakes. Ma mère m'en préparait souvent.

Il hoche la tête d'un air un peu gêné et dépose une crêpe épaisse sur mon assiette. Je la noie sous du sirop doré qu'il a laissé à côté de mon assiette. Je prends une bouchée avant de lui demander :

— Ton plan pour que Cupidon parte a marché ?

— Je ne comptais pas me débarrasser de lui avant qu'on ne s'occupe des Flèches. En plus, je savais que vous seriez incapables de suivre mes instructions – pourtant simples – et de rester loin l'un de l'autre. J'ai été contraint de changer ma journée pour vous surveiller.

Il pioche une cuillerée de pâte d'un geste rageur. J'hésite à lui raconter que Charlie a vu les flèches, mais je décide de ne rien dire. Il semble déjà d'assez mauvaise humeur comme ça.

Je tente de faire la conversation en abordant un sujet anodin.

— Je m'attendais à ce qu'il y ait plus de désordre ici après la fête.

— Je fais appel à un service de nettoyage, m'explique Cupidon en franchissant la porte et en jetant ses clés de voiture sur une console.

Il a retiré ses baskets et est pieds nus. Il porte un pantalon de survêt gris et un t-shirt blanc près du corps. Je vois ses pectoraux à travers le coton et je m'empresse de me concentrer sur mon assiette.

— Évidemment.

Mon commentaire sarcastique semble amuser Cal, même s'il redevient très vite aussi froid qu'avant.

— Mmmm, des pancakes, lance Cupidon en prenant place sur le tabouret à côté de moi.

Son frère le regarde durement, les mâchoires serrées.

— Merci d'avoir veillé sur moi cette nuit, lui dis-je pour tenter de le distraire des pensées meurtrières qui semblent le traverser.

Il m'adresse un regard d'avertissement avant de répondre :

— Je ne sais pas de quoi tu parles.

Cupidon l'observe d'un air interrogateur, amusé. Il n'est pas au courant que Cal a monté la garde devant chez moi toute la nuit ? Cal change de sujet :

— Qu'est-ce que tu as comme armes ? demande-t-il à son frère.

L'intéressé hausse les épaules.

— Pas grand-chose. Juste mon arc de l'époque, des armes d'entraînement et quelques flèches noires.

Cal le toise sévèrement.

— Tu n'es pas censé avoir d'armes, tu es banni, je te rappelle. Mais tout de même… ce n'est pas assez.

— Je comptais sur toi.

Cal acquiesce, malgré son agacement.

— Très bien, je vais aller chercher mon arc et m'approvisionner en flèches. Je devrais sans doute pouvoir aussi me procurer une sim. Ne faites pas de bêtises pendant mon absence.

Il prononce cette dernière phrase en me fixant droit dans les yeux, puis tourne les talons et sort par la porte de derrière. Je n'interroge pas Cupidon sur ce que signifie « sim ». Lui et moi gardons le silence pendant un long moment. Puis mon âme sœur me sourit.

— Alors, Lila, quel genre de bêtises est-ce qu'on va faire ?

Je lève les yeux au ciel.

— Ce qui me tente le plus en ce moment, c'est un café.

Cupidon rit et glisse de son tabouret pour se diriger vers une machine à espresso métallique qui trône sur le plan de travail. Il pose une tasse blanche dans l'appareil et appuie sur un bouton. Un vrombissement retentit et, quelques instants plus tard, une forte odeur de café envahit la pièce.

— Tu n'as pas beaucoup dormi ?

Il met une autre tasse dans la machine et appuie à nouveau sur le bouton. Je secoue la tête.

— Trop occupée à penser à moi, je suppose. C'est normal, je suis irrésistible…

— Oui, il n'y a rien de plus irrésistible qu'un type qui te transforme en cible pour une bande de cupidons et leurs flèches.

Il pose les tasses sur le bar.

— J'imagine que c'est beaucoup à encaisser. Les cupidons, les sirènes, les âmes sœurs…

— Les flèches qui se transforment en cendres, des gens qui tentent de me tuer…

— Sans parler de ton copain qui sort avec ta meilleure amie…

Je gémis et me prends la tête dans les mains.

— Le tact, c'est pas ton truc, hein ?

Il se rassied à côté de moi.

— Non, avoue-t-il. Ça n'a jamais été mon fort.

Il marque une pause avant d'ajouter :

— Si ça peut te réconforter, je trouve que tu gères la situation remarquablement bien.

Je lève les yeux vers lui.

— Ça ne me réconforte pas trop, mais j'apprécie l'intention.

Il se penche vers moi en posant son avant-bras sur la surface du bar.

— Ton petit ami ne t'arrivait pas à la cheville. Tu mérites mieux que ça. Je ne sais pas ce que Cal t'a dit à ce sujet, mais être l'âme sœur de quelqu'un, c'est plus fort que ça. Les gens tombent amoureux tout le temps, mais quand on rencontre son âme sœur, c'est différent. Ce sont deux âmes attirées l'une par l'autre… Leurs destins sont liés. L'agence les aide à se repérer, mais elles chercheront toujours à se rencontrer de toute façon. Ton petit ami n'était pas ton âme sœur, Lila, tu n'aurais jamais pu être heureuse avec lui.

Je me rends compte tout à coup qu'il est très près de moi. Je sens son souffle chaud sur mon visage, je vois chacun de ses cils. Son expression est sérieuse. L'air s'épaissit. Mon cœur bat à tout rompre.

Est-ce qu'il dit la vérité ? Est-ce que mon âme est attirée par la sienne ? Est-ce que c'est pour ça qu'il me fait un effet pareil ?

Je pense à Cal et aux Flèches, au fait qu'ils insistent tous pour qu'on ne sorte pas ensemble.

Et si c'était tout simplement parce que nos deux âmes entrelacées pourraient créer une sorte de force combustible ? Cela ne me surprendrait pas. En ce moment même, je sens le feu jaillir de mon cœur, consumer mes veines.

— Pourquoi est-ce que tout le monde s'oppose à ce qu'on sorte ensemble ? Je veux des réponses, Cupidon. Tous voudraient que j'accepte la situation, mais personne ne m'explique quoi que ce soit.

Il balaie mes inquiétudes d'un geste.

— Ce n'est rien. Ça va à l'encontre du règlement de l'agence, c'est tout. Et ces cupidons prennent leurs règles très au sérieux.

Il sourit.

— Alors que moi, pas trop.

Je fronce les sourcils, son charme sur moi est rompu d'un coup. Comment est-ce possible ? Il me cache sûrement quelque chose. Il détourne le regard et boit une gorgée de son café. L'atmosphère est tendue et nous ne disons plus un mot. Au bout de quelques minutes, Cupidon se lève.

— Suis-moi. J'ai un truc à te montrer.

Je l'examine avec curiosité avant de sauter de mon tabouret et de le suivre avec ma tasse. Arrivé au bout du couloir, il tourne à gauche et ouvre une porte. À l'intérieur, un escalier en colimaçon sombre mène au sous-sol. Nous le descendons dans une semi-pénombre. Puis Cupidon ouvre une porte que nous franchissons, et nous arrivons dans le noir complet. Ça sent le vieux et le moisi ici. Je ne suis pas très rassurée, même si mon instinct me dit que Cupidon n'est pas aussi dangereux que tout le monde le prétend.

— Tu emmènes souvent des filles dans cette cave flippante ?

Je l'entends actionner un interrupteur et la pièce s'illumine. J'expire bruyamment. Je n'avais même pas remarqué que je retenais ma respiration jusqu'alors.

— Juste celles que je veux entraîner au combat, réplique-t-il.

Nous nous trouvons devant un vaste espace qui doit occuper tout le sous-sol de la maison. Le décor me rappelle l'Agence Cupidon. Le sol est constitué de grandes dalles de pierre, de solides piliers cylindriques soutiennent le haut plafond. Des tapis de gymnastique rose foncé couvrent le centre de la pièce. Un grand arc – semblable à celui que Cal m'a montré au lycée – est suspendu à un mur et des cibles roses et noires sont fixées en face, sans doute pour l'entraînement. Des écrans d'ordinateur sont alignés dans un coin et une statue camouflée par un vieux drap se dresse dans un autre recoin.

Je ne sais pas pourquoi, mais cette silhouette me file la chair de poule. Cupidon voit que je m'y intéresse, mais ne fait aucun commentaire : il se dirige lentement vers le centre de la vaste pièce. Je le suis et je remarque qu'un des murs est couvert de miroirs.

— Bienvenue dans ma salle d'entraînement au combat, m'annonce-t-il tandis que je m'approche des tapis de gym en serrant ma tasse de café. Mon frère devrait revenir avec une sim. C'est un programme de simulation utilisé à l'agence pour entraîner les nouvelles recrues. Je pourrai la régler pour recréer des conditions semblables à celles auxquelles nous serons confrontés tout à l'heure. Ça nous permettra de faire une sorte de répétition. Tu n'auras qu'à jouer le rôle de Selena.

Il monte sur le tapis, les yeux brillant d'excitation.

— Alors, tu veux apprendre à te battre comme un cupidon ? Retire tes chaussures. Voyons ce que tu as dans le bide.

— Tu veux que je me batte contre toi ?

Je ne peux m'empêcher de poser le regard sur ses biceps.

— Oui, répond Cupidon avec un large sourire.

CHAPITRE 22

Je hausse les épaules.

— Bon. Il n'y a rien qui me ferait plus plaisir que de te flanquer une raclée.

J'enlève mes chaussures et je laisse ma tasse de café sur le sol en pierre. Je pose un pied hésitant sur le tapis rose et je jauge Cupidon.

— Tu espères me flanquer une raclée, hein ? répète-t-il d'un ton amusé.

Je confirme d'un hochement de tête et il commence à me tourner autour.

— Tu sais, le jour où je t'ai rencontrée, je me suis introduit dans le bureau du proviseur.

— Bah, ce n'est sans doute pas le truc le plus dingue que tu aies fait depuis ton arrivée. Pourquoi tu me racontes ça ?

Il lève un sourcil.

— J'ai consulté ton dossier.

Quel culot ! Je proteste, furieuse :

— C'est privé !

Je me déplace en même temps que lui, mes talons s'enfoncent dans le tapis spongieux.

— Tu étais une élève modèle il y a deux ans encore, commence-t-il sans cesser de me dévisager. Puis quelque chose a changé…

Il tourne lentement autour de moi. Ses mouvements sont étonnamment gracieux pour quelqu'un d'aussi musclé.

— Tes notes ont alors chuté, poursuit-il d'un ton intrigué, tu t'es repliée sur toi-même. Il y a eu quelques exemples de comportement asocial... Qu'est-ce qui t'est arrivé ? C'est parce que tu as perdu ta mère, c'est ça ?

Il m'observe avec tristesse. Mon silence confirme son hypothèse.

— Je suis désolé.

Il ouvre la bouche pour ajouter quelque chose, mais je n'ai pas envie de parler. Pas de ça. Je veux me battre. Je crispe la mâchoire et je me propulse vers lui pour tenter de le frapper. Il saute pour m'esquiver. Je pivote pour retenter ma chance.

— Aimer t'a fait du mal et tu as décidé que ce n'était plus pour toi. Je parie que c'est pour ça que tu sembles renoncer si vite à James.

Je lève à nouveau le bras, mais il saisit mon poing, me fait tourner et m'attire dos contre lui. Je sens son cœur battre contre moi et son souffle chaud sur ma peau. Je suis furieuse, la rage bouillonne dans mes veines, mais il y a autre chose... un feu qui me consume.

— Comme c'est étrange, me chuchote-t-il à l'oreille, que ce soit *moi*, Cupidon, qui t'aie trouvée.

Ses mots me chatouillent la joue et ma respiration s'accélère. Pendant un moment, je suis paralysée dans ses bras. Puis je me ressaisis et m'éloigne de lui. Je fais volte-face. Il m'observe.

— Tu es fâchée contre l'amour ? me lance-t-il. Eh bien, bats-toi contre moi, alors.

Je suis face au type qui m'a sciemment mise en danger, qui s'est moqué de ma relation avec James, qui a fouillé dans mon dossier personnel et qui, pourtant, me fait sentir *vivante*.

Je m'élance vers lui et je le pousse de toutes mes forces au niveau de la taille. Il recule de quelques pas en arrière, mais ne tombe pas. Il est trop fort, trop stable sur ses pieds. Il m'attrape sous les aisselles et me soulève. Je pousse un cri quand il glisse son pied nu derrière ma jambe et me déséquilibre. Je m'agrippe à son bras alors qu'il m'abaisse doucement vers le sol.

Il n'est qu'à quelques centimètres de mon visage et ses yeux s'attardent sur mes lèvres.

Puis il me redresse rapidement et me remet debout sur le tapis.

— Tu devras faire mieux que ça. Les Flèches ne seront pas aussi cool que moi. Allez, bats-toi.

Je me jette à nouveau sur lui, mais il parvient encore à m'esquiver. Il me saisit par le bras et me fait tournoyer comme si nous étions sur la piste de danse. Il rit et je me retourne pour lui faire face en souriant malgré tout. Il m'adresse un signe de tête pour m'encourager.

— Sers-toi de mon poids. Fais comme moi, déséquilibre-moi.

Je plonge mon regard dans le sien et j'ai l'impression de voir son âme. Mon cœur s'emballe. Je sens une énergie vibrer dans l'air, un crépitement, comme si de l'électricité passait entre nos corps. Je bondis vers lui, mais cette fois, il n'esquive pas. J'attrape ses bras comme il l'a fait avec les miens et ils se contractent sous mes doigts. Rapidement, je passe mon pied derrière sa jambe que je pousse alors vers moi tout en pressant sur son torse. Cupidon n'oppose pas de résistance et tombe avec légèreté sur le tapis, m'entraînant avec lui. Pendant un moment, nous restons par terre, mon corps sur le sien. Je sens ses muscles à travers son t-shirt et l'odeur légère d'assouplissant mélangée à une autre, plus enivrante, que j'associe au danger.

Il a l'air un peu vulnérable, comme si je l'avais pris par surprise.

Puis, avant qu'on ne puisse parler, une toux sèche retentit à l'entrée de la salle. Je tourne brusquement la tête : Cal se tient sur le seuil de la porte et nous observe d'un air mécontent. Il porte une grande sacoche noire à l'épaule.

On s'empresse de se remettre debout.

— Ravi de constater que vous prenez la situation au sérieux.

Il s'approche et jette le sac sur le sol à côté des tapis. Puis il pose une petite clé USB dans la main de Cupidon.

Je me sens un peu coupable et j'éprouve le besoin de me justifier.

— On s'entraînait.

— Ça se voyait. Je suis sûr que mon frère te donnait des conseils très utiles.

Il se dirige d'un pas furieux vers les écrans. Cupidon et moi échangeons un regard. Il hausse les épaules.

— Ne compte pas sur moi pour t'expliquer, me chuchote-t-il. Le fonctionnement de l'esprit de mon frère est un mystère pour moi aussi...

Lorsque nous rejoignons Cal devant les moniteurs, Cupidon introduit la clé USB dans l'ordinateur, puis s'assied dans le fauteuil de bureau en cuir face aux machines. Des lettres roses commencent à apparaître.

— Qu'est-ce que tu fais ? C'est un code ?

Cupidon se met à taper sur le clavier.

— J'essaie de régler la mise en scène pour qu'elle ressemble à la situation que nous allons vivre tout à l'heure.

Il se tourne vers son frère.

— Cette version est dépassée.

— Je n'ai rien trouvé de mieux.

— La simulation se passe sur les écrans ?

Cupidon fait pivoter son fauteuil pour me faire face et sourit.

— Non.

Il retire la clé USB, la manipule, puis la secoue. Trois petits objets métalliques tombent dans sa paume.

— Mets ça dans ton oreille. Ça envoie un signal au cerveau qui provoque une sorte d'hallucination contrôlée. Nous verrons tous la même chose, et Cal et moi serons avec toi tout le temps.

— C'est un peu bizarre la première fois, me prévient Cal, mais tu peux arrêter l'entraînement à tout moment en retirant la puce.

La puce est froide dans ma main. Je remarque quelques petites inscriptions gravées sur les côtés.

— Prête ? demande Cupidon.

Je prends une grande inspiration et j'acquiesce. Puis j'introduis le petit objet dans mon oreille.

CHAPITRE 23

Pendant un moment, rien ne se passe. Je suis toujours dans la salle d'entraînement qui ressemble à un temple. Puis je cligne des paupières et tout change d'un coup. J'étouffe un cri de surprise et je recule d'un pas. Cupidon bondit et m'attrape par le bras pour m'empêcher de tomber.

— Oh, doucement.

Le sol est en pavés, le fauteuil de bureau sur lequel Cupidon était assis s'est transformé en banc et un restaurant un peu crade se trouve de l'autre côté de la salle. Nous sommes sur la place principale de Forever Falls. Ou presque. Il y a quelque chose qui cloche, même si je n'arrive pas à mettre le doigt dessus. La place est déserte et plongée dans la pénombre du crépuscule. J'imagine que nous sommes toujours à l'intérieur, pourtant une brise fraîche me chatouille la peau. Quand je m'approche du banc, je comprends tout à coup pourquoi le décor me semble différent.

— Il n'est pas au bon endroit, dis-je en passant la main dessus.

Cupidon acquiesce.

— Le programme crée une sorte de couverture. Il couvre tous les objets de la pièce d'une image qui peut se fondre dans l'hallucination. Là où il y avait un fauteuil, le programme te montre le banc.

— Je peux m'asseoir dessus ?

Cupidon acquiesce d'un signe de tête.

— Ton cerveau fait croire à tes sens que tout ça est bien réel. Ton corps agira en conséquence. C'est une info que tu devrais garder à l'esprit quand les CuBots arriveront.

— Les CuBots ?

— Quelqu'un de l'agence a cru malin de combiner les mots « cupidon » et « robot », m'explique Cupidon d'un air dédaigneux. Ce sont les ennemis encodés dans le simulateur. Ils n'existent pas, mais ils peuvent quand même te faire mal.

Cupidon remarque mon inquiétude.

— Ne t'en fais pas, la sensation n'est que passagère. Une fois la puce retirée, la douleur disparaît.

Je ne suis pas très rassurée.

C'est fou comme le décor est réaliste. La fontaine est là, un filet d'eau cascade joliment dans le bassin en pierre en dessous. Si la place n'était pas totalement déserte, je pourrais presque croire que j'y suis vraiment.

— C'est incroyable, dis-je en admirant le ciel d'un orange profond. Qu'est-ce qui se passe si je sors ?

Je localise l'endroit où se trouve la porte du sous-sol. Cela ressemble à la ruelle qui mène au *Nid d'amour.*

— Le programme recréera la même scène dans la pièce où tu entreras, me répond Cal.

Il s'adresse à son frère.

— Où as-tu mis les armes ? Et quand les CuBots arrivent-ils ?

— Elles sont dans le restau, l'informe Cupidon en indiquant le bâtiment délabré à l'angle de la place, et les CuBots devraient être là dans cinq minutes.

Il commence à se diriger vers *Chez Roméo.* Cal et moi le suivons. Nos pas résonnent sur les pavés. Je jette un coup d'œil à travers la vitrine du fleuriste en passant. La boutique est déserte.

Cupidon ouvre la porte du restaurant. L'intérieur est exactement identique au vrai. J'y ai passé des tas de soirées, à boire des milk shakes avec Charlie alors que James travaillait, à rire avec des amis, à capter le réseau sur mon portable. Je sens un léger malaise en pensant à ma vie avant ma rencontre avec les deux frères.

— Comment est-ce que ça peut paraître aussi réaliste ?

— Comme tu as pu le constater à l'agence, nous avons une quantité incroyable de caméras de surveillance. Le programme s'en sert pour recréer les décors.

Cupidon foule le carrelage noir et blanc et passe devant les tables pour rejoindre le bar. Il grimpe dessus et disparaît derrière. Quelques secondes plus tard, il jette un sac sur le comptoir.

Cal l'ouvre et le vide. Trois arcs, des carquois et des flèches en tombent bruyamment. Je reconnais plusieurs Capax, une Ardeur et une dizaine de flèches noires de Cupidon.

— Est-ce qu'elles ont de l'effet sur vous ?

Cal acquiesce.

— Oui, mais pas le même que sur les humains. Comme tu le sais, les flèches noires tuent tous les cupidons, sauf mon frère et moi. Un cupidon touché par une Capax aura beaucoup de mal à taire la vérité. Et l'Ardeur cause d'atroces souffrances à tous ceux de notre espèce.

— Je voulais préciser que la sim te traite comme un cupidon, intervient mon âme sœur. Si tu te fais transpercer par une flèche noire, il ne t'arrivera rien de grave. Si tu meurs dans la sim, la puce cessera simplement la transmission et tu te retrouveras à nouveau dans la salle d'entraînement. En revanche, si tu es touchée par l'Ardeur… euh… arrange-toi pour que ça ne t'arrive pas.

Je hoche la tête.

— OK… ne pas me faire transpercer par l'Ardeur, compris.

Les frères s'arment chacun d'un arc et de flèches. Cal me regarde d'un air désapprobateur quand je m'approche du troisième arc.

— Selena n'utilisera pas d'armes, fait-il remarquer à Cupidon. Est-ce qu'on doit vraiment laisser Lila jouer avec ça ?

Je fronce les sourcils.

— Jouer ? Eh, si je dois me défendre contre des ennemis programmés pour m'infliger « d'atroces souffrances », merci bien, mais je préfère être armée.

Je soulève l'arc. Il est plus lourd que je ne l'imaginais et le contact est glacé. Je saisis un carquois et je le remplis de flèches. J'accroche le tout à mon épaule avec une certaine hésitation.

— Ça te va bien, remarque Cupidon d'un ton admiratif.

Je lui confie à voix basse, pour que Cal ne m'entende pas et ne me confisque pas les armes :

— Je n'ai pas la moindre idée de comment m'en servir.

Cupidon balaie mes doutes du revers de la main.

— Tu t'en sortiras très bien.

Cal ne semble pas convaincu :

— Tu en es sûr ? Elle pourrait être blessée. On n'expose jamais une nouvelle recrue à un danger pareil dès le premier essai. Même des cupidons expérimentés ont été traumatisés par une blessure dans une sim. Et si elle se fait transpercer par mon Ardeur ? Et si elle oublie de retirer la puce ?

— C'est mon âme sœur, lui rappelle-t-il simplement. Elle s'en sortira.

— C'est super logique, ironise Cal.

Je suis un peu nerveuse, mais je me rassure en me disant que ça ne doit pas être très différent d'un jeu de réalité virtuelle… à part le fait que je peux être blessée, évidemment. Je m'apprête à l'expliquer à Cal quand j'entends des voix en provenance de l'extérieur. L'idée que des ennemis virtuels s'approchent me fait froid dans le dos.

— N'oublie pas : quoi qu'il arrive… rien de ceci n'est réel, Lila, murmure Cal en me tirant pour que je m'abaisse et que je ne sois pas visible de la place.

— Sortez de votre planque, nous crie une voix masculine depuis le trottoir.

J'ai la chair de poule et les mains moites.

Cupidon saute par-dessus le comptoir et s'accroupit à côté de Cal et moi. Puis, après avoir consulté son frère du regard, il s'approche d'une des fenêtres à croupetons.

— Venez joueeer !

La voix est froide et inhumaine. Ma respiration s'accélère. Quand Cupidon est accroupi sous la vitre, il se tourne vers nous et nous fait signe de le suivre.

— Reste baissée, chuchote Cal.

Nous rampons devant les banquettes et, quand nous rejoignons Cupidon, nous nous aplatissons contre le mur à côté de lui. Quelques instants plus tard, une ombre passe sur le sol. Un des CuBots doit être juste de l'autre côté de la fenêtre du restaurant. Je sens une poussée d'adrénaline qui me donne un sentiment de puissance. Je devrais sans doute avoir peur, mais je suis impatiente d'en découdre.

— Ça me rappelle le paintball.

Ma comparaison fait rire Cupidon, mais n'amuse pas Cal.

— C'est une simulation très sérieuse, me rappelle-t-il avec sévérité.

— Bon, d'accord, c'est comme du paintball en plus sérieux et plus flippant.

— Et on utilise des flèches, pas des boules de peinture, renchérit Cupidon.

Cal soupire. Cupidon jette un coup d'œil discret dehors.

— Ils sont six.

Il se tourne vers moi et me considère avec un sérieux inhabituel.

— Tu n'es pas entraînée, on n'attend rien de toi. Essaie de faire comme nous et de ne pas te faire toucher par une flèche.

Puis il lance à Cal :

— Ça fait longtemps qu'on n'a plus fait un truc pareil, hein, mon frère ?

Les yeux argentés de Cal s'étrécissent et il émet un grognement.

— Prête, Lila ? me demande Cupidon.

Je prends une grande inspiration et je hoche la tête, en passant les doigts le long de l'arc suspendu à mon épaule.

Cupidon sourit.

— On y va !

CHAPITRE 24

Cupidon se lève et se met à courir vers la porte. Cal et moi le suivons de près. Nous faisons irruption sur la place et je les aperçois immédiatement. Six individus se tiennent au centre, près de la fontaine : cinq aux cheveux blonds et un aux cheveux noirs. Ils pourraient presque passer pour des humains, mais un petit quelque chose cloche.

Alors qu'ils se tournent simultanément vers nous, je comprends ce qui les distingue : leurs yeux sont complètement noirs.

— Waouh, ils fichent la trouille.

Cal attrape son carquois alors qu'un des CuBots blonds tire une première flèche. Cupidon m'écarte de son chemin pour viser avec son arme. Quelques secondes plus tard, deux flèches noires filent vers nos ennemis. La première atteint sa cible et la victime tombe dans le bassin de la fontaine. La seconde ne touche personne.

Les cinq CuBots restants foncent sur nous. Cupidon se jette sur eux. Il attrape un blond par la gorge, le propulse à terre et lui transperce la poitrine d'une flèche.

À côté de moi, Cal attrape une nouvelle flèche et tire, abattant un autre opposant. Alors qu'il en sort encore une, le CuBot suivant est plus rapide et parvient à le plaquer au sol. Un ennemi virtuel se dirige vers moi alors que Cupidon projette un blond dans la devanture du fleuriste. Mon rythme cardiaque commence à s'accélérer. Je brandis mon arc en me répétant :

— Ce n'est pas réel, ce n'est pas réel.

Sauf que c'est réel ; si je me blesse, la douleur sera bien réelle.

Le CuBot court vers moi sans ralentir. C'est une femme avec une longue tresse blond-blanc et des yeux noirs brillants. Je vise. L'empennage de la flèche me caresse la joue. Puis je lâche la corde.

Le projectile vole par-dessus la tête du CuBot féminin et s'enfonce dans une paroi de l'abribus. La blonde, qui n'est qu'à quelques centimètres de moi, s'apprête à me frapper, mais je lui balance mon arc dans le visage. Le coup la projette en arrière. Je me débarrasse de mon arc – je ne sais de toute façon pas m'en servir et il me ralentit – et j'empoigne une autre flèche. Je suis sur le point de la lui planter dans le corps quand elle s'effondre sur les pavés. Derrière elle, Cupidon me sourit en brandissant son arc d'un air triomphant.

Je le remercie d'un signe de tête, mais je ne peux m'empêcher d'être déçue. Je suis persuadée que j'aurais pu régler son compte à la femme CuBot.

Je me retourne en entendant un grognement derrière moi. Cal et un de nos ennemis sont toujours en train de lutter sur le sol. Le CuBot est sur Cal et lui cogne la tête de façon répétée contre la pierre. Un filet de sang sourd de ses cheveux. L'adrénaline pulse dans mes veines, mais mon excitation se mêle à la panique. Je dois faire quelque chose.

Je saisis une flèche au hasard et je l'enfonce de toutes mes forces dans le dos du CuBot. Il crie et la flèche se transforme en cendres entre mes doigts. Je remarque avec déception que c'était une Capax, pas l'une des flèches noires mortelles, mais le coup crée une diversion suffisante pour que Cal se débarrasse de son adversaire.

Je jette un coup d'œil à ma gauche : Cupidon plonge une flèche noire dans le cœur du blond qu'il a plaqué au sol près du magasin de fleurs. Il a l'air de s'amuser. Lorsqu'il se relève, il se frotte les mains pour faire tomber la cendre. Je suis soulagée qu'il n'ait rien et j'oublie un instant d'être vigilante.

— Lila ! m'avertit Cal.

Je me retourne juste à temps pour voir le CuBot aux cheveux noirs à quelques mètres de moi occupé à glisser une Ardeur dans son arc. Il la pointe vers moi. J'en ai le souffle coupé. Il tire.

J'ai l'impression que la scène se déroule au ralenti : la peur de la douleur que je vais ressentir, la flèche dorée et rouge qui fend l'air vers moi, puis Cal qui bondit devant moi et le projectile qui se fiche profondément dans son épaule. Un cri animal s'échappe de sa bouche lorsqu'il tombe au sol. Cupidon s'empresse d'envoyer une flèche noire dans la poitrine du tireur.

Je me précipite vers Cal qui souffre horriblement. Ses traits pâles ont rougi, il a les larmes aux yeux.

C'est le sort qui m'attendait.

Je lui prends les mains.

— Cal ! Cal ! Enlève la puce !

Il m'ignore, son corps est pris de convulsions.

— Cal !

Ses yeux argentés me trouvent enfin et luttent pour se concentrer sur mon visage.

— Tu n'as rien.

Puis ses paupières se ferment et il perd conscience.

J'attrape Cal par les épaules et je le secoue.

— Cal ! Cal, réveille-toi !

Cupidon s'approche. Il se frotte les mains sur son jean, y laissant une traînée de cendres. Il ne semble pas partager mon inquiétude. Il s'accroupit sur les pavés à côté de moi et fait la moue.

— Mon frère, il faut toujours qu'il en fasse des tonnes.

— Est-ce qu'il va s'en sortir ? Qu'est-ce qu'on peut faire ?

— Il va s'en remettre, c'est un agent entraîné, ça ne devrait pas trop le traumatiser.

Il soupire.

— Contrairement à ce que je m'apprête à faire et qui va me donner des cauchemars pendant des années.

Cupidon prend la tête de Cal dans ses mains. Les paupières de Cal se soulèvent et j'aperçois son regard effrayé. Son corps recommence à être secoué de convulsions et il gémit de douleur.

— Tiens-le.

Je colle les bras de Cal au sol pendant que Cupidon lui tourne la tête sur le côté pour que sa joue soit plaquée aux pavés. Il se penche sur l'oreille de son frère, l'air dégoûté, puis enlève la puce d'un geste rapide. Cal s'apaise immédiatement et pousse un soupir de soulagement. Je le lâche. Il se redresse sur les coudes, affichant une mine un peu gênée. Cupidon lance la puce sur son torse.

— Je veux bien qu'on ait des liens fraternels, mais ça, c'est vraiment dégueu. Lila, tu peux retirer ta puce maintenant.

Il porte lui aussi la main à son oreille pendant que j'extrais le petit appareil de la mienne. Je me retrouve instantanément dans la salle d'entraînement de Cupidon, accroupie près des tapis rose foncé. Cal s'est relevé.

— Ça va, Cal ?

— Oui.

Je me mets debout à mon tour.

— Merci, tu m'as sauvée.

Une légère rougeur apparaît sur ses joues et il fixe le sol.

— Heu… je n'étais pas sûr que tu pourrais supporter la douleur.

J'interroge Cupidon du regard. Il a l'air amusé et tapote son frère dans le dos – ce qui ne manque pas d'agacer Cal –, puis il me sourit.

— Pas mal pour un premier essai. Et maintenant… on recommence.

Je passe l'après-midi avec Cupidon et Cal dans la salle d'entraînement. Cupidon me montre comment me servir d'un arc. Je réussis à tirer sur l'un des CuBots à la troisième tentative et je dois admettre que je suis plutôt fière de moi.

Quand on s'arrête enfin, je suis épuisée. Je me pose sur un tabouret de la cuisine pour boire un deuxième café. Même si rien dans la sim n'était réel, j'ai mal partout. La belle lumière du soir passe à travers la baie vitrée et se réfléchit sur les flèches alignées sur le plan de travail de la cuisine. Les frères les examinent.

Ils se sont changés après l'entraînement. Cupidon porte maintenant un t-shirt blanc à col en V sous une veste en cuir et Cal un pull gris à col roulé. Ils ont tous les deux un arc à l'épaule. Cupidon choisit une Capax.

— Je pense qu'on devrait en prendre plusieurs. Comme ça, on essaie de capturer un des Flèches pour les faire parler. Pour savoir ce qu'ils savent sur mon âme sœur et ce qu'ils ont appris sur la Finis.

Cal acquiesce. Ses gestes sont encore plus brusques que d'habitude, depuis l'accident avec l'Ardeur. On dirait qu'il se sent gêné d'avoir été blessé. Il est sur le point de dire quelque chose quand son portable sonne ; il examine l'écran et serre les lèvres.

— Crystal, murmure-t-il avec dédain avant d'appuyer sur le bouton *Ignorer* et de remettre le téléphone dans sa poche.

Je suis en colère contre elle rien qu'à entendre son nom et je me demande si elle appelle Cal au sujet de sa mission, qui concerne mon petit ami. Cal interrompt mes pensées :

— On déposera Lila chez elle en partant.

J'hésite un instant.

— Je pensais aller chez Charlie.

Cupidon consulte Cal.

— Pourquoi pas. Il vaut mieux que tu ne restes pas seule.

Je me sens un peu coupable d'avoir l'intention de les suivre avec Charlie à leur insu. Je ne veux mettre personne en danger, mais je reste convaincue qu'ils me cachent quelque chose et je veux savoir ce que c'est.

Les frères prennent encore quelques minutes pour choisir une série de flèches, puis Cupidon annonce :

— C'est l'heure !

CHAPITRE 25

Environ quinze minutes plus tard, Cupidon gare la Mini le long du trottoir devant chez Charlie. Il se retourne sur son siège.

— Reste bien en sécurité. On va s'occuper des Flèches et on reviendra aussitôt te dire comment ça s'est passé.

Je suis un peu inquiète.

— Tu es sûr que ça va aller ?

Cupidon sourit.

— On a connu pire. Et ils ne peuvent pas nous tuer sans la Finis… c'est déjà ça de pris.

Je hoche la tête puis j'ouvre la portière. Cal regarde toujours droit devant lui. Je vois son visage dans le rétroviseur. Ses mâchoires sont serrées. Je m'arrête pour lui presser l'épaule dans un geste qui se veut rassurant. Il se crispe ; je le lâche en soupirant et je sors de la voiture.

— Bonne chance, dis-je en refermant la portière derrière moi.

Cupidon se penche pour me faire signe avant de redémarrer. Je me dirige vers la maison. Charlie ouvre la porte d'entrée et me dit aussitôt :

— Alors, on les suit ?

Je fronce les sourcils. Je ne sais pas ce qu'il y a, mais elle ne me paraît pas comme d'habitude.

C'est peut-être juste une nouvelle tenue, me dis-je en examinant son top noir.

— Il faut qu'on parte maintenant pour les rattraper, je lui réponds. Tu es prête ?

— Oui. Donne-moi juste une minute. Je dois aller chercher un truc.

Je me dirige vers le salon pendant que Charlie monte à l'étage. Je suis sur le point de me jeter sur le canapé quand quelque chose attire mon attention : des marques dans le mur près de la cheminée et, sur le sol juste en dessous, de la cendre. Je m'approche et je palpe les trous dans le plâtre.

Des impacts de flèches ?

Quelque chose ne tourne pas rond.

Ce que Cupidon m'a dit sur la terrasse me revient. Je murmure :

— Seuls les humains à qui on a expliqué comment fonctionnent les flèches peuvent les voir.

— C'est exact.

Je fais volte-face. Charlie se tient devant moi, un arc à la main. Une flèche noire est déjà placée dedans.

Mes yeux s'écarquillent.

Les Flèches ont dû s'occuper d'elle.

Je suis clouée sur place.

— Je suis désolée, Lila, je n'ai pas le choix. Tu ne peux pas sortir avec Cupidon. On m'a expliqué ce qui se passerait…

Elle arme le bras en arrière pour m'envoyer la flèche quand j'aperçois un scintillement derrière elle.

— Lâche ton arme, Charlie, lui ordonne une voix familière. Comme tu es un cupidon maintenant, si tu te fais transpercer par cette flèche, tu meurs.

Crystal est derrière elle. La flèche de Cupidon qu'elle tient en main est pressée contre le cou de Charlie.

Pendant un moment, personne ne bouge. Ma meilleure amie a l'air complètement paniquée, mais elle ne lâche pas son arc.

— Ne fais pas ça, la prévient Crystal. Ne la tue pas.

Mon cœur bat à cent à l'heure. Crystal porte le tailleur blanc qu'elle avait à l'agence et un carquois rempli de flèches est suspendu à son épaule. Son expression est déterminée. Je le lis sur son visage : elle tuera Charlie s'il le faut. Je supplie mon amie du regard. Je ne veux pas me faire tirer dessus, mais je ne veux pas qu'elle meure non plus.

Crystal enfonce légèrement la pointe acérée dans la peau de Charlie.

— Lâche ça.

Avec un soupir, Charlie baisse l'arc et le laisse tomber au sol. Je respire enfin. Crystal l'attrape par les cheveux et la propulse sur le canapé, la flèche pointée vers sa gorge.

— Ça va ? me demande-t-elle.

Je m'efforce de retrouver une voix normale.

— Oui. Je n'aurais jamais imaginé que je serais contente de te revoir.

Un demi-sourire apparaît une seconde sur le visage de Crystal.

— Qu'est-ce que tu fais ici au fait ?

— Charlie faisait partie de ma mission…

— … qui consistait à la fourrer dans les bras de mon petit ami.

Elle rejette ses cheveux par-dessus son épaule.

— Oui, c'était ma mission. Je les ai surveillés tous les deux, surtout après l'incident avec la Capax.

Les émotions se bousculent en moi : colère, choc et soulagement.

— J'étais à peu près sûre que l'alliance avait réussi hier soir, mais j'ai préféré vérifier. C'est là que j'ai découvert que la surveillance avait été momentanément interrompue tôt ce matin. J'ai trouvé ça suspect, alors je suis venue ici après mes heures à l'agence.

Je me tourne vers Charlie. Elle observe Crystal avec méfiance. Je me penche vers elle pour poser une main rassurante sur son bras, mais elle tressaille.

— Qu'est-ce qui s'est passé, Charlie ? Qu'est-ce qu'ils t'ont fait ?

Son visage habituellement doux a une expression pleine de mépris.

— Tu es dangereuse. Tu dois être arrêtée.

Sa réponse me fait de la peine. Je décide d'interroger Crystal.

— Qu'est-ce qu'elle a ? Ils lui ont lavé le cerveau ? C'est vraiment un cupidon maintenant ?

Crystal examine Charlie.

— Oui, c'est un cupidon. D'après ce que je vois, ils ont dû lui tirer dessus ici.

Elle m'indique la cheminée et les marques que j'ai remarquées plus tôt.

— Elle n'a pas subi de lavage de cerveau. Simplement, comme c'est un nouveau cupidon, elle est plus sensible à nos lois. Cela dit, elle n'a pas tort : tu es dangereuse.

Ma frustration ne fait que grandir.

— Qu'est-ce que tu veux dire ?! Personne ne m'explique jamais rien !

— Je vais y venir, mais d'abord, où est Cal ?

Je fronce les sourcils, me demandant bien pourquoi elle me pose la question.

— Cupidon et lui sont allés combattre les Flèches sur la place de la fontaine. Pourquoi ?

Son visage s'assombrit. Charlie tente de se lever, mais Crystal la repousse sans difficulté.

— Pourquoi est-ce qu'ils croient que les Flèches seront sur la place ?

— Parce que les Flèches s'imaginent que je serai avec eux, je suppose.

La blonde me regarde en haussant les sourcils.

Je comprends tout à coup où elle veut en venir.

— Mais je ne suis pas sur la place, je suis ici. Et si Charlie fait partie de leur bande…

Crystal sort immédiatement une flèche de son carquois et l'enfonce dans la gorge de Charlie. Celle-ci et moi poussons un hurlement au même moment.

— Qu'est-ce que tu fais ?

Crystal se tourne vers moi alors que la flèche tombe en cendres entre ses doigts.

— Ne panique pas. C'est juste la Capax. Il nous faut des réponses, et vite.

Je hoche la tête, soulagée, me rappelant ce que Cupidon m'a expliqué pendant la simulation : la Capax oblige les cupidons à dire la vérité.

— Qu'est-ce qui s'est passé ? demande sévèrement Crystal à Charlie.

Charlie serre les lèvres, on dirait qu'elle se débat intérieurement pour ne pas répondre.

— Les Flèches sont venus ici après la fête, finit-elle par avouer. Ils ont dû me suivre. Ils m'ont tiré dessus avec une flèche noire, puis ils m'ont raconté que Cupidon avait une âme sœur, quelqu'un du lycée, et ils m'ont demandé de les aider à trouver qui c'était. Puis ils sont partis.

Elle interrompt son récit, les larmes aux yeux.

— Et après ?

— Je me suis souvenue que j'avais été touchée par une flèche à la soirée.

Crystal hoche la tête.

— C'est normal après la transformation. Et puis ?

— Je me suis souvenue de l'Ardeur au *Nid d'amour*. Lila avait été bizarre et s'en était prise à Cal. Je n'en étais pas sûre, mais je me suis dit qu'elle savait peut-être quelque chose. Alors je l'ai contactée et elle m'a tout raconté.

Elle se tourne vers moi et je sens la colère monter. Elle est censée être mon amie et elle m'a trahie deux fois de suite. Crystal approche son visage de celui de Charlie, de façon très menaçante.

— Et tu as révélé son identité aux Flèches ?

Charlie acquiesce à contrecœur.

— Dernière question : où sont les Flèches maintenant ?

Pendant un instant, Charlie semble combattre l'envie de parler. Une larme roule sur sa joue. Puis elle me regarde, les yeux humides, mais avec une expression triomphante.

— Ils sont en route. Ils seront là d'une minute à l'autre.

CHAPITRE 26

Crystal plonge la main dans la poche de son pantalon blanc et en sort son téléphone. Elle me le lance et soulève Charlie par les aisselles pour la remettre debout.

— Appelle Cal, m'ordonne-t-elle d'une voix pressante.

Je lui obéis, malgré la panique.

Les Flèches arrivent.

Quand le portable commence à sonner, je le colle à mon oreille. Pendant ce temps, Crystal ramasse l'arc de Charlie. Le jour décline et elle jette des regards angoissés autour d'elle, comme si elle s'attendait à ce qu'une Flèche sorte de l'ombre d'un instant à l'autre. Cal décroche.

— Qu'est-ce qu'il y a, Crystal ? demande-t-il sèchement. Ce n'est pas le moment…

— Cal ! C'est Lila, on est…

Avant que je puisse ajouter quoi que ce soit, Crystal me pousse violemment et je bascule en arrière contre la cheminée. Le téléphone m'échappe et un bruit assourdissant emplit mes oreilles. J'ai juste le temps de me protéger le visage avec les mains : la fenêtre vole en éclats. La flèche noire qui l'a transpercée s'enfonce dans le mur et tombe en cendres.

Ils sont arrivés.

Un homme bronzé et musclé, vêtu de noir, saute dans le salon, un carquois rempli de flèches à l'épaule. Il est suivi par deux hommes et une femme. Le premier s'élance dans ma direction. Je cherche Crystal du regard : elle a repoussé Charlie sur le canapé, elle brandit son arc et tire.

Le projectile fend l'air en sifflant. Je suis certaine qu'il va atteindre sa cible. Mais l'homme qui était visé l'esquive, m'attrape à la gorge et me balance contre le mur. La douleur se propage dans mon dos. Il m'étouffe et j'essaie de me dégager pendant qu'il saisit la flèche de Cupidon.

Où est Crystal ?

La femme, habillée de la même façon que mon agresseur, vient de la plaquer au sol. Crystal ne peut pas m'aider.

Je lutte encore quelques instants et je parviens à balancer mon genou dans l'aine de mon agresseur, qui pousse un grognement de douleur et me lâche momentanément. J'en profite pour m'échapper. Puis, me rappelant comment j'avais réussi à déséquilibrer Cupidon quelques heures auparavant, je passe la jambe derrière la sienne et exerce une traction sur elle.

Il tombe lourdement sur le sol, manquant de m'entraîner avec lui.

Je l'enjambe et je fonce vers Crystal, qui vient de se débarrasser de son adversaire. Une autre paire de mains me saisit les épaules par-derrière. La réceptionniste de l'agence tire une Capax dans sa direction. J'écarte ma tête juste à temps et la flèche se fiche dans le torse de ce nouvel agresseur, qui s'effondre. Crystal remet Charlie debout et me lance :

— On doit y aller. Je suis garée dans la rue. ON FONCE !

On court vers la porte, Crystal tirant Charlie, puis nous nous précipitons à l'extérieur, les trois derniers agresseurs sur les talons. Nous nous ruons vers la voiture, alors que des flèches filent à toute allure dans le ciel qui s'obscurcit autour de nous. Crystal pointe sa clé vers une Bentley rose et j'entends le bruit caractéristique des portières qui se déverrouillent. Elle pousse Charlie à l'intérieur et décoche quelques flèches en direction de nos assaillants.

Juste au moment où je m'apprête à m'engouffrer dans l'habitacle, me disant que je vais m'en sortir, le type musclé m'attrape à nouveau et me plaque au sol. Je sens une douleur lancinante dans les genoux quand ils entrent en contact avec le béton. Je tente de me relever, mais mon adversaire est sur moi.

Il me retourne pour m'allonger sur le dos, pose un pied sur mon ventre et me maintient en place. Je m'agite en tous sens en criant, tandis qu'il lève son arc et le pointe droit vers mon cœur.

— Lila Black, pour crimes contre les cupidons, je te condamne à la flèche de Cupidon, déclare-t-il avec un fort accent italien.

Malgré la panique qui m'étreint, je me débats de toutes mes forces. Hélas, je n'arrive pas à m'échapper. Il bande son arc. J'agrippe sa jambe pour tenter de me libérer. Puis un sifflement retentit et je suis persuadée d'avoir été touchée.

Je pousse un cri.

Mais l'agent s'effondre sur le sol à côté de moi.

Je m'assieds d'un coup et je regarde autour de moi pour tenter de comprendre ce qui se passe. Une flèche noire a transpercé l'épaule de mon adversaire. Elle tombe en cendres. De l'autre côté de la rue, j'aperçois Cal, l'arc encore brandi au bout de son bras tendu, ses cheveux blonds éclairés par un réverbère.

Ouf.

Cal m'adresse un petit signe de tête avant de se lancer à la poursuite d'un autre attaquant. Une poignée de secondes plus tard, Cupidon apparaît à mon côté et m'aide à me relever. À quelques mètres de là, Selena brise la nuque de la jeune femme. La sirène est à la fois belle et terrifiante, vêtue d'un débardeur noir et d'un jean skinny. Cal a atteint le bout de la rue et tire des flèches dans l'obscurité. Le seul survivant des assaillants a disparu.

Mon cœur bat la chamade. Je tourne la tête vers Cupidon. Il me retient toujours par les bras et m'examine, l'air inquiet.

— Ça va ?

Je hoche la tête, la respiration haletante, puis je vérifie que Crystal s'en est bien sortie. La réceptionniste blonde nous toise avec méfiance. Cupidon suit mon regard et la salue d'un geste. Elle se contente de grogner.

— Qu'est-ce qui s'est passé ? me demande-t-il.

— Charlie est un cupidon, maintenant.

Il pousse un gros soupir. Cal et Selena nous rejoignent.

— Il était moins une, fait remarquer Crystal à Cal.

— On n'aurait pas dû te laisser, me dit-il, plein de remords. Je suis désolé.

Je me dégage de Cupidon et je me force à sourire.

— Ça va, je n'ai rien.

Mon corps tremble encore sous l'effet de l'adrénaline.

— Qu'est-ce qu'on fait, maintenant ?

Cupidon se passe la main dans les cheveux.

— Reconduisons Charlie et Crystal chez moi. Selena, le dernier assaillant s'est enfui. Tu peux venir avec nous, pour voir si Charlie sait quelque chose sur l'endroit où il a pu battre en retraite ?

La sirène acquiesce, puis pose ses yeux bruns sur moi et sourit.

— Contente que tu ailles bien, ma chérie.

Puis elle se dirige vers Crystal, qui est déjà dans sa voiture. Cupidon est songeur.

— Il faut qu'on se dépêche de mettre la main sur la Finis. Il faut qu'on passe à l'agence chercher le dossier.

Il dirige son regard sur Cal.

— Et par « on »… je veux dire « toi », bien sûr.

Cal plisse les yeux.

— Depuis quand est-ce que je suis censé régler tes problèmes ?

— Ce ne sont pas seulement mes problèmes, proteste Cupidon. Tu ne veux pas protéger Lila ? ajoute-t-il d'un air malicieux.

— Si je *veux* ? C'est ma *mission* de m'occuper de Lila. Les Flèches la poursuivent toujours, même si Selena est avec nous. J'aurais dû m'en douter, j'aurais dû savoir que leurs craintes au sujet de ton âme sœur seraient bien plus fortes que leur peur des sirènes. Tout est allé trop loin. J'emmène Lila pour la mettre en lieu sûr.

— Ta mission est de nous empêcher, Lila et moi, de sortir ensemble, corrige Cupidon, et tant que je n'aurai pas la Finis, je ne bougerai pas d'ici.

— Vous ne pouvez pas sortir ensemble. Tu sais ce qui arriverait…

— Aide-moi, alors. Aide-moi à récupérer la Finis et je quitterai Forever Falls.

Je veux m'assurer que j'ai bien compris :

— Si tu trouves la Finis, tu partiras ? Et ça veut dire qu'on ne sera jamais en couple et que les Flèches quitteront la ville ? Tout redeviendra normal ?

Cupidon me regarde, un soupçon de regret assombrit ses traits. Il acquiesce. Je ressens un pincement au cœur de déception, mais après tout ce qui s'est passé, il vaut sûrement mieux qu'il s'en aille… avant que les sentiments inavoués qui se sont emparés de moi ne s'intensifient. Nous ne pourrons jamais être ensemble. C'est une évidence.

Cupidon détourne les yeux pour les poser sur Cal.

— Je sais que j'ai causé beaucoup d'emmerdes, mon frère. Je n'aurais pas dû venir ici. Mais je *devais* trouver mon âme sœur, je devais vérifier si c'était vrai. Toi plus que quiconque, tu peux le comprendre. Toi qui es tombé amoureux d'une humaine un jour…

— Ne parle pas de ça, lui ordonne Cal d'un ton tranchant.

Cupidon n'en dit pas plus et j'examine Cal avec curiosité.

— Je veux juste la Finis, répète Cupidon, puis je m'en vais.

Cal paraît soudain méfiant.

— Pourquoi est-ce que tu la veux tellement ?

— Je ne veux pas mourir, mon frère. Si je trouve la Finis avant eux, j'aurai une chance de me battre.

Je remarque un scintillement dans ses yeux et je me demande s'il n'a pas aussi une motivation secrète. Puis cette lueur disparaît et je conclus que c'est mon imagination. Nous nous taisons pendant quelques instants.

Puis Cal fronce les sourcils.

— C'est le seul moyen de se débarrasser de toi ?

Cupidon sourit.

— Ouais.

Cal lâche un gros soupir.

— C'est bon. Je vais t'aider. Mais ensuite tu quittes la ville. Et Lila vient avec moi à l'agence pour récupérer le livre. Je ne la laisse plus seule avec toi.

CHAPITRE 27

Crystal, Charlie et Selena roulent derrière nous dans la Bentley rose tandis que nous rentrons chez Cupidon à bord de sa Mini. Pendant le trajet, notre conversation tourne en boucle dans ma tête : si on parvient à trouver la Finis, Cupidon s'en ira et les Flèches qui ont tiré sur ma meilleure amie partiront aussi. L'adrénaline de l'attaque n'est pas encore retombée : je me rends compte que je tape nerveusement du pied.

Je repense au visage de Cupidon quand il a avoué ne pas avoir envie de mourir et à la hargne de Cal quand il a répété que nous ne pouvions pas sortir ensemble. Quelque chose qu'ils ne me disent pas se joue en filigrane, mais j'ai trop de choses en tête en ce moment pour me concentrer. Je me retourne pour regarder par la lunette arrière la Bentley rose de Crystal. La peur et la culpabilité me nouent l'estomac quand je pense à la prisonnière qui s'y trouve. Qu'est-ce qui va arriver à Charlie ?

Une dizaine de minutes plus tard, nous arrivons à destination et nous nous retrouvons dans la cuisine de Cupidon. Selena et Crystal emmènent Charlie dans le salon, pendant que Cal prépare du café pour tout le monde. Il fait noir dehors, maintenant, et Cupidon jette un coup d'œil prudent par les portes vitrées.

Je me perche sur un tabouret au bar et je serre nerveusement la tasse que Cal vient de me tendre. Ce n'est qu'en buvant une gorgée de la boisson brûlante que je réalise à quel point je suis fatiguée. Cal s'appuie contre le plan de travail. Je décide de lui poser la question qui me taraude.

— Qu'est-ce qui va arriver à Charlie ? Ils ne vont pas lui faire de mal, tout de même ?

Les frères échangent un regard.

— On n'en arrivera pas là, m'assure Cal avec un air peu convaincu.

Cupidon s'installe sur un tabouret à côté de moi, l'éclairage de la cuisine projetant des ombres délicates sur sa peau légèrement bronzée. Il dégage une odeur de cuir et d'après-rasage, et un léger effluve de transpiration suite à la bagarre.

— Bien sûr que non, renchérit-il. On doit juste apprendre ce qu'elle sait et nous assurer qu'elle ne nous causera pas de problèmes. C'est pour ça qu'on est venus avec Selena.

Je le regarde d'un air interrogateur.

— Elle est très puissante, Lila. Elle peut soutirer la vérité rapidement et elle est aussi douée pour calmer les gens.

— Je peux voir Charlie ?

Cal ne semble pas très chaud, mais Cupidon acquiesce.

— Laisse d'abord Selena cinq minutes seule à seule avec elle.

Je hoche la tête, je pose mon café et je me dirige vers le couloir. Je passe un coup de fil à mon père pour lui expliquer que je vais bien. Il me répond depuis le *Nid d'amour*. Éric lui a demandé de faire un essai ce soir. Je me force à adopter un ton enjoué, en tentant de ne pas penser à Charlie dans la pièce à côté.

— C'est super, ça, papa !

— Merci, ma chérie, me répond-il avec une fierté évidente. J'ai intérêt à améliorer mes talents de danseur. À demain, alors ?

Je lui souhaite bonne nuit et je glisse mon téléphone dans ma poche. Je reste un moment devant la porte du salon, puis je prends une profonde inspiration et j'entre.

Le sol est en parquet ciré et un tapis marron est posé devant la cheminée. Des flammes dansent dans l'âtre et quelques lampes sont allumées dans les coins de la pièce, donnant à l'espace une ambiance chaleureuse. Deux canapés en cuir et un vieux fauteuil sont disposés près du feu et un mur est entièrement occupé par une bibliothèque. Les volumes sur les étagères ont l'air vieux et usés.

Je repense à la pile de livres à côté du lit de Cupidon. Est-ce pour frimer ou est-ce que Cupidon aime lire ?

Charlie est assise sur une chaise en bois au centre de la pièce, les mains attachées derrière le dossier. Selena est agenouillée à côté d'elle.

— Qu'est-ce qu'elle fait ici ? crache Charlie quand elle me voit.

Elle tourne la tête vers Crystal, qui est assise au bord du fauteuil.

— Tu n'interviens pas ? Tu es un cupidon. Tu devrais faire ton boulot.

Crystal se lève :

— Je suis un cupidon depuis bien plus longtemps que toi et on ne s'en prend pas à des humains innocents.

Elle traverse le salon pendant que Charlie se débat pour se détacher.

— Ils ne peuvent pas sortir ensemble, s'emporte Charlie.

Crystal s'arrête devant moi et décrète en me fixant durement :

— Ça n'arrivera pas.

Je ne recule pas, malgré son attitude menaçante.

Elle affiche un sourire complètement faux.

— Je vais me laver les mains.

Elle sort et j'entends ses pas résonner dans l'escalier. Charlie lui crie :

— NE ME LAISSE PAS ICI ! NE ME LAISSE PAS AVEC ELLE !

J'ai la nausée.

Comment Charlie peut-elle me haïr à ce point ?

Selena se penche sur elle et, sous ses cris, j'entends s'élever une douce mélodie. Les hurlements se taisent aussitôt. Charlie est endormie. Mes paupières s'alourdissent aussi et je tombe dans le canapé derrière moi. Je réprime un bâillement :

— Qu'est-ce qui lui arrive ? Pourquoi est-ce qu'elle dort ?

Selena me sourit gentiment.

— Ne t'inquiète pas, ton amie n'a rien. Je l'ai endormie parce qu'elle commençait à s'agiter. Il vaut mieux qu'elle ne soit pas éveillée quand tu es dans les parages.

— Elle va me détester pour toujours ?

Cette idée m'attriste. Charlie est ma meilleure amie depuis si longtemps ! Même si elle a embrassé James, je sais que notre amitié aurait été plus forte.

— Si elle a voulu te transpercer avec la flèche de Cupidon, c'était par compassion, même si c'est difficile à croire. Mais maintenant… je crois qu'elle va essayer de te tuer.

— Il n'y a pas moyen de l'empêcher de me haïr ?

— Le pouvoir de la flèche de Cupidon qui l'a touchée est encore dans ses veines. C'est comme un venin, qui prend le contrôle. Quand son corps commencera à s'y habituer, elle reviendra petit à petit à la raison. Mais elle ne voudra toujours pas que tu sortes avec Cupidon.

— Mais pourquoi ?

Selena vient s'asseoir à côté de moi sur le canapé.

— On lui a expliqué la politique de l'entreprise.

Je la regarde sans comprendre.

Selena fronce les sourcils.

— Ils ne te l'ont pas dit ?

Je fais non de la tête et elle pousse un gros soupir.

— Tu sais qui est la fondatrice de l'Agence Cupidon ?

— Je ne me suis jamais posé la question. Je pensais que c'était Cupidon, avant qu'il ne soit banni.

— Non, chérie, ce n'est pas Cupidon.

— OK, alors qui est-ce ? Et pourquoi est-ce que c'est si important ?

Selena ne répond pas. Elle semble réfléchir à la manière d'expliquer les choses. Les flammes dansent sur sa peau, jetant une jolie lueur sur son teint déjà parfait.

— La politique de l'entreprise précise qu'aucun cupidon ne peut avoir d'âme sœur. Ça fait partie du contrat que chaque cupidon est tenu de respecter. La fondatrice de l'entreprise est partie depuis des années, mais la politique de l'agence stipule que si les règles sont enfreintes, elle viendra reprendre le contrôle.

— Ça ne paraît pas si grave…

Selena a un petit sourire.

— Tu ne connais pas la fondatrice, ma chérie.

Elle se penche vers moi jusqu'à ce que son visage ne soit plus qu'à quelques centimètres du mien.

— Écoute-moi bien.

Elle fredonne un air doux et je me sens encore plus proche d'elle. Je la regarde dans les yeux : ils sont sombres et magnifiques.

— Je voudrais que tu fasses quelque chose pour moi, m'annonce-t-elle.

Je hoche lentement la tête. Je suis gagnée par la somnolence, mais je suis prête à faire tout ce qu'elle veut.

— En bas, dans la salle d'entraînement de Cupidon, il y a des flèches. Tu vois de quoi je parle ?

J'acquiesce de la tête, visualisant la rangée de flèches accrochées au mur.

— Je voudrais que tu ailles là-bas, que tu prennes une flèche noire, que tu la retournes vers toi et…

Tout à coup, une main saisit le cou de Selena et elle est projetée au sol. Elle se remet debout d'un bond, une lueur menaçante dans le regard. Je bats des paupières et j'ai l'impression qu'un voile qui m'obscurcissait la vue a été levé. Je bondis du canapé.

— Hé ! Tu as essayé de… m'hypnotiser !

Mais Selena ne me prête pas la moindre attention. Cupidon est près de la porte, la lueur des flammes danse sur ses traits furieux. Ses muscles bandés sont visibles sous son t-shirt.

— Tu m'as trahi, siffle-t-il entre ses dents serrées. Explique-toi !

Il fait un pas en avant. Selena ne recule pas. Elle place ses mains devant elle, les paumes face à Cupidon.

— Pas besoin de t'énerver, mon chéri, je ne veux pas me battre. C'est juste que j'ai pensé à ce que tu m'as dit aux Champs Élyséens et… sans révéler le secret… je pense que c'est mieux si Lila…

Cupidon plisse les yeux.

— Va-t'en. Dehors.

Selena baisse les bras.

— Comme je l'ai dit, je ne cherche pas la bagarre. Mais tu joues avec le feu.

Elle passe devant moi.

— Je suis désolée, ma chérie. C'était vraiment un acte de bonté. Tu le sauras bien assez tôt…

Puis elle passe devant Cal, qui vient d'apparaître sur le pas de la porte. Il n'a pas l'air de comprendre ce qui se joue. Je la rappelle :

— Attends.

Elle se retourne en haussant les sourcils.

— Et Charlie ? Tu lui as parlé, qu'est-ce qu'elle a dit ?

Selena soupire et interroge Cupidon du regard, mais il l'ignore complètement.

— Elle ne sait pas grand-chose, finit-elle par déclarer. Ils lui ont expliqué les règles de l'entreprise, évidemment. Ils cherchent la Finis, ils pensent qu'elle n'est pas loin. Et d'autres Flèches sont en route.

Avant de partir, elle ajoute pour Cal :

— Garde un œil sur ton frère. On ne peut pas lui faire confiance.

CHAPITRE 28

Une demi-heure plus tard, Cal, Cupidon et moi sommes à nouveau dans la voiture, en route vers l'Agence Cupidon pour récupérer *Les Archives de la Finis*. Charlie s'est réveillée avant notre départ et Crystal est restée pour veiller sur elle. Elle semblait plus calme ; j'espère que ça signifie que l'effet du poison s'estompe.

D'après Crystal, l'influence de la flèche s'était suffisamment dissipée pour qu'elle puisse discuter avec Charlie, mais je l'ai entendue expliquer à Cal qu'elle devrait lui mentir à propos de Cupidon et moi pour ne pas l'énerver. *Mentir sur quoi exactement ?*

Je repense à ce que Selena a dit à propos du retour de la fondatrice de l'agence. Pour moi, c'est du chinois.

— Je ne comprends vraiment pas pourquoi tu tiens à venir, reproche Cal à son frère d'un ton mécontent.

— Je resterai au volant, explique Cupidon, pour que l'on puisse s'enfuir plus vite si nécessaire.

Sa mauvaise humeur semble s'être dissipée.

— Et puis, je ne fais pas confiance à l'agence. Je refuse d'y laisser Lila seule avec toi.

J'aperçois la moue mécontente de Cal dans le rétroviseur.

Cupidon ne fait pas confiance à l'agence. Selena ne fait pas confiance à Cupidon. Et depuis que Selena a tenté de m'hypnotiser pour que je m'enfonce une flèche dans le corps, je ne lui fais pas confiance non plus…

Toutes ces infos se bousculent dans ma tête.

— C'est quoi le plan déjà ?

Je pose la question avant tout pour distraire mon cerveau surchargé.

— Tu viens avec moi, m'explique Cal. Il n'y aura pas grand monde à cette heure-ci, on ne devrait pas nous poser trop de questions. On va faire comme si tu avais rendez-vous avec moi dans mon bureau, puis on s'éclipsera discrètement pour rejoindre la bibliothèque. On trouve ce livre et on s'en va.

Il jette un regard d'avertissement à son frère.

— Et pendant ce temps, Cupidon reste dans la voiture.

Ce dernier sourit.

— Bien sûr, mon frère. Si j'entre, je gagne un aller simple pour les oubliettes de l'agence. Et je n'ai vraiment pas envie de finir là-dedans… encore une fois.

Cal ne lui rend pas son sourire.

— Tu sais ce que je risque pour toi ? S'ils nous attrapent avec *Les Archives de la Finis*, ils devineront que c'est pour t'aider. Je serai banni, ou pire.

— Ce n'est pas pour moi que tu prends ces risques, souligne Cupidon.

Je me demande ce qu'il veut dire par là. Nous nous garons le long du trottoir, pas loin de l'agence.

— J'ai un mauvais pressentiment, commente Cal.

Cupidon rit.

— Évidemment. Tu n'as jamais de bon pressentiment.

Il se retourne sur son siège pour m'interroger :

— Prête ?

J'acquiesce et Cal me lance :

— Viens, alors. Qu'on en finisse avec ça.

Il jette un coup d'œil à Cupidon.

— Et toi… tu restes dans la voiture. Ce n'est pas une blague.

Cupidon sort toutefois de la voiture.

Cal sort aussi, furieux, en claquant la portière derrière lui. Le visage de Cupidon apparaît soudain à ma vitre.

— Tu es certaine de vouloir y aller ?

— Bien sûr. Les Flèches ont tenté de me tirer dessus, elles ont transformé ma meilleure amie et elles attendent des renforts… La Finis est le seul moyen pour que tu me fiches la paix. Je signe des deux mains. Emparons-nous de ce bouquin avant les autres.

Cal le rejoint, le visage déformé par la colère.

— Je t'ai dit de rester dans la Mini.

Cupidon lève les mains en l'air pour montrer son innocence.

— Écoute, je vous accompagne juste jusqu'à la porte. Si vous vous faites choper, vous aurez besoin de mon aide pour sortir. Je veux être certain que tout se passe bien.

Il affiche son sourire le plus charmeur, qui n'a aucun effet sur Cal.

— D'accord, concède ce dernier. Mais ne te fais pas repérer.

Il se dirige vers l'agence. Quittant la Mini à mon tour, je le regarde partir en pensant qu'il risque son boulot. Je me tourne vers Cupidon.

— Tu es vraiment exaspérant, tu sais. Il t'a demandé de rester dans la voiture. Tu ne pouvais pas obéir ?

— Je sais, je suis désolé. Par ma faute, tu es condamnée à une demi-heure seule en compagnie de Cal le Râleur, qui est encore pire que Cal le Taiseux.

Je secoue la tête et me dirige vers le bâtiment. Cupidon m'emboîte le pas.

— Je dois m'assurer que tout va bien pour vous.

Il a l'air sincère pour une fois. Je remarque aussi qu'il est nerveux.

— Rien ne se passe comme je l'imaginais, me confie-t-il. Quand je suis venu à Forever Falls, je veux dire. Je pensais… Je ne sais pas ce que je pensais…

Il ne termine pas sa phrase. Il semble triste, comme quand nous avons discuté sur la terrasse. Le clair de lune souligne son expression chargée de regrets.

— Qu'est-ce qui ne va pas ?

— Ça t'est déjà arrivé d'être sûre à cent pour cent qu'un de tes projets est une super idée, de te dire que tu as pris la bonne décision, puis, quand tout commence à se mettre en place, de te demander si tout ça en valait la peine ?

— J'ai participé à un concours de mangeurs de hot dogs quand j'avais quatorze ans. Après, j'ai vomi toute la soirée.

Il éclate de rire.

— Alors, tu sais exactement ce que je ressens.

Je reprends mon sérieux. Je suppose que sa question concernait sa venue à Forever Falls et sa rencontre avec moi.

— Qui est la fondatrice de l'agence ? Selena m'a dit que cette personne prendrait la relève si nous… enfin, tu sais…

— Si on était en couple ?

Je fais oui de la tête en sentant la chaleur me monter aux joues. Il m'observe sans un mot. On dirait qu'il est en proie à un débat intérieur. Puis il balaie ma question d'un revers de la main.

— Ça n'arrivera pas. La fondatrice est partie. On devrait arrêter de se tracasser pour ça.

Tout à coup, Cal se retourne et attrape son frère par le bras.

— Oui ? lui demande Cupidon d'un air amusé.

— Les cupidons n'ont pas le droit d'avoir une âme sœur, lui martèle Cal. J'espère que tu le sais. Je participe à cette virée uniquement parce que je veux que Lila soit en sécurité et parce que, même si j'ai horreur de l'admettre, je ne veux pas que tu te fasses tuer. Mais n'oublie pas l'essentiel : une fois que tu auras la Finis, je veux que tu quittes Forever Falls.

Ses iris argentés lancent des éclairs furieux. La tension entre les deux frères est palpable et je me demande si cela va finir en pugilat.

Après quelques instants, Cupidon recule d'un pas et hausse les épaules.

— Arrangeons-nous pour trouver la Finis. On réglera le reste plus tard.

— Ça, tu peux compter dessus, conclut Cal.

Nous avançons en silence jusqu'à l'entrée de l'Agence Cupidon. Mon âme sœur s'adosse au mur de la boutique voisine. Cal et moi examinons la façade. L'atmosphère est lourde. Je sens que Cupidon nous observe.

Je n'arrive pas à croire à quel point les choses ont changé depuis la dernière fois que je suis venue ici.

— On prend le livre et on s'en va, résume Cal. Prête ?

— Prête.

Je jette un rapide coup d'œil sur le côté en direction de Cupidon, pendant que Cal ouvre la porte.

CHAPITRE 29

Le carillon de la porte tinte. Tout est exactement comme la dernière fois que je suis venue, sauf qu'un nouveau réceptionniste est assis sous la longue flèche dorée à l'accueil. Il me considère avec méfiance.

— Nous n'acceptons pas…

— … de nouveaux clients pour le moment. Je suis au courant.

Cal me fait discrètement signe de me taire, puis s'adresse à l'employé.

— C'est l'âme sœur de Cupidon, Chad, et elle me pose plus de difficultés que je ne l'imaginais.

Son ton est un peu trop sincère à mon goût.

— Je viens lui montrer quelques dossiers sur Cupidon, en espérant qu'elle prenne la situation un peu plus au sérieux.

Chad a l'air alarmé et me dévisage des pieds à la tête. Puis il pousse un grand cahier vers moi.

— Faites attention à ce que vous divulguez, conseille-t-il à Cal. C'est une humaine.

— J'en suis bien conscient, réplique celui-ci d'un ton sec.

Chad hausse les épaules.

— Elle doit signer le registre.

J'interroge Cal du regard. Il confirme d'un mouvement de tête. La page d'inscription n'a que deux noms italiens écrits en haut, à la date d'aujourd'hui. Cette information me stresse. Les Flèches sont déjà ici ?

— Nous n'avons pas beaucoup de visiteurs, m'explique Chad.

J'ironise :

— Je me demande bien pourquoi. Vous êtes tous tellement sympas.

Je griffonne mon nom.

— Mais vous en avez eu deux ce soir.

Cal se raidit.

— Des visiteurs ?

Chad reprend le cahier.

— Deux cupidons de la filiale italienne sont passés tout à l'heure, ils voulaient jeter un coup d'œil à nos archives.

Le visage de Cal ne trahit aucune émotion. Il franchit la porte vitrée à côté de la réception et je m'empresse de le suivre.

— Ce sont les Flèches ?

Cal acquiesce.

— Nous ne sommes pas les seuls à avoir eu l'idée de chercher des infos sur la Finis ici. On doit se dépêcher.

Quelques-uns des cupidons qui s'affairent dans le bureau nous regardent quand nous passons, mais personne ne nous arrête.

Nous entrons dans la cour intérieure et je remarque à nouveau la statue de la femme au bord du grand bassin sombre. Cal semble l'éviter exprès, alors que nous prenons une porte à droite pour rejoindre un couloir plus moderne. Il aboutit sur un grand espace voûté. Mes yeux s'écarquillent en découvrant une vaste bibliothèque. Le plafond est en forme de dôme et un escalier ouvragé donne accès à des rayonnages qui tapissent tous les murs de la pièce. Une odeur de vieux bouquins flotte dans l'air. Je regarde autour de moi, émerveillée, tandis que Cal s'approche d'un ordinateur au centre. Quelques instants plus tard, il revient avec un bout de papier.

— C'est par là. Un étage plus bas parmi les registres sur les armes. Quelqu'un a cherché le même titre tout à l'heure. C'est bien eux.

Je suis Cal, qui a déjà descendu quelques marches en bois.

— Et s'ils l'ont emprunté ?

— Il est interdit de sortir des livres de l'agence et ces cupidons respectent les règles à la lettre. Par contre, ils doivent connaître le nom de la dernière personne qui a eu la Finis. On doit se dépêcher de la trouver avant eux. Ils sont certainement prêts à tuer qui il faudra pour nous empêcher de mettre la main sur la précieuse flèche.

Nous émergeons dans un espace souterrain mal éclairé. Cal consulte son morceau de papier et nous guide entre les rayonnages.

— C'est ici, quelque part, annonce-t-il en s'arrêtant dans une allée.

Il se met à chercher parmi les gros volumes reliés en cuir, puis disparaît derrière une pile de livres. Je passe l'index le long des dos alignés sur l'étagère la plus proche. Tous les ouvrages semblent anciens et, quand je retire ma main, je remarque que le bout de mon doigt est couvert de poussière. Tout à coup, un reflet attire mon regard. Sur un dos noir, l'inscription *Les Archives de la Finis* scintille en lettres dorées.

— Je l'ai trouvé !

Cal sort de l'ombre et m'arrache le livre. Il l'ouvre et commence à parcourir les pages. Son visage s'assombrit et ses mains tremblent.

— Nous devons partir tout de suite. Les Flèches sont peut-être déjà arrivés. Une fois qu'ils sauront où elle a caché la Finis, ils la tueront.

Je fronce les sourcils.

— De qui parles-tu ? Qui est le dernier cupidon à avoir eu la Finis ?

La panique est lisible dans le regard de Cal :

— Crystal.

PARTIE 3
LA FINIS

CHAPITRE 30

EXTRAIT DES *Archives de la Finis*

Whitechapel, Londres, 1888

Le récit de Crystal

Ma quête de la *Finis* m'a conduite à Londres à l'époque victorienne.

On y racontait qu'un monstre, mi-homme mi-animal, avait dérobé la dernière flèche et l'avait cachée chez lui.

Je suis arrivée en pleine nuit. Un épais brouillard obscurcissait la vue et le silence était pesant.

J'avais dû m'habiller comme à l'époque et ma longue jupe bleue bruissait en frottant sur le trottoir. J'avais peur que cette tenue ne m'empêche de me battre et je serrais l'épée spéciale que j'avais accrochée sous mon manteau pour me rassurer.

En arpentant les rues, je me suis demandé si les humains qui les avaient élaborées s'étaient rendu compte qu'ils avaient, sans le savoir, fabriqué un dédale pour le monstre. Sa puissance m'a impressionnée : il était parvenu à les obliger à créer pour lui un immense labyrinthe, à partir de rangées de maisons mitoyennes, de ruelles sombres et d'impasses.

C'était le genre d'endroit où on se perd facilement et dont il est presque impossible de s'échapper.

La bête raffolait des labyrinthes depuis toujours.

J'ai marché encore et encore. J'étais convaincue que la maison de la créature serait située tout au centre et que c'était là qu'elle gardait l'arme capable de tuer quiconque partage le sang de Cupidon. Je me suis tapie contre un mur pendant que deux agents de police coiffés de hauts casques passaient le long du trottoir. J'ai entendu l'un d'eux déclarer, avant que les voix ne soient étouffées par le brouillard :

— L'Éventreur court toujours. Déjà quatre meurtres et ce n'est certainement pas fini.

Je me suis remise en route en serrant plus fort la poignée de l'épée. Les humains imaginaient qu'un des leurs avait commis ces horribles meurtres, mais ils se trompaient.

C'était le monstre.

Celui que nous connaissions depuis toujours sous le nom de Minotaure.

Au bout d'une heure, j'ai pris conscience que j'approchais enfin du but. Les ruelles devenaient plus étroites et j'ai fini par atteindre une grande clôture de bois au pied de laquelle s'étendait une flaque. Je me suis penchée pour l'examiner.

Du sang.

Je me suis hissée par-dessus cette clôture en piteux état et j'ai atterri sur un tapis de feuilles mortes. Je venais de pénétrer dans le parc d'un manoir imposant et d'allure menaçante, dont le toit était délabré. Jamais aucun humain n'avait dû apercevoir cette demeure tapie dans les profondeurs du labyrinthe.

J'ai pris une profonde inspiration et je me suis dirigée vers la haute porte en bois. Je venais de saisir le heurtoir métallique glacé quand le battant s'est ouvert tout seul. Je suis entrée dans un hall faiblement éclairé par des lampes à huile. L'air sentait l'humidité et la moisissure. J'ai franchi le seuil de la première pièce à droite.

Puis je me suis arrêtée net.

Une longue table occupait l'espace devant un feu crépitant. Un festin avait été préparé. Au bout de la table, une silhouette était affalée sur une chaise, les bottes sur le rebord de la surface plane. Son visage était caché dans l'ombre.

Le Minotaure.

— Crystal ! m'a-t-il lancé d'une voix douce, comme c'est gentil d'être venue.

Puis il s'est penché vers l'avant et j'ai vu un visage auquel je ne m'attendais pas. Celui d'un homme.

Sa peau était sombre et lisse et ses yeux étaient d'un brun hypnotisant. Il me dévorait du regard et j'avais l'impression d'être nue malgré les couches de vêtements que je portais. Je l'ai dévisagé à mon tour.

Il portait une chemise dont les manches avaient été arrachées et j'ai remarqué des tatouages à l'encre noire sur ses bras musclés. Ses cheveux étaient rasés et une longue cicatrice lui barrait la joue et l'œil gauches, n'enlevant rien à sa beauté.

D'un geste brusque, il a reposé ses pieds au sol et a attrapé une cruche. Il m'a fixée du regard et a souri.

— Du vin ?

Sans attendre ma réponse, il a versé du liquide rouge dans une coupe. Je me suis approchée de la table et je me suis assise à côté de lui.

— Comment saviez-vous que je viendrais ?

Il a penché la tête sur le côté pour m'indiquer un mur d'écrans affichant des zones de son labyrinthe londonien.

Comme les cupidons, il avait accès à la technologie avant l'heure.

— Vous êtes venue pour me tuer, a-t-il déclaré en souriant et en exposant ses dents d'un blanc éclatant. Mais d'abord, dînons.

Il a indiqué d'un geste théâtral la nourriture disposée devant nous.

J'en ai profité pour l'étudier avec curiosité. Il avait l'air excentrique et j'étais assez près pour remarquer que ses yeux étaient soulignés d'eye-liner noir.

— Vous ne ressemblez pas à l'idée que je m'étais faite de vous.

— Vous vous attendiez à ce que je sois moitié homme moitié bête ?

Il a secoué un long doigt dans ma direction.

— Tss-tss, Crystal. Vous devriez savoir que c'est juste bon pour les contes de fées.

Son visage s'est assombri.

— Mais ceci n'est pas un conte de fées. Et il y a une bête en moi. Un monstre que je ne peux pas contrôler.

Son regard s'est perdu dans le vide pendant un moment, puis il a poussé la coupe de vin vers moi.

— On s'occupera de ça plus tard, a-t-il conclu. Buvez.

J'ai saisi prudemment le verre et reniflé le liquide. Puis, pour une raison que je n'arrive pas à expliquer, j'ai bu.

C'est ainsi que s'est déroulée ma première rencontre avec le Minotaure.

J'ai dîné avec lui ce soir-là et les trois autres qui ont suivi.

Même si je savais qu'il était dangereux, quelque chose me donnait envie d'être près de lui. Nous avons parlé de la vie, de la mort, de politique et des dieux. Pendant ce court laps de temps, j'en ai appris davantage sur lui que sur n'importe qui d'autre.

Le quatrième soir, nous savions que ce… cette mascarade devait prendre fin.

— Alors, vous allez me tuer ? m'a-t-il demandé ce soir-là, attablé devant un festin. Je le mérite, vous savez.

Puis il s'est penché vers l'avant et a dressé l'index, comme s'il venait d'avoir une idée. Ses yeux brillaient d'excitation.

— Nous pourrions peut-être parvenir à un accord…

J'ai attendu, sans rien dire.

— J'ai quelque chose que vous désirez, a-t-il poursuivi, et vous aussi avez quelque chose que je désire.

Il m'observait fixement.

— Je sais ce que vous cachez sur votre personne, a-t-il ajouté. Ce sont les oracles qui vous l'ont donnée, je présume : l'épée d'Égée. La seule épée capable de me tuer.

Mes yeux se sont élargis de surprise.

— Vous échangeriez la Finis contre l'épée ?

— Oui.

Je me suis empressée de hocher la tête.

— Alors marché conclu.

Ce soir-là, nous avons fait l'échange et j'ai emporté la Finis loin de Londres.

Je l'ai cachée dans un endroit où personne ne s'attendrait à la voir.

Un endroit où je pourrais la surveiller.

Et un endroit où les Flèches ne la trouveront jamais.

— Nous devons partir tout de suite, répète Cal. Ils vont la tuer.

Il tourne les talons sans ajouter un mot et je lui emboîte le pas. Nous débouchons sous le dôme de la salle principale des archives, puis nous traversons le bureau paysager et nous atteignons la réception. Et là, nous nous arrêtons, bouche bée.

Le réceptionniste qui remplace Crystal n'est plus assis au bureau en pierre. Il est solidement campé sur ses deux pieds, bloque notre seule issue et pointe une flèche noire droit sur nous.

— Vous avez trouvé ce que vous cherchiez ?

CHAPITRE 31

Les yeux de Chad s'attardent un instant sur *Les Archives de la Finis* que Cal serre sous son bras sans cesser de nous tenir en joue. Un carquois lourdement chargé est suspendu à son épaule.

— Ça fait plusieurs jours que je t'observe, Cal, depuis la salle de surveillance. Les autres ont cru bon de te confier cette mission, mais je savais que tu nous trahirais pour ton frère, si ça te semblait nécessaire. Je t'ai vu l'aider, entrer avec lui aux Champs Élyséens, traîner chez lui.

Cal se met devant moi pour faire bouclier.

— Chad, ne fais pas ça.

— Vous cherchez la Finis, c'est ça ? Dans quel but ? Pour qu'on ne puisse pas tuer Cupidon ? La Finis est introuvable, de toute façon. Et même si on mettait la main dessus et qu'on éliminait Cupidon, sa mort serait-elle une si mauvaise nouvelle ?

Les muscles de Cal se tendent sous son sweat noir.

— Les Flèches sont ici, explique-t-il avec douceur. Ils cherchent la Finis et pourraient bien la trouver. Même s'il a commis quelques lourdes erreurs, Cupidon ne mérite pas de mourir.

La main de Chad se crispe si fort autour de l'arc que ses doigts blanchissent.

— Les cupidons n'ont pas le droit d'avoir une âme sœur, assène-t-il. Les renforts ne vont pas tarder à arriver. Je t'arrête, Cal. Tu nous as trahis.

Il se tourne vers moi.

— Quant à l'âme sœur de Cupidon, nos agents voudront la mettre sous protection. Normalement, nous ne tirons plus sur des humains, tu le sais... mais je suis certain que l'agence me pardonnera, étant donné les circonstances exceptionnelles.

Cal m'éloigne du bras, pour tenter de me mettre à l'abri.

— Deux flèches noires et elle ne sera plus de ce monde, poursuit Chad. Elle ne sera jamais en couple avec Cupidon.

Il me contemple avec une certaine tristesse, puis pointe son arc droit vers moi.

— Je suis désolé.

Mon cœur bat à tout rompre. Y a-t-il un moyen d'échapper avant qu'il ne tire ?

— Je ne peux pas te laisser faire ça, insiste Cal. À ton avis, qu'est-ce que Cupidon fera s'il découvre que tu as tué son âme sœur ?

Chad secoue la tête d'un air fataliste et bande son arc.

— Je n'ai pas le choix...

Soudain, la voix de Cupidon retentit :

— Excellente question, mon frère !

Il avance à grands pas et se plante devant Chad. Le réceptionniste a l'air terrifié.

— Qu'est-ce que je vais te faire, à ton avis ?

Chad décoche la première flèche noire, malgré sa panique. La pointe se fiche dans la poitrine de Cupidon.

— Reste où tu es, Cupidon. Ne bouge plus.

Celui-ci pousse un grognement et retire la flèche, qui tombe en poussière entre ses doigts.

— Tu sais que tu ne peux pas me tuer avec ça, fait-il remarquer à Chad.

Il avance encore et Chad s'empresse de tirer une deuxième fois, touchant Cupidon dans l'abdomen. Cupidon grogne encore, mais ne s'arrête pas pour autant.

— Tu ne peux pas nous échapper, le prévient Chad d'une voix chevrotante. Nous sommes plus nombreux que toi.

On dirait qu'il regarde quelque chose par-dessus mon épaule. Je me retourne rapidement. Paniquée, j'attrape Cal par le bras : trois autres cupidons se tiennent à l'entrée de l'agence, chacun avec un arc et des flèches.

— Cupidon ! s'écrie Cal.

Il y a un instant de silence, puis Cupidon pousse un gros soupir :

— On va vraiment se battre ?

— Tu pourrais te rendre de ton plein gré, suggère le réceptionniste d'une voix peu convaincue. Tu aurais alors droit à un procès. Équitable.

— La proposition est tentante, mais je suis désolé, j'ai d'autres projets plus urgents...

Il se jette sur l'agent qui bloque la sortie et le place devant lui comme un bouclier. Au même moment, Cal m'attrape par la nuque et m'entraîne à terre tandis qu'une volée de projectiles siffle au-dessus de nos têtes.

Deux Ardeurs s'enfoncent dans la poitrine de Chad, qui pousse un horrible cri de douleur.

Cal se relève et me tire par la main pour me remettre sur mes pieds, tandis que Cupidon projette le réceptionniste sur les trois cupidons derrière nous. Comme la voie est libre à présent, il franchit la porte et sort dans la rue. Cal et moi courons derrière lui, pliés en deux pour éviter les flèches qui continuent à pleuvoir.

Je sprinte jusqu'à la Mini, sans prêter attention aux muscles de mes cuisses qui hurlent de douleur. Cupidon est déjà au volant et met le moteur en marche. À bout de souffle, je me jette à l'arrière au moment où Cal se précipite sur le siège passager. La voiture démarre en trombe et je me retourne pour jeter un coup d'œil par la lunette arrière. Une femme cupidon nous regarde partir, furieuse.

— Ça va, Lila ? s'inquiète Cal.

Personne ne s'élance à notre poursuite.

— Oui. Pourquoi est-ce qu'ils ne nous suivent pas ?

Cupidon me regarde dans le rétroviseur.

— Je ne sais pas si tu as remarqué, mais ils ont peur de moi. Ils sont probablement en train de se concerter, de préparer un plan d'attaque. En tout cas, j'avais raison, Lila, tu n'es pas à l'abri à l'agence.

Il tourne la tête vers son frère pour qu'il approuve ses propos et fronce les sourcils en voyant son expression.

— Qu'est-ce qu'il y a ? Qu'est-ce que tu as trouvé ? Dis-moi que tu as le livre.

— Crystal est le dernier cupidon à avoir possédé la Finis.

Je vois les yeux de Cupidon s'écarquiller dans le rétroviseur et il appuie sur le champignon. Je suis projetée contre le siège en cuir.

— Qu'est-ce qui va lui arriver si on n'arrive pas à temps ?

Cal est plus pâle que d'habitude, il semble particulièrement stressé.

— Ils commenceront par la Capax, m'explique Cupidon, pour qu'elle révèle la cachette de la Finis.

— C'est un cupidon entraîné, me rassure Cal. Ça ne marchera pas. Elle se battra. Et ensuite…

On dirait qu'il a la nausée.

— L'Ardeur, complète Cupidon à sa place. Ils vont la torturer pour essayer de lui arracher des réponses.

Quelle horreur ! Je me souviens de la réaction de Cal dans la simulation et du cri horrible du réceptionniste il y a quelques instants à peine.

— Et quand ils auront obtenu ce qu'ils souhaitent, ils la tueront pour qu'elle ne puisse pas nous raconter ce qu'elle a subi.

Cupidon appuie encore plus fort sur l'accélérateur. Les réverbères semblent émettre une longue traînée de lumière blanche, tandis que nous traversons la ville et que nous approchons de chez Cupidon. Une pensée me vient tout à coup à l'esprit.

Et Charlie ? Est-ce qu'elle est en sécurité ? Est-ce qu'ils vont s'en prendre à elle aussi ?

Cupidon enfonce la pédale de frein devant sa maison et nous nous précipitons vers la bâtisse. La lumière est encore allumée dans la cuisine et tout semble paisible quand nous empruntons le couloir.

— Crystal ! crie Cal. Crystal, tu es là ?

Nous ouvrons la porte du salon. Cupidon entre le premier et reste cloué sur place. Nous nous dépêchons de le suivre. On s'est battu ici, c'est évident. Le fauteuil est renversé et les livres des étagères sont éparpillés sur le parquet. Les flammes illuminent une tache sur le mur qui ressemble à du sang.

Soudain, je remarque un mouvement dans le fond de la pièce. Je me prépare pour affronter la menace. Charlie sort de l'ombre de la bibliothèque et ses yeux sombres rencontrent les miens. Son expression est dure, déterminée.

— Ils ont enlevé Crystal, annonce-t-elle.

CHAPITRE 32

Cupidon s'approche du fauteuil renversé, le redresse et s'assied. Il examine Charlie d'un air menaçant.

— Et pourquoi est-ce qu'ils ne t'ont pas emmenée ?

La lumière vacillante de la cheminée projette des ombres sur son visage, lui donnant une allure encore plus inquiétante. Cal s'interpose entre Charlie et moi, les poings serrés.

— La réponse m'intéresse aussi.

Charlie secoue la tête.

— Je… je ne sais pas. Ils m'ont détachée et m'ont dit qu'ils me contacteraient.

— Elle ment, décrète Cal. Elle sait où Crystal se trouve.

Il se précipite vers Charlie, mais Cupidon attrape le bras de son frère et le retient. Charlie tressaille, mais ne recule pas. Derrière son expression sévère, j'ai l'impression de déceler des restes de personnalité de ma meilleure amie, mais surtout une puissance et une distance qui n'étaient pas là avant. Je veux croire à tout prix que l'ancienne Charlie peut refaire surface.

— Calmons-nous. Si Charlie était impliquée dans tout ça, elle ne serait sûrement pas restée. Si elle avait aidé les Flèches, elle serait partie avec eux, non ?

Mon intervention ne l'apaise pas. Au contraire, son visage se durcit encore. Pendant un moment, nous nous fixons sans rien dire, puis elle s'élance vers moi et tend les mains pour agripper mon cou. Elle me plaque contre le mur et j'ai du mal à respirer. Cupidon lâche Cal pour intervenir, mais pas avant que je balance un coup de tête à Charlie et que je ne la mette à terre. Je lui maintiens les bras sur le tapis tandis qu'elle se débat avec fureur.

— Charlie, arrête ! ARRÊTE !

Elle lève des yeux apeurés et cesse de lutter. Je tourne la tête. Cal pointe une flèche noire vers sa gorge. Je relâche mon emprise, mais par prudence je continue à la clouer au sol avec mes jambes. Cupidon s'accroupit.

— Écoute-moi bien, Charlie, dit-il d'une voix lente, comme s'il parlait à un enfant. Quand tu es transpercée pour la première fois par la flèche de Cupidon, son pouvoir prend le dessus. Tout doit être confus pour toi en ce moment, tu es en colère aussi. Mais les Flèches ne sont pas les gentils. Ce sont eux qui t'ont mise dans cette situation. Et ce sont eux qui viennent d'attaquer et d'enlever Crystal. Ne t'inquiète pas, on va la récupérer, mais pour ça, on a besoin de ton aide.

Charlie a effectivement l'air perdu. Sa respiration est haletante.

— Tu ne peux pas avoir d'âme sœur.

— Ils ont inventé cette histoire, Charlie. Ils essaient de me tuer depuis des années. Et maintenant, ils essaient de s'en prendre à Lila aussi, parce qu'ils savent que lui faire du mal me fera du mal.

Il me regarde avec passion.

— Je cherche mon âme sœur depuis longtemps.

Je me sens piégée dans son regard un instant, mais je devine qu'il ment. Les Flèches veulent nous tuer, Cupidon et moi, parce que notre union va à l'encontre des règles, même si je ne comprends toujours pas pourquoi.

— C'est ce que Crystal m'a dit aussi, concède Charlie.

Elle m'observe à présent avec moins de hargne.

— J'ai juste… J'ai l'impression…

— Un peu d'aide, s'il te plaît, mon frère, s'impatiente Cupidon.

— Tu as l'impression que ton sang bout dans tes veines, enchaîne Cal, que tu dois attaquer Lila pour protéger les cupidons, pour empêcher la catastrophe annoncée par les Flèches. Tout ça est naturel pour un nouveau cupidon. Mais nous ne sommes pas tes ennemis. Lila non plus. Dans les prochaines vingt-quatre heures, tu te sentiras à nouveau toi-même.

— Tu seras juste plus *cupidesque*, souligne Cupidon.

Elle examine avec méfiance la flèche noire, puis nous trois. Je tente de démêler le vrai du faux.

— Pourquoi tu es restée ici à nous attendre, si tu me détestes à ce point ?

— Crystal est mon amie. On s'est rapprochées pendant l'été quand elle travaillait au restaurant.

Et que tu te rapprochais de mon copain.

— Et je ne te déteste pas, ajoute-t-elle. Ce que j'ai fait n'a rien à voir avec de la haine.

Cupidon hoche la tête et lui adresse un sourire qu'il croit sûrement encourageant.

— Eh bien, c'est un début… Pourquoi ne pas t'asseoir et nous raconter ce qui s'est passé ?

Personne ne bouge. Je continue à maintenir Charlie au sol, guettant un signe d'apaisement de sa part. Elle acquiesce alors et je me relève lentement. Cupidon m'interroge du regard pour vérifier que tout va bien.

Je lui signifie que oui, mais mon crâne me lance suite au coup de boule que j'ai donné à Charlie. J'ai aussi beaucoup de peine à voir ma meilleure amie me considérer avec dégoût à chaque fois qu'elle pose les yeux sur moi. Je me dirige vers un des canapés en cuir, en évitant les livres et les objets cassés qui jonchent le sol.

Cal éloigne la flèche de Charlie et Cupidon lui tend la main pour l'aider à se remettre debout.

— Pas besoin de t'attacher à nouveau, quand même ?

Charlie le fusille du regard mais fait non de la tête.

— Sache que t'en prendre à Lila serait très… imprudent.

Il lui intime de s'asseoir dans le fauteuil et Charlie obéit. Cupidon et Cal prennent place chacun à côté de moi. Cupidon s'enfonce dans les coussins tandis que Cal se perche sur un accoudoir, l'air tendu. Il fait tournoyer la flèche noire entre ses longs doigts de pianiste en fixant la trace de sang sur le mur. J'essaie de le tirer de sa contemplation :

— Cal.

Il tressaille.

— J'aurais dû le lui dire, murmure-t-il en baissant les yeux vers ses pieds. J'aurais dû prévenir Crystal que nous cherchions la Finis.

— Oui, mon frère, ça aurait simplifié les choses, commente Cupidon, agacé.

Puis il se tourne vers Charlie.

— Bon. Je pourrais te transpercer d'une Capax, mais j'imagine que tu en as assez d'être traitée comme un coussin à épingles. Si jamais j'ai l'impression que tu mens…

— C'est bon, j'ai compris, répond Charlie d'une voix un peu vacillante. Tu veux que je te raconte ce que je sais ou pas ? Parce que j'ai l'impression qu'ils vont s'en prendre à Crystal et qu'on doit la retrouver le plus vite possible.

La jambe de Cal, qui touche la mienne sur le canapé, se raidit à ces mots.

Cupidon acquiesce.

— Vas-y.

— On parlait, Crystal m'a ligotée. Merci beaucoup, au fait…

— Je t'en prie, ironise Cupidon.

— Puis il y a eu un bruit dehors. Crystal est allée voir. Quand elle est rentrée, elle semblait effrayée et elle a verrouillé la porte. Puis elle m'a dit quelque chose de… bizarre…

Cal se penche en avant, tous les sens en alerte.

— Qu'est-ce qu'elle a dit ?

— « Je n'ai pas toujours été réceptionniste. »

J'interroge Cal :

— Tu comprends ce qu'elle voulait dire ?

— Je ne crois pas. Et après ? Elle a mentionné autre chose ?

— Non. Trois personnes ont défoncé la porte, deux filles et un type. Le mec a attrapé Crystal et ils se sont battus. Elle l'a projeté contre le mur…

Charlie indique d'un mouvement du menton la trace de sang. Cal a l'air soulagé d'apprendre que Crystal a au moins infligé quelques blessures à ses ravisseurs.

— Je pensais qu'ils m'attaqueraient aussi, mais ils m'ont ignorée. Les deux autres se sont précipitées sur Crystal. Elle s'est débattue, mais elles ont réussi à la traîner hors de la pièce. Puis une des filles a coupé la corde qui m'attachait les mains. Elle m'a dit de m'en aller et qu'elle me contacterait quand elle aurait besoin de moi.

Elle hésite à continuer. Elle me jette un coup d'œil.

— Je pense qu'ils s'attendent à ce que je leur livre Lila quand ils m'en donneront l'ordre.

Un sourire triomphant s'élargit sur le visage de Cupidon. Il garde le silence un instant avant de demander à mon amie :

— Tu veux un café, Charlie ?

Je fronce les sourcils. *Qu'est-ce qu'il mijote ?* Charlie a l'air surpris, mais elle acquiesce.

— Volontiers.

— Lila, Cal, venez me donner un coup de main.

Il se lève et sort du salon. Cal et moi échangeons un regard avant de le suivre jusqu'à la cuisine.

— Très subtil, dis-je.

Cupidon hausse les épaules.

— La subtilité n'a jamais été mon fort.

Il se penche par-dessus le bar, les avant-bras sur le comptoir. Je me surprends à admirer les muscles de ses épaules visibles à travers son t-shirt en coton. Cupidon remarque mon intérêt, mais ne fait pas de commentaire.

— Bon… commence-t-il.

Je l'interromps :

— Tu crois que les Flèches vont contacter Charlie ?

— Oui. Et on peut l'utiliser pour qu'elle nous mène à Crystal. On doit juste la tenir à l'œil. S'assurer qu'elle ne recommence pas à avoir des penchants meurtriers, insiste Cupidon. Il faut qu'elle reste ici.

Charlie apparaît dans l'embrasure de la porte.

— Pas question. Je rentre chez moi. J'ai eu une journée atroce.

Cupidon secoue la tête.

— Désolé, Charlie. C'est trop dangereux… On ne peut pas courir le risque d'une nouvelle bêtise.

Il se tourne vers moi.

— Cela vaut pour toi aussi, Lila. L'agence a montré son allégeance, les Flèches veulent t'attraper et Selena a tenté de te faire du mal. Tu ne rentres pas chez toi non plus. Tu restes ici avec moi.

Passer la nuit chez Cupidon ? Mon cœur palpite rien que d'y penser. Avant que je ne puisse répondre, Cal frappe le bar du plat de la main.

— Je ne suis pas d'accord pour attendre que les Flèches contactent Charlie.

Cupidon se dirige vers la machine à café.

— Pas le choix. Aucun d'entre nous ne peut remettre le pied à l'agence. Nous sommes tous les deux recherchés.

CHAPITRE 33

Je suis seule dans la cuisine, occupée à siroter mon café. Charlie a compris qu'elle n'avait pas vraiment le choix : elle s'est installée à contrecœur dans une chambre d'amis, elle est au lit. Cal est descendu dans la salle d'entraînement il y a une demi-heure, pour se défouler, tandis que Cupidon s'est mis à ranger son salon.

Je passe en revue les événements de la journée : ma meilleure amie est devenue un cupidon, les Flèches ont enlevé Crystal et Cupidon m'a convaincue de passer la nuit, ici, sous son toit. Je ne sais pas ce qui me rend le plus nerveuse. Ça devrait être les deux premières catastrophes, mais Cupidon a l'art d'exacerber mes émotions : l'énergie qui émane de lui, son odeur d'été et d'adoucissant, puis cette expression triste qui traverse son visage quand il croit que personne ne le regarde, tout ça me rend dingue. Je ne sais pas quoi penser de lui. Je n'ai pas l'impression de pouvoir lui faire confiance et pourtant j'en meurs d'envie.

Pourquoi est-ce que nous ne pouvons pas sortir ensemble ?

Cupidon apparaît soudain sur le seuil de la cuisine, m'arrachant à mes pensées. Il me fait signe de le suivre et me conduit dans le salon qui a retrouvé son élégance. S'il n'y avait la tache sur le mur, j'aurais du mal à croire que cette pièce a été le théâtre d'un combat sans pitié. Cal, revenu du sous-sol, est installé dans un des canapés. Sa peau habituellement pâle est légèrement rouge et ses cheveux humides. En passant devant lui pour m'asseoir dans le fauteuil, je sens une odeur de shampooing fruité.

— Je suppose qu'on va nous aussi passer la nuit ici ? demande-t-il à Cupidon. Tous les trois ?

Cupidon me jette un regard plein de sous-entendus.

— J'ai un grand lit confortable à l'étage…

Cupidon éclate de rire en voyant nos mines scandalisées.

— Je plaisante. J'avais l'intention de rester dans le salon de toute façon, au cas où Charlie déciderait de faire une balade nocturne. Si tu insistes pour être notre chaperon, mon frère, fais-toi plaisir, allonge-toi sur ce canapé. Je t'aurais bien suggéré de t'installer dans une des chambres d'amis, Lila, mais tant que le poison de la flèche est présent dans les veines de Charlie, il vaut mieux que tu restes avec moi.

Je sens des papillons dans mon ventre à l'idée de dormir si près de lui.

— Prends l'autre canapé, Lila, me propose-t-il. C'est plus confortable. Je dormirai dans le fauteuil.

— Non, ça va.

Je ne crois pas que j'arriverai à fermer l'œil de toute façon. Cupidon hausse les épaules et s'allonge sur le canapé proche de celui où est son frère. Son t-shirt remonte, exposant ses hanches et ses abdos. Il remarque que je le mate et sourit en plaçant ses bras derrière sa tête, puis il se tourne vers moi.

— Bon, c'est l'heure des confidences sur l'oreiller.

Cal soupire bruyamment et s'allonge en nous tournant le dos.

— C'est l'heure de dormir, corrige-t-il. On a une grosse journée demain.

Cupidon me dévisage, la lumière des flammes danse autour de ses yeux marins. Je sais exactement ce qu'il me communique en silence. Je sens à nouveau des papillons prendre leur envol dans mon ventre.

Le sommeil est bien la dernière chose que cherche, Cupidon ce soir.

AAA

Les légers ronflements de Cal ne tardent pas à envahir le salon. Je me blottis dans le fauteuil, face à Cupidon, et j'observe les flammes qui vacillent dans la cheminée. C'est bizarre, mon corps semble relié au sien : j'entends sa respiration, je sens sa chaleur, son énergie. Même sans le regarder, je sais qu'il ne m'a pas quittée des yeux.

Au bout d'un moment, il soupire et je l'entends se lever. Je tourne la tête et je le vois se pencher pour ramasser quelques couvertures pliées. Il s'approche de Cal et en jette une sur lui. Son geste m'étonne. Je croyais qu'ils se détestaient.

— Tu en veux une ? me demande Cupidon.

Je tends la main et il me passe une couverture moelleuse, puis se réinstalle sur le canapé en cuir, les mains derrière la tête et les pieds nus sur l'accoudoir. Il plante ses yeux sur moi.

— Je ne crois pas que tu sois aussi dangereux que tu le prétends, dis-je pour briser la tension.

— Je ne prétends pas l'être. C'est mon frère chéri qui raconte ça à tout bout de champ.

— Mais tu tiens à lui.

Cupidon hausse les épaules.

— C'est mon frère. C'est un emmerdeur, mais c'est mon frère.

— Il est convaincu que tu n'aurais pas dû venir ici.

Cupidon se redresse pour s'asseoir et se penche vers moi.

— Et tu es du même avis ?

Je réfléchis avant de répondre. Tout ce qui s'est passé ces derniers jours, c'est à cause de lui.

— Oui.

Mais en prononçant ce mot, je sais que ce n'est pas vrai.

— Tu as causé pas mal d'emmerdes depuis ton arrivée. Pourquoi tu es venu ?

Ses yeux restent ancrés dans les miens.

— Pour te trouver.

J'ai les joues en feu et je ne sais pas si c'est à cause de la chaleur des flammes ou de l'énergie qui emplit tout à coup la pièce.

— Cal m'a raconté que tu as été banni de l'agence, que tu es obsédé par les femmes. Que tu as des opinions extrêmes.

Cupidon laisse échapper un petit rire.

— Cal a dit ça ? Il exagère toujours.

Je fronce les sourcils.

— Tu n'as pas été banni ?

— Oh, si.

Il se tait un instant et semble réfléchir.

— J'imagine que mes opinions doivent leur sembler extrêmes…

— Tes opinions sur quoi ? Sur la drague ?

Il rit puis secoue lentement la tête. Il s'adosse aux coussins du canapé pour m'observer attentivement. Je brise le silence :

— Je ne pense pas que tu sois mon âme sœur. Je ne crois pas à ce genre de truc de toute façon.

Cupidon esquisse un demi-sourire.

— Moi non plus, pas vraiment. Pas comme mon frère.

Sa confession m'étonne.

— Alors pourquoi tu es venu ici ?

— Par curiosité, admet-il, visiblement amusé.

Comme je ne dis rien, il poursuit en reprenant un air sérieux :

— J'ai vu des âmes sœurs se rencontrer. J'ai arrangé ce type de rendez-vous que l'on attribue par erreur au hasard. Donc, ce n'est pas tout à fait exact que je n'y crois pas. C'est juste… un peu déprimant, tu ne trouves pas ? On n'a qu'une seule chance, avec une unique personne, et une fois que cette personne n'est plus de ce monde, on se retrouve tout seul.

Je pense à mon père, perdu sans ma mère. C'est Cal qui a arrangé leur rencontre, ce qui signifie qu'ils étaient des âmes sœurs. Je me sens triste tout à coup.

Cupidon poursuit son raisonnement :

— Parfois, je me dis qu'il faudrait laisser les gens livrés à eux-mêmes. Ces histoires d'âmes sœurs… donnent l'impression que tout est planifié. Pour moi, l'amour ne devrait pas être programmé. Qu'est-ce que tu en penses ?

Il me scrute de ses yeux océan.

— Tu es un cupidon et tu ne penses pas qu'il faut pousser les âmes sœurs dans les bras l'un de l'autre ?

— Tu comprends pourquoi on considère que mes opinions sont extrêmes.

— Si c'est vraiment ce que tu penses, alors je ne comprends toujours pas ce que tu es venu faire ici.

Les ombres dansent sur son visage, obscurcissant encore plus son expression.

— Que ça me plaise ou non – et que tu y croies ou pas –, un système complexe, un système qui possède des informations détaillées sur chaque personne vivant sur cette planète, a déterminé que toi et moi devions être ensemble. Alors, peut-être que je ne crois pas autant à l'âme sœur que mon frère, peut-être que je ne pense pas que tout ça soit possible… ni que l'amour puisse être aussi simple. Mais quand même… tu es mon âme sœur, d'après ce système. Je devais te voir, Lila. Juger par moi-même.

Nous ne disons plus rien après ça. Les seuls bruits dans la pièce sont les légers ronflements de Cal et le crépitement des flammes. Je joue avec les franges de ma couverture.

— Pourquoi est-ce que Cal dit que tu es dangereux ? Parce qu'il savait que les Flèches viendraient ?

— En partie, mais pas seulement pour ça.

Je l'interroge du regard.

— Il est convaincu qu'il va se passer un truc grave, si on sort ensemble. Pour lui, ça me rend dangereux.

— Qu'est-ce qu'il imagine qui va se passer ? Ça a un rapport avec la fondatrice de l'agence ?

— Il y a une clause dans le règlement…

Il est interrompu par un raclement de gorge. Je sursaute. Cal s'est retourné et nous observe.

— Vous pouvez faire moins de bruit, s'il vous plaît ?

Il se réinstalle dans sa position initiale en ronchonnant, pendant que nous nous retenons de rire.

— Bonne nuit, mon frère, lui lance Cupidon.

Puis il s'allonge sur le canapé et se couvre d'une couverture. Il se met sur le flanc pour se tourner vers moi et son visage s'adoucit un instant.

— Il y a quelque chose en toi, Lila, me chuchote-t-il. Je ne sais pas ce que c'est. Mais la première fois que je t'ai rencontrée, j'ai ressenti quelque chose. Et je pense que tu le ressens aussi.

Je repense au moment où je lui ai tendu le stylo, à l'électricité qui semblait traverser mes veines. Je voudrais détourner le regard, mais je n'y parviens pas.

Je lui rappelle :

— Tu n'aimes pas le concept des âmes sœurs.

Cupidon se remet sur le dos.

— Je commence à m'y faire.

CHAPITRE 34

J'arrive finalement à trouver le sommeil, je ne sais pas comment. Quand je rouvre les yeux, les braises rougeoient encore et la lumière matinale s'infiltre entre les lourdes tentures rouges. Je me redresse en remontant la couverture sur ma poitrine et je sens une paire d'yeux qui m'observe. Cupidon est assis sur son canapé, un sourire aux lèvres.

— Oh, Cupidon, j'ai failli avoir une crise cardiaque. Tu m'épies pendant que je dors ? C'est chelou…

Je remarque que le second canapé est vide.

— Où est Cal ?

— Descendu s'entraîner. Et pour ma défense, tu bavais, tu marmonnais et tu ronflais, c'est difficile de s'intéresser à autre chose.

— Je ne faisais rien de tout ça !

Il sourit.

— C'est vrai, d'accord. Tu étais adorable. On va réveiller notre petit cupidon en colère pour vérifier si le venin a quitté son système ?

Nous montons l'escalier tournant vers la chambre d'amis et je ne peux m'empêcher de repenser à la première fois que je suis venue ici. Si je n'avais pas suivi Cupidon sur la terrasse, les choses se seraient-elles passées autrement ? Est-ce que je serais tout de même là, sur le point de réveiller ma meilleure amie transformée en cupidon, après avoir passé la nuit dans la même pièce qu'un dieu de l'amour ?

Cupidon s'arrête sur le palier et frappe à une des portes. J'espère que Charlie me réservera un meilleur accueil que la veille.

— Entrez, grommelle-t-elle de l'intérieur.

Nous pénétrons dans une chambre simple, mais élégante. Le tapis et les rideaux sont écrus et une jolie coiffeuse avec un miroir orne un des murs. Charlie est assise en tailleur au milieu du lit double. Elle porte toujours le jean et le top noir qu'elle avait la veille. Elle tient son téléphone en main et semble hésitante.

Quand nos regards se croisent, je reconnais la Charlie de toujours : les soirées pyjama, les heures de colle, les ragots à la cafétéria du lycée.

— J'ai vraiment tenté de te tuer hier soir ? me demande-t-elle d'un air gêné.

Je confirme, soulagée qu'elle ait retrouvé sa personnalité. Elle se prend la tête dans ses mains.

— Tu te sens mieux, alors ?

— Heu… c'est relatif. Je me sens différente. Tout est un peu flou. J'ai mal au crâne, sans doute à cause du coup de boule que tu m'as flanqué…

Elle gémit.

— J'ai l'impression d'avoir une monstrueuse gueule de bois, mais sans le plaisir de m'être éclatée.

— Ça craint, reconnaît Cupidon. Ça arrive après une transformation. Quelqu'un t'a contactée ?

Elle soupire et nous fait signe d'approcher. Nous allons nous asseoir à côté d'elle. Elle a reçu un message d'un numéro inconnu. On se penche pour le lire.

Ça vient des Flèches et ce n'est pas rassurant.

Garde un œil sur l'âme sœur. Nous l'emmènerons bientôt. Tiens-toi prête.

— Mmm, intéressant, déclare Cupidon.

— Je dois répondre ? nous interroge Charlie.

ᐱᐱᐱ

Une demi-heure plus tard, nous sommes installés au bar de la cuisine. Le portable de Charlie est posé sur le plan de travail devant nous. Contrairement à son habitude, Cal est habillé de façon décontractée. Il porte un pantalon de survêt noir et un t-shirt blanc un peu trop large pour lui. Je me demande s'il les a empruntés à Cupidon. Charlie semble être redevenue elle-même, bien qu'elle reste un peu distante.

— Demande-leur si Crystal va bien, lui ordonne Cal.

Charlie lui jette un regard méfiant, puis hoche la tête et tape un message. Quelques instants plus tard, son téléphone vibre.

Elle n'a pas encore parlé. Ça pourrait prendre du temps. Sois prête.

Cupidon semble soulagé, mais Cal a encore l'air inquiet. Je comprends les deux réactions ; les Flèches ne savent pas encore où se trouve la Finis, ce qui est une bonne nouvelle, mais ça signifie qu'ils continuent à torturer Crystal.

— Essaie de savoir ce qu'ils comptent faire avec Lila, suggère Cupidon.

Charlie tape un nouveau message et, quelques minutes plus tard, son téléphone vibre.

Arrange-toi pour qu'elle soit au bal du lycée de Forever Falls vendredi. Attends les instructions.

— Écris-leur que tu vas leur amener Lila maintenant, propose Cupidon. Mais seulement s'ils te disent combien ils sont, combien d'armes ils ont et s'ils te donnent leur adresse…

Cal et moi nous nous tournons vers lui. Il ne pense quand même pas que ça va marcher ?

— Mais d'une manière plus subtile… ajoute Cupidon en observant nos expressions médusées.

Charlie rédige un texto et nous attendons. Il faut cinq bonnes minutes avant qu'on ait la réponse.

Trop risqué. Cupidon la surveille sûrement. On répète : arrange-toi pour qu'elle soit au bal du lycée vendredi. Attends nos instructions.

Nous prenons le petit déjeuner chez Cupidon. Les frères sont convaincus que les messages signifient que les Flèches ne tenteront rien avant vendredi.

— Ils veulent profiter du bal pour agir discrètement, nous explique Cupidon en déposant son bol vide dans l'évier.

La lumière matinale qui traverse les baies vitrées jette une couleur dorée dans ses cheveux et adoucit sa mâchoire.

— Il y fera sombre et il y aura beaucoup de monde, ce sera facile pour eux de passer inaperçus et d'emmener Lila.

Je bois une gorgée de café avant de décréter :

— Je ne comprends pas pourquoi ils ne demandent pas à Charlie de me tuer.

Mon amie fixe le fond de son bol, mal à l'aise. Personne ne répond et le silence est gênant.

— Ils se disent que la Finis est à leur portée, avance finalement Cal, qui n'a presque pas ouvert la bouche de la matinée. J'imagine qu'ils veulent te prendre en otage pour que Cupidon vienne à eux de son plein gré ; ils auraient plus vite fait de te tuer, tu as raison, mais c'est *lui* qu'ils veulent vraiment. Cette histoire leur a fourni une excuse en or pour l'éliminer.

Cupidon fait la moue.

Je poursuis le raisonnement :

— Mais si Cupidon quitte la ville, ils le suivront et nous laisseront tranquilles.

— Seulement si j'ai la Finis, Lila, précise Cupidon. Si ce sont eux qui l'ont, ils peuvent encore te prendre en otage. Et dans ce cas, je reviendrai. Je reviendrai toujours pour toi.

Il plonge ses yeux dans les miens, mais je détourne le regard. Je ne peux pas le laisser m'attirer dans ses filets. Les Flèches s'en prennent à nous par sa faute. Nous sommes en danger, on doit se sortir de cette situation. Je pose la question qui me taraude depuis un moment :

— Comment est-ce qu'on va trouver la Finis, alors que la seule personne qui sait où elle se trouve est aux mains des Flèches ?

Personne ne dit rien pendant quelques minutes, puis Charlie annonce :

— J'ai une idée.

Elle nous l'expose et Cupidon quitte la pièce juste après. Il revient avec une flèche à pointe rose qu'il place sur le bar.

— Nous devons nous assurer que tu ne nous mens pas, Charlie, déclare-t-il avec sévérité.

Elle ne dit rien pendant quelques minutes, puis elle acquiesce lentement.

— Bien…

Elle prend la flèche, l'observe avec hésitation, puis enfonce légèrement la pointe dans le bout de son index. Elle lâche un petit cri de surprise quand la flèche se désagrège entre ses doigts.

— Tu vas trahir Lila ? lui demande Cupidon.

— Tu vas quitter la ville si on trouve la Finis ? répond-elle du tac au tac.

Quand Cupidon confirme, elle se tourne vers moi.

— Ils m'ont transpercée d'une flèche, ont essayé de faire de moi une tueuse et ont enlevé mon amie. Je ne te trahirai pas, Lila. Je veux aller choper ces types et récupérer Crystal.

CHAPITRE 35

Après le petit déjeuner, Cal emprunte une des voitures de Cupidon pour nous déposer, Charlie et moi, sur la place de Forever Falls. Il a enfilé sa tenue de travail, et le blanc accentue encore la pâleur de son visage et ses cernes. Il retourne aux Champs Élyséens ; il espère pouvoir faire chanter l'un des cupidons accros pour qu'il lui révèle de nouvelles infos concernant la Finis. Charlie et moi avons à peine claqué les portières qu'il redémarre et met le cap sur Los Angeles.

Je lance au nuage de poussière :

— Au revoir, Cal…

Charlie m'adresse un demi-sourire alors que nous nous dirigeons vers le petit magasin de vêtements situé dans une rue perpendiculaire. Nous avons décidé de choisir une tenue pour le bal de vendredi, étant donné que le plan de Charlie nous oblige à y assister. Le malaise entre nous est encore perceptible. C'est en fouillant dans les robes accrochées à un portant que je lui pose enfin la question qui me brûle les lèvres :

— Quand tu as essayé de me tuer, tu as justifié ton geste en disant que j'étais dangereuse, que tu ne pouvais pas me laisser sortir avec Cupidon. Pourquoi ?

— Ils venaient de m'expliquer que c'était contraire au règlement de l'entreprise et que, si ça se passait, la fondatrice reviendrait.

Elle hausse les épaules.

— Ça me semblait très important… sur le moment.

— C'est qui, cette fondatrice ?

Elle secoue la tête.

— Je ne sais pas. Tout ce que je sais, c'est qu'hier, j'étais convaincue que son retour serait une catastrophe.

Elle me dévisage tout à coup.

— Il te plaît, hein, Cupidon ?

— Non !

J'ai répondu trop vite pour paraître sincère.

Charlie arque un sourcil et ironise :

— C'est ça…

Elle reprend son sérieux pour ajouter :

— Sois prudente, Lila. J'ai un mauvais pressentiment et je n'arrive pas à m'en débarrasser. Je ne sais pas… Ça vient peut-être du venin dans mes veines, mais je me sens en danger. Il va se passer quelque chose…

On se remet à fouiner dans les vêtements. Charlie décroche une robe et me demande, penaude :

— Tu as parlé à James ?

— Non. Je sais que je dois rompre avec lui, mais je redoute ce moment.

Puis je décide d'admettre enfin la vérité :

— Pour être honnête, je pense que je voulais le quitter depuis un bout de temps.

Je pense à la tension presque électrique que je ressens en présence de Cupidon, à la façon dont ses yeux semblent m'attirer. Je sais que Charlie a raison, que je dois rester prudente, mais il est tellement magnétique, intrigant… C'est un mystère, une énigme que j'ai envie de résoudre. Avec James, je connais déjà l'emplacement de toutes les pièces du puzzle. Et le pire, c'est qu'elles ne s'assemblent pas très bien…

Je m'interromps, et demande à brûle-pourpoint :

— James te plaît toujours ? D'après Crystal, c'est ton âme sœur, comme je suis censée être celle de Cupidon.

— C'est bizarre, mais je me sens différente depuis qu'on m'a tiré dessus. Si je pouvais remonter le temps, je n'aurais jamais…

Je hoche la tête. Je me demande si j'agirais différemment si je pouvais revenir quelques jours en arrière.

— Tu ne m'en veux pas, alors ? me demande-t-elle d'un air inquiet.

Elle a embrassé mon petit ami, mais, à cause de moi, elle a reçu une flèche. Elle a tenté de me tuer, mais c'est moi qui l'ai entraînée dans tout ce bordel.

Je souris.

— Non, pas du tout.

Elle sourit à son tour, visiblement soulagée, puis elle me tend une robe bustier noire.

— Tiens, essaie ça. Je parie que Cupidon va adorer.

Mon père est dans la cuisine quand je rentre à la maison.

— Ça a été le boulot, papa ?

Il se retourne, jette un coup d'œil au sac de courses que j'ai en main, puis hoche la tête.

— Oui, merci, ma chérie.

Il ajoute en indiquant le salon d'un air malicieux :

— Quelqu'un veut te voir…

Mon cœur bondit dans ma poitrine.

Cupidon ?

Non, pas possible.

Je vais dans le couloir. Ma main s'attarde un instant sur la poignée de la porte du salon avant de l'ouvrir.

James est assis dans le canapé, il se retourne en m'entendant. Il semble nerveux. Ses yeux bleus sont tristes et cernés, son teint semble plus pâle que d'habitude.

— Qu'est-ce que tu fais là ? Tu n'es pas censé être au travail ?

— Non. Le restaurant est fermé pendant deux semaines. Un problème de maintenance.

Il prend une profonde inspiration.

— Écoute… il faut qu'on parle.

— Oui, je crois que c'est une bonne idée.

Les jours suivants se passent sans incident. Papa aime son nouveau travail, même si ça implique qu'il n'est pas souvent à la maison ; Charlie n'a plus essayé de me tuer et James m'évite depuis notre rupture.

Je n'ai pas l'occasion de beaucoup parler avec Cupidon ; au lycée, Cal lui colle aux baskets comme une ombre râleuse et l'éloigne chaque fois qu'il me repère dans les couloirs. J'en viens à me demander pourquoi ils prennent la peine de venir en cours, mais à une des rares occasions où j'ai pu discuter avec Cupidon, il m'a fait remarquer que, s'ils étaient expulsés, ils ne pourraient pas assister au bal de vendredi. Ça compliquerait notre plan pour récupérer Crystal.

Mercredi, Cal a exigé que Cupidon, Charlie et moi nous retrouvions à la bibliothèque à midi. Il a jeté une pile de livres et de papiers au centre de la table. Apparemment, son passage aux Champs Élyséens a porté ses fruits : il a obtenu des dossiers du personnel de l'agence, de vieilles photos et quelques bouquins sur les armes. Nous les avons passés au crible pendant une heure, sans rien en tirer d'intéressant. Le lendemain, il n'a pas pris la peine de nous demander de l'aide, il est parti à midi en râlant pour examiner tous ces documents.

Quand vendredi est enfin arrivé, nous étions plus impatients que jamais. L'après-midi, nous nous sommes tous rendus dans le gymnase de l'école où aurait lieu le bal. Cal, Cupidon et moi avions proposé d'aider le comité des fêtes, dont Charlie fait partie, pour l'organisation de la soirée. Notre but réel était de parvenir à cacher quelques armes dans la salle.

Cal m'aide de mauvaise grâce à peindre une banderole. Il applique une couche de peinture rose en faisant la moue. Je remarque que Charlie transporte sans effort plusieurs baffles alors qu'un gars musclé de l'équipe de football a du mal à en porter un seul. Cupidon, qui est de l'autre côté de la salle, l'observe aussi.

Même si Charlie ne veut plus me tuer, j'ai aperçu plusieurs autres changements depuis qu'elle a été frappée par la flèche. Je décide d'en discuter avec Cal.

— Ça va aller, pour Charlie ? J'ai l'impression qu'elle n'est plus la même.

Il réfléchit.

— C'est un changement profond et il lui faudra un certain temps pour réaliser l'ampleur de la transformation. Normalement, elle aurait déjà dû être emmenée à l'agence pour être mise au courant et recevoir sa formation. Évidemment, ni Cupidon ni moi ne pouvons le faire en ce moment.

Sa réponse ne me rassure pas.

— Tu ne peux pas trouver quelqu'un d'autre pour s'en occuper ? Le type qui t'a obtenu les documents, par exemple ?

— C'est hors de question. Charlie est notre meilleure piste pour récupérer Crystal. Et notre seule chance de nous débarrasser de mon frère.

Son expression se durcit.

— Tu dois vraiment être plus méfiante avec lui. Il ne t'apportera rien de bon, Lila.

Il me regarde et semble plus doux, plus vulnérable. Il me paraît très seul, d'un coup.

Puis, brusquement, il se redresse et reprend son expression impitoyable.

— Je vais cacher des armes. Vérifie que personne ne fait attention à mes allées et venues.

Il s'éloigne à grands pas. Ses sautes d'humeur me surprennent toujours. Je balaie la salle du regard : deux filles de ma classe sont en train d'accrocher une banderole, Charlie donne des instructions au gars qui s'occupe des projecteurs et Jane, qui est une classe au-dessus de nous, branche les haut-parleurs. Personne ne prête la moindre attention à Cal.

Cupidon remarque que je suis seule et en profite pour se diriger vers moi. Quand il me rejoint, il me glisse un paquet dans la main sans enthousiasme.

— Ce sont des ballons. Charlie a dit qu'on devait les gonfler.

On s'assied par terre tous les deux et on se met au travail. Au bout de quelques minutes, nous éclatons de rire, puis nous nous défions pour voir qui est le plus doué pour gonfler les ballons. Je ne m'attendais pas à m'amuser comme cela.

Je surprends Cal une ou deux fois en train de nous jeter des regards désapprobateurs de loin.

ʌʌʌ

Quand la cloche sonne à la fin de la journée, je fais un signe d'au revoir à Cal et Charlie, qui discutent des événements de la soirée. Ils ne semblent pas avoir besoin de mon avis et je voudrais rentrer chez moi pour me préparer. Je suis déjà dans le couloir quand j'entends des pas derrière moi.

— Lila… ?

Je me retourne : Cupidon n'est qu'à quelques centimètres de moi. Il est trop près, mais je ne recule pas.

— Oui… ?

Il semble hésiter avant de déclarer d'un air penaud :

— C'est peut-être une question bizarre avec tout ce qui se passe, mais… tu veux venir au bal avec moi ?

CHAPITRE 36

Je suis trop estomaquée pour répondre tout de suite. L'idée d'avoir un partenaire pour le bal, alors qu'une bande de cupidons cherche à nous éliminer, me semble absurde.

— Quitte à être en danger, autant s'amuser, non ? argumente Cupidon. Ça ne peut pas empirer la situation…

Je pousse un gémissement et je lui donne une tape amicale sur le bras… sentant au passage ses biceps et la chaleur de sa peau.

— Ne dis pas ça… Tu veux nous porter malheur ou quoi ?

Il rit, puis me prend dans ses bras. Ses yeux plongent dans les miens et son expression devient sérieuse.

— Allez, viens au bal avec moi.

Je lève les yeux vers lui. Je meurs d'envie d'accepter, mais on me répète sans cesse de rester à distance de Cupidon. Et les Flèches ? Et notre plan ? Et que va dire Cal ?

— Si tout se passe comme prévu, nous aurons bientôt la Finis et je quitterai la ville, insiste-t-il. Nous sommes faits l'un pour l'autre, Lila. Nous sommes compatibles. Passons au moins une soirée ensemble, avant que tout ça ne prenne fin.

Son pouce me caresse doucement le bras, un léger picotement court à la surface de ma peau. J'ai envie de passer la main dans ses cheveux, de poser mes lèvres sur les siennes…

Il relève mon menton pour m'obliger à me noyer dans l'océan de ses yeux. Je murmure :

— Tu m'as dit que tu ne croyais pas aux âmes sœurs.

— J'ai précisé que je commençais à y croire...

Je rassemble tout mon courage et je m'écarte. J'ai besoin de réfléchir. Je dois me ressaisir. Il agite les sourcils pour me faire sourire. Je soupire.

— D'accord... je viens avec toi, mais j'ai une condition.

— Tout ce que tu veux.

— Je veux que tu me dises qui est la fondatrice de l'Agence Cupidon.

Il recule d'un pas.

— Si tu viens au bal avec moi, je te le dirai après. Je te raconterai tout.

— Dis-le-moi maintenant.

Il secoue la tête et son visage s'assombrit.

— Je ne peux pas. J'ai besoin de plus de temps...

Je fronce les sourcils.

— Qu'est-ce que tu veux dire ?

Il me considère d'un air enjôleur.

— Viens au bal avec moi ce soir. Demain, je te dirai tout ce que tu veux savoir. C'est une promesse. Marché conclu ?

Il me tend la main pour que je la serre. Est-ce que j'ai le choix ? Personne ne m'explique rien et, tant que Cupidon n'aura pas la Finis, il sera dans mes pattes de toute façon.

Je lui serre la main.

— D'accord. Mais demain, je veux des réponses.

Plus tard, en début de soirée, je suis plantée devant le miroir de ma chambre. Je me sens nerveuse. Je devrais m'inquiéter davantage de ce que les Flèches ont prévu ce soir, mais je ne pense qu'à Cupidon. Je jette un coup d'œil à mon réveil. Il est sept heures moins dix ; il doit venir me chercher d'une minute à l'autre.

J'examine mon reflet. Je porte la robe bustier noire que Charlie a choisie et mes cheveux sont relevés, exposant mes clavicules et mes épaules. Je ne m'habille pas ainsi d'habitude et je me sens vulnérable sans mon jean habituel. La sonnette de l'entrée retentit et me fait sursauter.

Cupidon.

Je suis un peu nauséeuse tout à coup.

— J'y vais !

Je descends l'escalier en courant. Ma main s'attarde un instant sur la poignée avant d'ouvrir la porte. Cupidon se tient sur le seuil. Mon rythme cardiaque s'emballe.

Il n'est pas du tout le même qu'au lycée. Il porte un costume bleu foncé et une cravate bleu clair sur une chemise d'un blanc éclatant. La lumière tamisée du perron adoucit son visage et ajoute des nuances plus claires à ses cheveux blond foncé. Il me dévore des yeux.

— Lila… Tu es… Je veux dire… waouh ! Tu es superbe.

Ses compliments me mettent mal à l'aise.

— Je… euh… merci.

— Nerveuse ?

— Je… euh…

Il m'adresse un sourire moqueur.

— Je parlais des Flèches, évidemment.

— Étant donné qu'ils ont prévu de me kidnapper ce soir, un peu, oui…

— Je t'ai apporté ceci, m'annonce-t-il en tendant son bras qu'il maintenait derrière son dos.

Il m'offre une rose.

Je la saisis précautionneusement

— Merci, elle est magnifique.

— Qui est-ce ? demande mon père en posant la main sur mon épaule.

Je gémis intérieurement ; je ne voulais vraiment pas qu'ils se rencontrent. Cupidon lui tend la main en souriant.

— Enchanté, monsieur. Je suis Cupidon.

Mon père ne dit rien et l'atmosphère est tendue. Pourquoi est-ce que Cupidon ne peut pas avoir un prénom normal ?! Je m'attends à une remarque cinglante de mon père, mais au lieu de cela, il glousse en lui serrant la pince.

— Ah, un blagueur. C'est vrai qu'on aurait bien besoin d'un cupidon ici.

Il me dépose un baiser sur le front.

— Amuse-toi bien, ma chérie.

Ouf.

— Merci, papa.

Mon cavalier me prend par le bras.

— On y va ?

Malgré le froid qui règne dehors, sa peau est chaude. Il me conduit à sa voiture garée au bout de l'allée. Il m'ouvre la portière passager, me laisse m'installer avant de la refermer, puis se dirige du côté conducteur. Je fais au revoir à mon père de loin et, quelques instants plus tard, nous démarrons. Aucun de nous deux ne parle dans un premier temps et je ne peux pas m'empêcher de me sentir mal à l'aise. Je finis par briser le silence après de longues minutes :

— Toutes les armes sont cachées, OK ? Et chacun de nous sait ce qu'il a à faire ? Charlie est toujours d'accord pour participer ?

— Ne t'inquiète pas. Charlie enverra un texto à son mystérieux contact une fois que le bal aura commencé et elle saura où ils sont. Elle les fera venir au lycée en prétextant qu'il y a un problème. Puis on attrapera les Flèches, on les ramènera chez moi, on les obligera à nous avouer où Crystal est retenue prisonnière. Ensuite, on organisera un échange d'otages.

Je suis angoissée. J'ai l'impression que c'est Charlie qui prend le plus de risques et ce n'est pas juste.

— Je la surveillerai tout le temps, me promet Cupidon en lisant l'inquiétude sur mon visage. Elle ne sera pas en danger.

— Et moi, je ne peux rien faire ?

Il secoue la tête.

— Même si cela me fait mal, et même si tu risques de te sentir inutile, il vaut mieux que tu restes avec mon frère pour la deuxième partie de la soirée. Les Flèches veulent enlever au moins l'un d'entre nous ; ce serait bête de leur faciliter la tâche. Ne t'en fais pas, on profitera du bal tous les deux jusqu'à leur arrivée, ajoute-t-il, comme si j'étais tracassée à l'idée de passer la seconde moitié de la soirée avec Cal. Je m'occuperai d'eux, Cal te protégera pendant mon absence et je reviendrai pour la dernière danse. Promis.

Il m'adresse un sourire plein d'assurance et ses yeux pétillent dans les lumières de la rue. J'ironise, un peu sèchement :

— Bon, tout va bien alors, tant que tu es de retour pour la dernière danse…

— Je combattrais une armée pour pouvoir danser avec toi, réplique-t-il.

Je sens mes joues chauffer et je m'empresse de détourner les yeux.

— Et ce ne sont pas quelques Flèches qui vont m'en empêcher, conclut-il.

CHAPITRE 37

Dix minutes plus tard, nous arpentons les couloirs vides du lycée. Nous nous arrêtons devant les portes du gymnase. La musique nous parvient à travers les battants fermés. Cupidon me tend le bras. Je m'y accroche et nous pénétrons ensemble dans la salle.

Les murs gris et ternes ont disparu sous un décor à dominantes de rose. Une énorme banderole annonçant BIENVENUE AU BAL DU LYCÉE couvre le mur du fond et les ballons roses, noirs et blancs que Cupidon et moi avons gonflés cet après-midi sont accrochés en grappes un peu partout. Un stroboscope fuchsia illumine les centaines d'élèves déjà présents, et des petits lampions blancs sont suspendus autour de la cabine du DJ dans un coin.

Nous repérons immédiatement Cal, assis à l'écart sur un banc. Nous nous dirigeons vers lui et il lève les yeux en nous voyant approcher. Il a une allure plus adulte que d'habitude. Il porte un costume gris foncé avec une chemise noire qui fait paraître plus clairs ses cheveux, qu'il a dégagés de son visage.

— Charlie est là-bas, nous indique-t-il d'un mouvement du menton.

Je me retourne et je repère mon amie dans une robe violette flottante, occupée à se déhancher sur la piste au milieu de la foule. Cupidon hausse un sourcil.

— Tu sais, quand j'ai suggéré que tu gardes un œil sur elle, je ne voulais pas dire t'asseoir sur un banc et la mater comme un pervers toute la soirée… Va danser ! Amuse-toi, pour changer.

Cal émet un grognement et prend une gorgée de son punch rose aux fruits.

— Tu t'amuses assez pour nous deux.

Puis ses yeux s'attardent sur moi.

— Tu es très jolie, Lila.

Je suis un peu déconcertée par le compliment.

— Heu… merci. T'es pas mal non plus.

— Ah.

Il se détourne pour regarder la piste.

— Allons danser, me suggère Cupidon.

Je m'apprête à l'accompagner quand je remarque que James, en costume noir, nous observe d'un œil mauvais. Je préfère ne pas le saluer, je ne veux pas qu'il soit mêlé à cette histoire. Je prends la main de Cupidon, qui se fraie un chemin dans la foule.

— Il est jaloux, me chuchote Cupidon à l'oreille.

Son souffle me donne des frissons.

— Il n'avait pas besoin d'embrasser ma meilleure amie.

— Ce n'est pas moi qui vais m'en plaindre, commente Cupidon.

Nous nous approchons de Charlie, qui est en train de consulter son téléphone. Je lui attrape le bras en souriant, mais quand elle se tourne vers moi, ses yeux sont écarquillés. Elle s'apprête à me dire quelque chose quand des cris s'élèvent dans le gymnase. Cupidon se raidit et Cal quitte son banc.

— Ce sont eux, m'explique Charlie. Ils me demandent de t'emmener tout de suite ; ils créent une diversion pour que je puisse t'éloigner de Cupidon.

Des centaines de flèches sifflent au-dessus de nos têtes. Les élèves commencent à se bousculer, conscients qu'il se passe quelque chose, même s'ils ne voient pas les Capax argentées et roses. Cal se précipite vers nous à travers la foule paniquée.

— Ça ne faisait pas partie du plan, souligne Cupidon. Occupe-toi de Lila, mon frère. Charlie, dis-leur que tu viens et suis-moi.

Ses yeux se posent sur moi. Il semble vouloir me dire quelque chose, mais je prends les devants :

— Ça va aller. Sois prudent.

Il acquiesce et se faufile au milieu de toute cette agitation. Je serre la main de Charlie avant qu'elle ne s'en aille.

— Ça va aller.

Elle me tourne le dos et suit Cupidon vers la sortie du gymnase. Cal m'attrape par le bras.

— Il faut qu'on sorte d'ici.

Il ouvre la marche. Des gens qui tentent de sortir eux aussi au plus vite me bousculent et j'ai du mal à repérer où je vais. Puis j'entends un bruit et je sens une douleur fulgurante dans l'épaule. Je m'arrête net.

— Cal ?

Il tourne la tête et ses yeux argentés s'élargissent.

— Lila !

Je suis tout à coup envahie par un étrange sentiment d'euphorie. Je baisse les yeux et, malgré ma vue un peu trouble, je constate qu'une flèche sort de mon corps.

Hein ?

Je l'enlève et elle s'effrite entre mes doigts. Cal bondit et me prend dans ses bras juste avant que je ne m'effondre.

Quand je rouvre les yeux, le visage de Cal est près du mien. Tout autour de nous, les gens dansent sur la piste au son d'une musique électro qui sort en hurlant des baffles. Les lumières roses clignotent en rythme. J'essaie de comprendre ce qui se passe ; j'ai dû perdre connaissance.

— Lila ? me dit Carl avec douceur. Lila, ça va ?

— Je…

Je me rends compte que Cal continue à me porter. Je sens la force qui émane de ses muscles tendus. En constatant mon air ébahi, il me repose au sol et recule d'un pas.

— Ça va ? répète-t-il d'un ton inquiet.

— Oui. Qu'est-ce qui s'est passé ? J'ai perdu connaissance ? Où est Cupidon ? Et Charlie ?

— Ils sont partis à la recherche des Flèches, m'explique-t-il en s'exprimant avec lenteur. Je sais que tu ne t'en souviens pas, mais tu viens d'être transpercée par une Capax, Lila.

— Hein ? Tu es sûr ? Je vois toutes les flèches, tu me les as montrées.

Cal confirme d'un signe de tête.

— Oui, tu les vois, mais tu es toujours humaine. Rappelle-toi ce que je t'ai dit : quand un humain est atteint par une flèche, celle-ci ne laisse pas de trace et il oublie qu'il a été touché.

Je fronce les sourcils.

La Capax ? Mais je me sens bien.

Autour de nous, la lumière rose s'adoucit et des tonalités plus sombres balaient les pommettes de Cal au moment où une séquence de slows démarre. Des couples se forment autour de nous pour danser. Je me tourne vers Cal. Il me semble différent. Il paraît plus intelligent, sans que je puisse définir pour quelle raison. J'ai envie d'être près de lui. Il a l'air mal à l'aise que je le dévisage. Je m'approche un peu plus.

— Danse avec moi.

— Quoi ? Heu, Lila… on ferait bien de s'en aller, de se cacher quelque part et d'attendre que Cupidon et Charlie reviennent.

— On est au bal, les Flèches ont disparu, et Cupidon sait où nous trouver.

J'avance encore. Il ne recule pas, mais son expression est loin d'être enthousiaste.

— Lila… Ce n'est vraiment pas une bonne idée. Tu as l'esprit embrumé. C'est l'effet de la Capax.

J'insiste.

— C'est juste une danse, Cal.

Je tends le bras pour qu'il me prenne la main. Il ne réagit pas tout de suite, mais finit par frôler mes doigts d'un geste hésitant. Il retire brusquement la main comme s'il s'était brûlé. Je glisse mes bras autour de son cou et il se raidit. Sa respiration s'accélère et il place très lentement ses mains sur ma taille. Je rapproche mon corps du sien et je le regarde droit dans les yeux. Nous commençons à nous balancer au rythme de la musique.

— Quand on était à l'agence, j'ai remarqué que tu buvais dans une tasse qui affichait *Meilleur petit ami du monde*. Tu as déjà été amoureux ?

Il hésite, puis acquiesce :

— Oui.

— Qu'est-ce qui s'est passé ?

— Lila… Je ne pense vraiment pas…

— Allez, dis-moi.

Cal soupire.

— C'était il y a longtemps. J'avais des sentiments pour une humaine. Ce n'était pas permis. La fondatrice était toujours à la tête de l'agence et elle voulait nous punir.

Il ajoute avec tristesse :

— Le seul moyen de la sauver, c'était de la transformer en cupidon. C'est ce que j'ai fait.

Il poursuit d'un ton amer :

— Après, elle ne m'a plus aimé. Plus comme avant en tout cas. J'ai rompu et je suis retourné à l'agence quand le danger a disparu. Elle a rejoint une agence de Londres.

Il détourne le regard comme s'il avait honte.

— Elle m'envoyait des cadeaux pour l'anniversaire du jour de sa transformation. La tasse en fait partie.

J'approche mon visage du sien. Ses iris brillent d'émotion.

— Tu l'aimes toujours ?

Il fait non de la tête.

— Plus maintenant. Pas comme avant.

Nous nous regardons dans les yeux en silence pendant quelques instants. Avec n'importe qui d'autre, je serais sans doute mal à l'aise d'être si proche, mais avec Cal, je me sens bien.

— Lila, ce n'est pas une bonne idée… Nous ne devrions pas être… Tu as été transpercée par la Capax…

Je me rapproche de lui et je pose délicatement la main sur sa joue. Il pose son front contre le mien, puis s'écarte brusquement et regarde par-dessus mon épaule, une expression mortifiée sur le visage.

Je me retourne.

Cupidon.

Il ne porte plus de veste et les manches de sa chemise sont roulées sur ses bras musclés. Ses cheveux sont légèrement ébouriffés et une ecchymose barre le dessus de son œil gauche comme s'il s'était battu. Dès que je pose les yeux sur lui, j'ai envie de me jeter sur lui et de l'embrasser.

— Cupidon !

Je brûle de passion et mon cœur cogne si fort dans ma cage thoracique que j'ai l'impression que lui aussi veut jaillir hors de ma poitrine pour s'élancer vers mon âme sœur. Cupidon nous observe tour à tour.

— Elle a été transpercée par la Capax, lui explique Cal.

J'avance vers Cupidon, les yeux rivés sur son visage. Je *veux* qu'il m'embrasse : je n'ai jamais rien désiré aussi fort. Il semble piégé par mon regard un instant. Puis il déglutit et se force à sourire.

— Allez, ma belle, déclare-t-il en plaçant une main ferme dans le creux de mon dos. On te ramène. Tu dois dormir.

Puis il s'adresse à son frère :

— Je me suis débarrassé de plusieurs Flèches, mais il pourrait y en avoir d'autres. Il faut qu'on rentre. Le plan a changé et je ne pense pas que ça va vous plaire.

Tout à coup, malgré mon esprit embrouillé, obnubilé par Cupidon, je m'inquiète pour ma meilleure amie.

— Où est Charlie ?

— Eh bien, le changement de programme la concerne… je vous expliquerai dans la voiture.

Il me conduit hors du gymnase, en nous frayant un chemin dans la foule. Cal nous suit de près, les yeux au sol.

CHAPITRE 38

Je me réveille en pleine nuit. Je me redresse et regarde autour de moi. Je suis dans un grand lit à baldaquin aux draps soyeux. Il fait sombre, mais une fenêtre sans rideau laisse entrer le clair de lune, qui tombe sur une pile de livres écornés posés sur la table de chevet. *Je suis dans la chambre de Cupidon.*

Je m'efforce de me souvenir des événements des dernières heures : les Flèches, la forte attirance que j'ai ressentie pour Cupidon, l'urgence de dormir pour que les effets de la Capax se dissipent. Je prends ma tête entre les mains en gémissant.

J'ai vraiment dansé avec Cal ?

Puis j'étouffe un cri en me souvenant de ce qui est arrivé à Charlie. Cupidon nous l'a raconté dans la voiture. Comme les Flèches étaient plus nombreux que prévu, Charlie et Cal ont dû improviser. Ils ont fait semblant de se battre tous les deux et quand les Flèches ont compris qu'ils avaient raté l'occasion de m'enlever, ils ont proposé à Charlie de les accompagner. Et elle a accepté.

Je n'arrive pas à croire que Cupidon ne l'ait pas retenue. Il m'a juré qu'elle ne risquait rien, que le GPS de son téléphone nous mènerait jusqu'à elle et Crystal. Mais je n'aime pas ça. Je ne supporte pas l'idée que mon amie soit ainsi en danger.

Je me glisse hors du lit. Il faut que je sache s'ils l'ont trouvée, si elle est en sécurité. Je consulte rapidement mon téléphone et vois qu'elle ne m'a pas laissé de message, puis je me dirige vers la porte. J'ai toujours ma robe sur moi et, quand je me palpe les cheveux, je sens qu'ils sont pleins de nœuds. Je dois avoir une tête de déterrée. Des voix masculines montent du rez-de-chaussée. Je traverse le long couloir et je descends l'escalier. J'entends Cal annoncer :

— J'ai relu le récit de Crystal dans *Les Archives de la Finis*. La flèche peut tuer quiconque partage le sang de Cupidon. C'est ce qui est écrit.

Il y a un bruit sourd : sans doute Cal qui laisse retomber le livre sur le bar.

— Où veux-tu en venir, mon frère ?

— Il n'y a pas que moi qui partage ton sang, comme tu le sais. Et si tu mijotes ce que je pense…

— Ah oui, et qu'est-ce que tu crois que je mijote ?

Il y a une pause, puis Cal baisse la voix :

— Tu veux te mettre en couple avec ton âme sœur pour faire revenir la fondatrice. Et tu veux mettre la main sur la Finis.

Je m'approche de la porte pour mieux entendre.

— Tu ne veux pas de la flèche pour te protéger, tu veux t'en servir pour tuer, ajoute Cal avec colère.

— Et si ce que tu dis était vrai ? Est-ce que ce ne serait pas mieux, de ne plus vivre dans la peur permanente ? Amena et toi, vous pourriez être à nouveau ensemble.

— Je n'ai plus les mêmes sentiments pour elle.

Après quelques secondes de silence, Cupidon revient à la charge :

— D'après la scène dont j'ai été témoin au bal, on dirait effectivement que tu es passé à autre chose.

Je note une pointe de jalousie dans son ton.

— Tu ne devrais pas mettre autant de vies en jeu, reprend Cal.

Des pas approchent de l'autre côté du battant et je me dépêche de faire demi-tour. Je ne veux pas qu'ils sachent que je les ai entendus. Je dois réfléchir pour tenter de comprendre ce qu'ils viennent de dire. Je perçois une dernière phrase de Cal en m'éloignant :

— Et *surtout*, tu ne devrais pas risquer la vie de Lila.

Je me précipite dans l'escalier, regagne la chambre et me glisse sous les draps. Même si je ne comprends pas ce qui se passe, je crois que je ne peux plus faire confiance à Cupidon.

Allongée sur le lit à baldaquin, je fixe le plafond. Cal a accusé Cupidon de vouloir se mettre en couple avec son âme sœur et de vouloir tuer quelqu'un. *Mais qui ? Est-ce qu'il se sert de moi ?*

J'ai envie de m'en aller, mais je ne peux pas tant que Charlie est en danger. Pendant que je tourne et retourne ces informations dans ma tête, j'entends des bruits de pas dans le couloir. Je ferme les yeux et je me raidis. Quelqu'un frappe à ma porte.

— Lila ? fait Cupidon. Tu es réveillée ?

Je ne réponds pas. Il toque à nouveau.

— Lila ?

Cette fois, je me redresse et je remonte les draps jusqu'à mon menton.

— Oui.

Cupidon ouvre la porte, laissant passer un rai de lumière. Il entre et se dirige vers moi. Il a troqué son costume contre un ample pantalon de survêt gris et un t-shirt blanc. Il s'assied au bord du lit. Il dépose près de moi des vêtements pliés qu'il a apportés.

Sa mâchoire est crispée et sa respiration semble lourde. Je me demande si la dispute qu'il vient d'avoir avec Cal l'a affecté.

— Vous avez réussi à pister Charlie ?

J'ai l'impression qu'il m'examine avec méfiance. J'essaie de paraître détendue.

— Non. Il y a quelque chose qui interfère avec le signal, mais elle nous enverra un message dès qu'elle pourra. Elle n'est pas en danger, ne t'en fais pas. Ils sont persuadés qu'elle est dans leur camp.

Je ne suis pas très rassurée. Je voudrais qu'elle revienne au plus vite.

— Je venais voir si tu allais bien, se justifie Cupidon.

— Ça va.

Il m'observe attentivement.

— Tu es sûre ?

Je me force à sourire et je hoche vigoureusement la tête.

— Je t'ai apporté de quoi te changer. Juste un vieux t-shirt et un short à moi. Je me disais que tu serais plus à l'aise.

Je le remercie.

— Je sais que tu t'inquiètes pour ton amie, mais elle va s'en sortir, m'assure Cupidon. On va vite la tirer de là, et Crystal aussi, tu verras. Fais-moi confiance.

Je feins d'être soulagée.

— Tu as dansé avec mon frère, reprend Cupidon après un silence gênant.

Sa voix est un peu tendue.

Je hausse les épaules, ne sachant pas quoi dire.

— C'était juste l'effet de la Capax, décrète-t-il en se levant et en se dirigeant vers la porte.

Il est jaloux ?

— Cupidon ?

Il me jette un coup d'œil par-dessus son épaule.

— Qui est la fondatrice de cette agence ?

Son expression devient suspicieuse. Je me demande s'il réalise à cet instant que j'ai écouté sa conversation. J'insiste :

— On a conclu un marché, Cupidon.

— Demain, me promet-il. Nous irons d'abord au *Nid d'amour* le matin et je te raconterai tout.

Je répète :

— Demain.

— Tu devrais te rendormir.

Il referme doucement la porte et j'entends ses pas s'éloigner dans le couloir. Je me rallonge sous les draps.

Demain, j'aurai enfin les réponses que j'attends.

Je suis réveillée par les rayons du soleil et je prends tout de suite mon téléphone sur la table de chevet. J'espérais avoir enfin un texto de Charlie, mais elle ne m'a laissé aucun message. Je sors du lit et je descends. Je porte toujours le short et le t-shirt que Cupidon m'a donnés et je voudrais me changer avant d'aller au *Nid d'amour.*

Cal est assis dans la cuisine devant une tasse de café, le regard perdu dans le vide. On dirait qu'il n'a pas fermé l'œil de la nuit. Un livre est ouvert devant lui. *Les Archives de la Finis.* Il sursaute à mon arrivée.

— Salut, Cal.

Je rougis quand il lève les yeux vers moi. Il y a un léger malaise entre nous à cause de notre slow d'hier soir.

Il me répond, avec un signe de tête :

— Lila.

— Il y a du nouveau ?

— Non. On pense que Charlie n'a pas de signal, là où elle est. Il faut attendre qu'elle nous envoie un message plus tard dans la journée.

Il plonge le nez dans son bouquin.

— Qu'est-ce que tu fais ?

Cal soupire.

— J'essaie de trouver un indice sur l'endroit où Crystal a pu cacher la Finis. Quand elle a été enlevée, elle a dit « Je n'ai pas toujours été réceptionniste ». Qu'est-ce que ça veut dire ?

Il se passe la main dans les cheveux avec nervosité. J'essaie de l'aider dans son raisonnement.

— Qu'est-ce qu'elle faisait avant d'être réceptionniste ?

— Elle était agent, comme moi. Avant ça, elle était humaine. Mais ça ne m'aide pas.

— Quand est-elle devenue réceptionniste ?

— Je ne me souviens pas, mais je devrais pouvoir trouver l'info quelque part.

Ses yeux argentés brillent et il s'exclame :

— Eh. Ça pourrait vraiment m'aider !

— Merci pour ton air surpris…

Je me dirige vers la porte.

— Je vais rentrer à pied. Je voudrais me changer et voir mon père.

Cal prend un air étonné.

— Tu vas y aller habillée comme ça ? Il ne va pas deviner que tu as passé la nuit chez un garçon ?

J'examine ma tenue : c'est vrai que le t-shirt blanc XXL et le short trop large avec mes hauts talons sont un peu bizarres, mais tant pis.

— Viens, je t'emmène, me propose Cal.

Je le suis jusqu'à sa Lamborghini. En route, l'atmosphère est tendue. Je ne peux pas m'empêcher de repenser à mes doigts entremêlés aux siens, à nos fronts qui se touchent. Je regarde par la vitre pour cacher mon malaise.

— Tu as rendez-vous avec Cupidon tout à l'heure, non ? me demande tout à coup Cal.

— Oui.

— Il va te donner des explications ?

J'acquiesce. Cal s'arrête devant chez moi et me fixe d'un regard soucieux.

— Rien n'est pire que ce qui se passerait si vous sortiez ensemble. Mais, même si c'est contraire au règlement de notre organisation de divulguer le moindre secret aux humains, il est temps que tu apprennes la vérité.

Je me demande si sa conversation avec Cupidon cette nuit a changé son point de vue. Je sors de la voiture en répondant :

— Oui, je crois qu'il est temps, j'ai assez attendu.

CHAPITRE 39

Une demi-heure plus tard, je m'engage dans la ruelle du *Nid d'amour* pour me rendre à mon rendez-vous avec Cupidon. La boutique du fleuriste dégage une odeur écœurante qui, ajoutée à ma nervosité, me retourne presque l'estomac. J'ai l'impression que ce que Cupidon va me dire ne va pas me plaire.

Éric, le videur, appose le cachet sur le dos de ma main et j'entre.

L'ambiance paraît encore plus kitsch en journée. La lumière du soleil filtre à travers les interstices autour des fenêtres occultées, illuminant la paille et les flaques collantes qui jonchent le sol. Le lieu est pratiquement désert et j'aperçois Cupidon au premier coup d'œil. Il est assis à une table rose de l'autre côté de la salle, les yeux rivés sur moi.

Il porte un jean et un t-shirt en coton qui souligne ses muscles. Il a l'air moins détendu que d'habitude et son regard est sombre. Je prends place sur le tabouret en face de lui et il m'accueille d'un sourire crispé.

Un serveur apparaît, arborant un collier de fleurs en papier, pour apporter une cafetière et deux tasses. Une fois qu'il nous a servi le liquide sombre et qu'il est reparti, Cupidon me demande :

— Dis-moi, Lila, qu'est-ce que tu veux savoir ?

Comme je ne sais pas par où commencer, j'avale une gorgée brûlante avant de me lancer.

— Pourquoi est-ce que c'est si grave que la fondatrice revienne ? Pourquoi est-ce que Cal a tellement peur ?

— Il est persuadé que ce sera la fin du monde.

Je hausse les sourcils.

— Et ce sera le cas ?

Cupidon soutient mon regard.

— Peut-être.

— C'est ce que tu veux ? Que la fondatrice revienne ? Que ce soit la fin des temps ?

— Tu nous as entendus discuter la nuit dernière. Je veux que la fondatrice revienne, mais je ne souhaite pas la fin du monde. Je veux *sauver* le monde. Mais maintenant…

Il me considère avec tristesse.

— Je ne m'attendais pas à ressentir ça… pour toi, pour nous. Je ne veux pas te mettre en danger, Lila. Mais j'ai peur qu'il ne soit déjà trop tard.

Je sens mon rythme cardiaque s'accélérer. La réponse à ma prochaine question devrait enfin lever le voile sur ce mystère qui me taraude depuis des jours entiers.

— Mais qui est la fondatrice de l'agence ?

Il passe une main dans ses cheveux.

— Elle est incroyablement puissante, aussi redoutable que dangereuse. Rien ne peut l'arrêter. Elle a beaucoup de noms : on l'appelle aussi bien Aphrodite, que Hathor ou Vénus… c'est la déesse de l'Amour.

Il garde le silence quelques secondes avant de préciser :

— Ou, comme Cal et moi l'appelons, mère.

Je n'en crois pas mes oreilles.

— La déesse de l'Amour ? C'est… c'est… ta mère ?

Il hoche la tête.

J'aurais dû faire plus attention quand on parlait de mythologie en classe.

Cupidon soupire.

— Je sais que c'est beaucoup à digérer.

— Et elle va revenir ? Si nous sortons ensemble ? Qu'est-ce que… ? Ça n'a aucun sens. Je veux dire… Comment ? *Pourquoi ?*

— Respire, Lila. Je vais t'expliquer.

Sans me consulter, il verse à nouveau du café dans ma tasse.

— Procédons par étapes. Qu'est-ce que tu veux savoir en premier ?

Je réponds, sur un ton sarcastique :

— Mmm, voyons… La fin du monde pourrait être un bon point de départ.

Cupidon porte sa tasse à ses lèvres avant de se lancer dans ses explications.

— On n'est pas obligés d'en arriver là. Mais si nous nous mettons en couple, elle reviendra.

— Et pourquoi est-ce que c'est si terrible ?

— C'est difficile à expliquer. Les dieux n'appartiennent pas à ce monde. Autrefois, ils se baladaient en toute liberté et régnaient sur l'univers entier. Ils n'avaient aucun respect pour la vie des hommes : ils ordonnaient des sacrifices, des massacres, des guerres… Vénus était l'une des plus puissants et des plus cruels de tous. La déesse de l'Amour…

Il plonge ses yeux océan dans les miens.

— Il n'y a rien de plus puissant ou de plus cruel que l'amour.

Je digère l'information avant de passer à la question suivante :

— Pourquoi est-ce qu'elle reviendrait si nous sortions ensemble ?

Il se frotte le menton d'un air pensif.

— Un changement s'est produit il y a environ deux mille ans. Les anciens dieux sont partis, ils se sont mis en retrait, en quelque sorte. On n'a jamais su clairement pour quelle raison, peut-être parce que les gens ne les vénéraient plus comme avant, peut-être simplement parce qu'ils en avaient assez de cette existence. Mais ils veillent encore sur nous. Ils ont des yeux partout : dans leurs statues, dans les temples qui subsistent et à travers ceux qui les servent encore. Ils attendent le moment de revenir.

Il s'arrête, attendant que j'assimile ce qu'il vient de dire. Puis il poursuit :

— Environ un millénaire avant leur retrait, Vénus a fondé l'Agence Cupidon. C'était le moyen le plus efficace pour elle de garder du pouvoir. Chaque fois qu'un couple se formait, elle en gagnait un peu, et chaque cupidon, lorsqu'il était frappé par une flèche, signait un contrat avec elle. Il jurait de la servir en concrétisant les alliances. En échange les cupidons ont reçu la force, la jeunesse éternelle et la beauté. Ils sont toujours liés par le contrat originel.

Je fronce les sourcils.

— Mais qu'est-ce que je viens fiche là-dedans ? Pourquoi est-ce qu'elle reviendrait si nous étions en couple ?

— Il est interdit aux cupidons de tomber amoureux. C'est la règle qu'elle appliquait le plus sévèrement, punissant et torturant quiconque osait l'enfreindre.

Je ne comprends toujours pas.

— Pourquoi ?

Il hausse les épaules.

— Elle disait que l'amour risquait de distraire les cupidons, qu'il les empêcherait de la servir corps et âme. Je me suis toujours demandé s'il n'y avait pas une autre raison, si un cupidon en couple ne gagnait pas un pouvoir qui pourrait être exploité contre elle, si on découvrait comment s'en servir.

— Elle est partie, maintenant.

— Oui, mais avant de partir, c'est elle qui a rédigé la politique de l'entreprise. Elle y a énuméré les règles qui, si elles étaient enfreintes, l'obligeraient à revenir remettre de l'ordre dans l'agence. Et une de ces règles est…

Je complète à sa place, me souvenant des mots gravés sous la statue de pierre dans la cour de l'agence :

— *Aucun cupidon ne peut avoir d'âme sœur.*

C'était donc une statue représentant Vénus. C'est pour cette raison que Cal semblait si mal à l'aise à son abord.

— Ce serait vraiment la fin du monde ? Ce serait si grave que ça qu'elle vienne remettre de l'ordre dans l'agence ?

— Tu ne connais pas Vénus, tu ne sais pas comment elle se comportait autrefois. Tu crois vraiment qu'une déesse se contenterait de diriger une organisation ? Elle reprendra la main sur l'agence, bien sûr… et ensuite elle s'emparera du monde entier.

Mon cerveau fonctionne à toute allure. J'essaie d'assimiler tout ce qu'il me dit, mais il y a encore trop d'éléments qui ne collent pas.

— Tout à l'heure, je t'ai entendu dire que tu voulais qu'elle revienne. Si elle est si dangereuse… pourquoi souhaiter son retour ?

Son visage s'assombrit.

— Je veux l'éliminer, une fois pour toutes. Pendant des milliers d'années, nous avons vécu dans la peur, pieds et poings liés par ses consignes tyranniques, sachant qu'elle pouvait revenir et tout détruire à n'importe quel moment.

Il ajoute, un peu plus serein :

— J'ai déjà enfreint des préceptes. Elle a été plus indulgente avec moi parce que je ne suis pas n'importe qui, pour elle. Mais elle ne pourra pas laisser passer ça. Cupidon en personne qui sort avec son âme sœur !

Il secoue la tête d'un air triste.

— Que penseraient les autres si elle n'appliquait pas la règle qui lui tient le plus à cœur ? Si je viole cette règle, elle reviendra à coup sûr.

— Tu veux l'obliger à revenir pour la tuer avec la Finis.

Il acquiesce.

— C'est horrible ! C'est ta mère.

Il serre les lèvres.

— Tu ignores de quoi tu parles, Lila. C'est un monstre.

Je ne sais pas quoi penser de tout ce que je viens d'apprendre.

— Donc, elle reviendrait si on était en couple, mais qu'est-ce que ça veut dire exactement ? À partir de quel moment est-ce qu'on irait trop loin ? On est allés au bal tous les deux ensemble.

Ses yeux pétillent d'amusement

— Il en faut un peu plus que ça, mon cœur.

Je sens la chaleur me monter aux joues.

— Oh… !

Cupidon éclate de rire.

— Non… Pas ça. On considère qu'un cupidon est en couple lorsque son partenaire et lui développent des sentiments qui vont au-delà d'une attirance superficielle, quand ils commencent à tomber amoureux.

Je fronce les sourcils.

— Je ne veux absolument pas déclencher le retour d'une déesse ancienne, pour que tu puisses la tuer…

Cupidon rétorque avec le plus grand sérieux :

— Ne tombe pas amoureuse de moi, alors.

Je repense à la nuit dernière, au désir que j'ai ressenti pour lui, puis j'ai la rage en me rappelant qu'il s'est servi de moi, qu'il m'a mise en danger pour atteindre ses objectifs.

— Ne t'inquiète pas, ça ne risque pas d'arriver.

Je n'en pense pas un mot. Je le désire encore. Je n'arrive pas à résister à ce sentiment.

Ses yeux océan se font plus sombres.

— Très bien. J'essaierai de faire pareil.

Je glisse mes doigts dans mes cheveux avec nervosité. Si nous continuons à passer du temps ensemble, nous tomberons amoureux l'un de l'autre ; c'est ce que Cal essaie d'empêcher depuis le début. Et si ça se produit, ça peut déclencher la fin du monde. J'explose :

— Mais enfin, Cupidon, comment as-tu pu faire une connerie pareille ? Tout ce qui s'est passé : les Flèches, Charlie transformée en cupidon, Crystal torturée… c'est ta faute.

Je me lève si brusquement que je renverse mon tabouret. Des serveurs se retournent, mais je les ignore.

— C'est fini. Je ne veux plus être mêlée à cette histoire.

Il quitte son siège d'un bond, l'air paniqué. Je lis le regret sur son visage et je sens que son âme essaie de m'atteindre derrière ses yeux bleu-vert craquants.

— Lila, s'il te plaît…

— Non, il ne faut pas qu'on tombe dans les bras l'un de l'autre. Je dois t'éviter au maximum.

Je secoue la tête.

— Quand je pense que je commençais à ressentir quelque chose pour toi…

Cupidon tend le bras pour me prendre la main, mais en voyant à quel point je suis en colère, il le laisse retomber. Il semble vraiment perdu.

— Je suis désolé, dit-il en s'efforçant de parler avec calme. Je ne te connaissais pas… Je ne m'attendais pas à ressentir ça. Je n'ai jamais eu l'intention de te mettre en danger. Je pensais que c'était le seul moyen de libérer mon peuple, de rentrer chez moi.

Je ne suis pas convaincue.

— Tu t'es servi de moi pour tenter de ressusciter une ancienne déesse !

Un détail me revient à l'esprit, soudain.

— C'est ça que tu as dit à Selena, aux Champs Élyséens. C'est ça le grand secret que tu lui as révélé sur moi. Que tu allais m'utiliser pour faire revenir Vénus. C'est pour ça que Selena a tenté de me transformer en cupidon.

Il prend une profonde inspiration puis acquiesce. J'ai envie de m'en aller, mais quelque chose dans ses yeux me retient.

— Quand j'aurai la Finis, je partirai, je te le jure. Si c'est ce que tu souhaites. Mais je t'en prie, reste avec moi jusque-là. Tant que nous ne développons pas plus de sentiments l'un pour l'autre, Vénus ne peut pas revenir, mais les Flèches sont toujours là. Tu es en danger, Lila.

La tristesse se mêle à ma fureur. Je refuse de céder à ses arguments. Je recule d'un pas.

— Je dois y aller.

Je lui tourne le dos et m'encastre dans le torse musclé de Cal. Il va me reprocher de ne pas faire attention où je marche, mais referme la bouche en voyant mon expression. Il adresse un sourire satisfait à Cupidon avant de nous annoncer :

— Charlie m'a contacté. Je sais où elle est. Et je sais où Crystal est détenue.

CHAPITRE 40

Je suis rassurée de savoir que Charlie va bien.

— Où sont-elles ?

— Chez *Roméo*. Allez, on doit y aller. Pas de temps à perdre. On fonce.

Il tourne les talons et sort du *Nid d'amour*. Je cours derrière lui, suivie par Cupidon. J'essaie de maîtriser ma colère ; je dois me concentrer sur Charlie. Je demande à Cupidon :

— Elles vont s'en sortir, tu crois ?

— Charlie, oui. Crystal, je ne sais pas. C'est difficile de dire dans quel état on va la retrouver.

Nous rejoignons Cal dans la ruelle et on s'élance vers la place de Forever Falls. Le restaurant est plongé dans l'obscurité.

— Tu as des armes ? demande Cupidon à Cal.

— Trois flèches noires et une Capax dans mon sac à dos.

Une pancarte sur la porte du restaurant annonce : *Fermé pour maintenance*. Je me souviens maintenant que James m'a dit que ce serait fermé pour plusieurs jours. C'est l'endroit rêvé pour se planquer sans se faire repérer, à deux pas de chez moi et de chez Cupidon. La couverture réseau a toujours été mauvaise là-bas, c'est pour ça que Charlie a mis tant de temps à contacter Cal. J'aurais dû y penser plus tôt.

— Tu n'as pas besoin de venir à l'intérieur avec nous, déclare Cupidon. Ce qu'on va trouver ne sera peut-être pas joli.

Cal n'a pas l'air du même avis :

— On ne peut pas la laisser seule ici. Et si un des Flèches sort pour la chercher en nous voyant débarquer ? Elle est plus en sécurité avec nous.

— Bon, ben, tu viens finalement, corrige Cupidon, un peu gêné.

— Évidemment que je viens ! Ma meilleure amie est à l'intérieur.

Mon cœur bat à tout rompre. Cupidon inspecte rapidement la rue pour s'assurer que personne ne monte la garde, puis se tourne vers moi.

— Lila, déclare-t-il en me fixant droit dans les yeux, à propos de tout à l'heure… je suis vraiment désolé…

— Ce n'est pas le moment. Allons récupérer Charlie et Crystal.

Il hoche la tête et balance son épaule contre le battant. La porte cède avec un craquement sourd et nous entrons tous les trois dans le restaurant. À première vue, les lieux paraissent déserts. La dernière fois que j'ai vu l'intérieur de ce restaurant, c'était au moyen de la sim. Je repense à l'entraînement et aux démons aux yeux noirs. Mes mains tremblent et je les fourre dans les poches de ma veste pour que personne ne le remarque. J'ai réussi à combattre les fausses Flèches, mais est-ce que j'arriverai à affronter les vraies ?

Cupidon se fraie un chemin entre les banquettes jusqu'à une porte derrière le comptoir. Cal et moi le suivons. Nous pénétrons dans un couloir étroit et humide. Un escalier mène à l'étage et des murmures nous parviennent d'en haut.

Crystal et Charlie ?

Cupidon pose un doigt sur ses lèvres et nous commençons à gravir les marches avec précaution, le plus discrètement possible. Le bois grince sous nos pas. Nous arrivons dans un autre couloir humide, éclairé par une ampoule vacillante suspendue au plafond par un simple fil. Une porte se dessine à l'autre extrémité. Les voix se font plus fortes.

Cupidon avance. Malgré sa carrure, je remarque qu'il se déplace avec souplesse et légèreté. Il s'immobilise devant le battant. À côté de moi, Cal ouvre sans bruit son sac à dos et en sort une flèche noire. Il note que je l'observe et en profite pour m'interroger du regard pour savoir si je vais bien. Je hoche la tête.

Je gère.

Il me sourit et nous rejoignons Cupidon. Nous nous collons contre la porte pour tenter d'écouter ce qui se dit.

— Elle a été très claire sur l'endroit où elle se trouve, dit une voix masculine avec un fort accent. J'ai prévenu les autres, ils iront chercher la Finis. Notre boulot est terminé. Débarrassons-nous d'elle.

Cupidon se raidit et Cal serre plus fort sa flèche.

— Non... !

Mon cœur cesse de battre lorsque je reconnais la voix de Charlie.

Elle ajoute au bout de quelques secondes :

— Je veux dire... et si vous vous trompiez ?

Il y a un murmure, puis une autre voix s'élève, féminine cette fois :

— Elle a raison. On ne pourra pas mettre la main sur la Finis maintenant, elle est trop bien gardée. Il vaut mieux y aller à minuit, au moment du changement d'équipe. Si la flèche est vraiment là où elle le dit, alors il sera temps de l'éliminer. Sinon, il faudra l'interroger à nouveau.

Pendant que la conversation se poursuit, Cupidon se retourne pour s'adresser à nous, mais le mouvement fait craquer le parquet sous son poids. Le silence tombe soudain de l'autre côté de la porte.

— Il y a quelqu'un dans le couloir, annonce la première voix. Sortez Crystal d'ici.

Cupidon ouvre la porte à la volée et fait irruption dans la pièce. Cal jaillit en lançant la flèche par-dessus l'épaule de son frère. J'entends un grognement et un bruit sourd quand le projectile atteint sa cible.

Un de moins.

Cupidon attrape une deuxième flèche dans le sac de Cal. Je me précipite dans la pièce derrière eux. Charlie se relève sur ses pieds, attire l'attention de Cupidon, puis ramasse une flèche rouge et dorée sur le sol. Elle l'enfonce dans l'épaule d'une femme cupidon proche d'elle, ce qui la fait hurler de douleur.

— Lila, me crie Cupidon, va chercher Crystal.

Je balaie la pièce du regard à toute vitesse. Elle est mal éclairée et peu meublée. Je repère cinq Flèches : la femme qui se bat encore avec Charlie, trois debout près d'un vieux canapé et le cinquième, frappé par la flèche de Cal, gît sur le sol. Je cherche Crystal dans l'ombre tandis que les deux frères se précipitent pour attaquer chacun un adversaire. Cupidon réussit à plonger son arme dans le cou de son ennemi.

Le troisième, jeune aux cheveux noirs, se retourne et bondit par-dessus le canapé pour atteindre le fond de la pièce. Je le suis des yeux et je repère Crystal affaissée sur une chaise en bois, inconsciente. Sans hésiter une seconde, je cours vers elle, mais le jeune homme la rejoint avant moi et me jette un regard menaçant.

Il n'a pas l'air armé, mais il fait une tête de plus que moi. Ses biceps sont gonflés sous les manches de sa chemise blanche élégante.

— Je reviendrai te régler ton compte plus tard, Lila Black, déclare-t-il, plein de fiel, avec un fort accent italien.

Puis il soulève Crystal dans ses bras et se dirige vers la porte. Je cherche désespérément de l'aide, mais Cupidon et Cal continuent de batailler, et Charlie maintient au sol la femme et la menace d'une flèche qu'elle a ramassée.

Je reste figée un moment, sans savoir quoi faire. Puis je remarque un objet près du mur. Un arc et un carquois chargé de flèches rouges et dorées sont posés contre le vieux papier peint.

Des Ardeurs.

Ils ont dû les utiliser sur Crystal. Cette simple idée me fiche la nausée.

J'attrape l'arc et une flèche et je vise le cupidon qui emporte Crystal. Il est sur le point de sortir et je n'ai pas droit à l'erreur. Je respire à fond et je lâche la corde. Mon projectile fend l'air et se plante au beau milieu du dos du jeune homme.

Je ressens une satisfaction immense en l'entendant pousser un cri étranglé et en le voyant tomber à genoux, lâchant Crystal dans sa chute. Cupidon, Cal et Charlie qui se sont débarrassés de leurs adversaires, me regardent, impressionnés.

Nous nous précipitons tous les quatre vers Crystal et le type que j'ai touché, qui hurle encore. Cupidon pose un doigt sur le cou de Crystal pour vérifier son pouls. Il nous adresse un signe de tête satisfait.

Elle est en vie.

— Il est… trop… tard. Nous savons… où elle se trouve ! balbutie le cupidon au fort accent italien.

Cupidon sort la flèche rose et argentée du sac de Cal et l'enfonce dans l'épaule du type.

— Où est-elle ?

L'autre se contente de rire.

— Tu penses vraiment que la flèche de vérité peut me faire parler ? Je suis… entraîné… Je sers notre déesse. Je ne vous dirai jamais où est la Finis. Des renforts arrivent, vous ne vous en sortirez jamais.

Cupidon soupire et soulève Crystal dans ses bras.

— Je le crois. On n'en tirera rien. Allons-nous-en.

Cal considère d'un air dédaigneux le type au sol, puis lui balance son poing dans la mâchoire.

— Ça, c'est pour Crystal.

Cupidon hausse les sourcils.

— Joli coup, mon frère.

Cal ne parvient pas à réprimer un petit sourire.

— Merci.

Puis nous nous précipitons hors de la pièce, nous redescendons les marches à toute vitesse et sortons du restaurant. Quand nous débouchons sur la place, nous courons jusqu'à la voiture. Cupidon allonge Crystal sur Charlie et moi à l'arrière, puis démarre.

Je me tourne vers Charlie.

— Ça va ?

Elle hoche la tête, mais elle a les mains qui tremblent et le regard apeuré. Elle porte toujours la robe du bal d'hier soir.

— Ils refusaient de me laisser partir et ils ne me faisaient pas confiance. Je pense qu'ils avaient compris que j'étais de votre côté. J'ai cru qu'ils allaient me tuer.

Je lui prends la main, puis je regarde Crystal, toujours inconsciente.

— Elle va s'en sortir ?

Cal me répond par-dessus son épaule.

— Je l'espère bien.

Cupidon attire l'attention de Charlie dans le rétroviseur.

— Alors, où est la Finis ?

— Je ne sais pas. Crystal n'arrêtait pas de répéter la même chose. C'était comme si elle essayait de me faire passer un message sans que les autres puissent le comprendre. Mais ils ont dû finir par s'en rendre compte.

— Qu'est-ce qu'elle disait ?

— La même chose que ce qu'elle m'a dit chez toi : « Je n'ai pas toujours été réceptionniste. »

CHAPITRE 41

Un quart d'heure plus tard, nous sommes dans le salon de Cupidon. Crystal est allongée sur un des deux canapés, juste en face du feu. Sa respiration est régulière, on pourrait croire qu'elle dort. Je sirote un café dans le fauteuil près de la cheminée. Charlie, après sa soirée traumatisante, est montée se reposer. Cal fait les cent pas dans la pièce et Cupidon est assis en face de moi. Il a l'air particulièrement de mauvaise humeur.

— Assieds-toi, mon frère, ordonne-t-il sèchement après quelques minutes de silence.

Cal lui jette un regard furieux, puis sort du salon sans rien dire.

J'interroge Cupidon :

— Qu'est-ce qu'on fait ?

— Les Flèches ont annoncé qu'ils enverraient quelqu'un chercher la Finis à minuit, mais on ne sait pas où et on ne peut évidemment pas demander à Crystal pour le moment. Quand ils l'auront récupérée, ils fonceront droit sur nous. Sans vouloir dramatiser, ils vont tous nous mettre en pièces.

Il m'adresse un sourire pas convaincant du tout. Il semble perdu. Malgré notre dispute, j'ai envie de le toucher, de le rassurer. Mais j'ai bien en tête les conséquences que je déclencherais si nous développons des sentiments l'un pour l'autre :

Vénus reviendrait. Et la menace des Flèches est bien réelle. On peut dire que pour le moment rien ne va.

Je consulte mon téléphone pour voir l'heure. Il est midi passé.

— Tu ne crois pas que Crystal va reprendre connaissance avant minuit ? On pourrait mettre la main sur la Finis avant eux ?

— C'est une possibilité, reconnaît Cupidon.

— Mais on ne peut pas tabler dessus, intervient Cal depuis le seuil de la pièce.

Il revient dans le salon et dépose une pile de livres, de papiers et de photos sur la table basse. Cupidon gémit.

— Oh super, ta documentation inutile…

Le commentaire de Cupidon énerve Cal.

— Tu as une meilleure idée ?!

Comme aucun de nous deux ne répond, Cal nous lance :

— Qu'est-ce que vous attendez ? On a moins de douze heures pour trouver la Finis. C'est ça ou on est tous morts. Au travail !

⋀⋀⋀

Nous passons le restant de la journée et la soirée dans le salon de Cupidon. Vers vingt-deux heures, les papiers et les documents sont étalés dans toute la pièce. Je suis assise par terre près de la table basse et je parcours *Les Archives de la Finis* que nous avons volées à l'agence.

Il reste deux heures avant minuit.

Cal est accroupi à côté de moi et passe en revue des photos sépia pendant que Cupidon est affalé dans son fauteuil. Il a l'air de s'ennuyer à mourir en feuilletant un dossier très épais intitulé *Employés*. Crystal est toujours inconsciente, étendue sur le canapé. Des tasses sales traînent sur pratiquement toutes les surfaces disponibles. Au bout d'un très long moment, Cal soupire et laisse tomber le cliché qu'il examinait.

— Vous avez trouvé quelque chose ? nous demande-t-il.

Je fais non de la tête.

— Ça serait plus facile si on savait quoi chercher, signale Cupidon en jetant le dossier par terre. Je propose qu'on change de tactique. Essayons de réveiller Crystal.

Il pose ses bras musclés sur les accoudoirs pour se relever quand Cal réplique :

— Et comment comptes-tu t'y prendre ?

Ils se toisent un instant avant que Cupidon ne se laisse retomber dans son siège.

— Bien vu. Je n'en ai aucune idée.

Nous gardons le silence quelques minutes, puis Cupidon propose :

— Quelqu'un veut un café ?

Je lui tends ma tasse et il disparaît dans le couloir.

— On va bien trouver quelque chose, tente de se convaincre Cal à haute voix en replongeant le nez dans les photos sur la table basse.

J'y jette un coup d'œil à mon tour. Certaines sont vieilles, couleur sépia, d'autres sont en couleurs et récentes. Chacune montre un groupe de cupidons posant face à l'objectif.

— « Je n'ai pas toujours été réceptionniste. » Ça doit vouloir dire quelque chose, marmonne-t-il.

Il prend le dossier que Cupidon a abandonné. Je me penche pour examiner le cliché sépia du haut de la pile.

C'est une photo de la réception de l'agence. Certains contours se sont estompés, mais je distingue un adolescent debout derrière le bureau à la place de Crystal. J'étudie le reste de l'image pour essayer de la trouver, mais elle n'est pas là. La pièce paraît différente, comme s'il manquait quelque chose, mais je n'arrive pas à mettre le doigt sur ce que c'est.

Dans le coin supérieur du cliché, il est écrit *Mars 1887* au feutre noir.

Pourquoi est-ce que cette année me dit quelque chose ?

J'attrape *Les Archives de la Finis*, et je l'ouvre au récit de Crystal sur sa rencontre avec le Minotaure. L'inscription en haut de la page est *Whitechapel, Londres, 1888.*

L'année après la prise de cette photo.

Une idée me vient, alors que Cupidon arrive en portant deux tasses fumantes. Il en dépose une devant moi et se laisse tomber dans le fauteuil.

— Cal, dans le dossier que tu consultes, il y a des détails sur les employés ?

Il lève la tête, l'air irrité par cette interruption.

— Oui.

— Je suppose qu'il y a les dates auxquelles les cupidons ont commencé à travailler pour l'agence.

— Évidemment. Mais à quoi est-ce que ça nous servira ?

— À quelle date Crystal a-t-elle cessé d'être agent pour prendre son emploi de réceptionniste ?

Il s'empresse de feuilleter le dossier. Il s'arrête sur une page et la parcourt.

— Janvier 1889, mais je ne vois pas pourquoi c'est important.

1889. Après sa visite à Whitechapel pour récupérer la Finis.

Sans répondre, j'examine à nouveau la photo sépia, puis je passe au crible les autres clichés jusqu'à tomber sur un du groupe pris en 1889. Comme je m'y attendais, Crystal est là, souriante, au centre.

Je me sens soudain regonflée à bloc : je sais maintenant ce qui manque sur la première image.

— C'est important parce que je sais où se trouve la Finis.

Une demi-heure plus tard, Cupidon gare sa voiture à une cinquantaine de mètres de l'agence. La rue est calme. L'horloge du tableau de bord indique vingt-trois heures. Nous avons une heure avant l'arrivée des Flèches. Charlie se tourne vers moi :

— Tu crois vraiment que la Finis est à l'agence ?

— Certaine.

— Et tu veux que je m'introduise par effraction ?

— Oui. Enfin, non… en quelque sorte…

Cal nous regarde dans le rétroviseur.

— Ce n'est pas une effraction. Tu seras la bienvenue.

— Contrairement à nous trois, râle Cupidon.

Je rétorque du tac au tac :

— Grâce à ton idée de génie de faire ressusciter une déesse.

Cupidon émet un *tss* désapprobateur et Charlie s'exclame :

— Quoi ?!

— Vous n'avez pas bientôt fini ! nous interrompt Cal.

Il se retourne pour expliquer la situation à Charlie.

— Normalement, un cupidon aurait déjà dû t'emmener à l'agence. D'habitude, c'est celui qui a tiré la flèche qui s'en charge. Mais comme c'était un membre des Flèches et pas un employé de la filiale de Los Angeles, Crystal aurait sans doute été désignée comme ton mentor. Mais elle n'est pas en état de t'accompagner.

— Et tu veux que je vole la Finis ?

— Non, tu te ferais bannir immédiatement. On ne peut pas te demander ça. Il faut juste que tu t'arranges pour que le réceptionniste quitte son poste avant minuit, c'est l'heure du changement d'équipe. Une fois que la voie sera libre, on prendra le relais.

Elle soupire puis acquiesce. Je suis reconnaissante qu'après tout ce qu'elle a traversé, elle soit encore disposée à nous aider.

— Sois prudente, ajoute Cal. On n'a qu'une seule chance.

— Pas de pression, ironise Cupidon.

Charlie ouvre la portière et sort.

Je souris en pensant à quel point l'indice que nous a donné Crystal était simple. C'est pratiquement comme si elle nous avait *dit* à quel endroit elle avait caché la Finis. Quand elle est rentrée de Londres, elle a dû s'arranger pour travailler à un poste où elle pouvait surveiller son trésor en permanence.

La Finis est la flèche suspendue au mur au-dessus du comptoir de la réception. Crystal l'avait laissée à la vue de tous.

— Souhaite-moi bonne chance, lance Charlie en se mettant en route.

Je la regarde se diriger vers l'agence, puis je respire à fond en jetant un coup d'œil au carquois rempli de flèches suspendu à mon épaule. Je stresse à l'idée du combat qui nous attend sûrement et au danger auquel nous sommes tous exposés.

— Bonne chance, Charlie.

⋀⋀⋀

Nous restons assis dans un silence tendu pendant quelques minutes avant que Cal ne prenne son arc et n'ouvre la portière.

— Je vais m'approcher un peu pour voir ce qui se passe. Et vous deux, pas de bêtises, ajoute-t-il d'un ton brusque avant de sortir.

Cupidon se tourne vers moi. Son visage est d'une gravité inhabituelle et sa mâchoire est crispée. Ses yeux sont rivés sur mon visage, tandis que les miens sont irrésistiblement attirés par ses lèvres. Malgré toutes les mises en garde, je me demande encore quel goût elles peuvent avoir.

— Tu es toujours en colère contre moi, constate-t-il.

— Évidemment.

Il affiche un sourire triste.

— Et si tu me pardonnais, que tu me donnais une chance et qu'on vivait heureux pour l'éternité ?

Je me force à rire.

— On n'est pas dans un livre pour enfants. L'amour n'est pas un conte de fées. Si je te laisse une chance, Vénus nous pourchassera et on ne vivra pas longtemps du tout.

Il me regarde toujours droit dans les yeux.

— Dans tout bon conte de fées, il y a un monstre à combattre.

Je secoue la tête.

— Tu t'es servi de moi. Quand tu auras la Finis, tu devras partir. Tu le sais.

Il soupire si fort que son corps semble se dégonfler.

— Je t'ai donné ma parole. Dès qu'on aura cette foutue flèche, je quitte Forever Falls. Les Flèches se lanceront à ma poursuite, Vénus ne reviendra pas et tu ne me reverras jamais.

Même si c'est exactement ce que je lui ai demandé, ses paroles me font l'effet d'un coup de poing dans le ventre. Ma gorge se noue et je ressens une immense tristesse.

Il *faut* qu'il s'en aille. Mais je veux qu'il reste.

Nous nous contemplons longuement en silence. J'ai l'impression qu'on communique sans parler. Puis je pose ma nuque sur l'appuie-tête en cuir et je soupire.

Il a l'air peiné. Il me tend la main, mais je ne lui donne pas la mienne. Je dois être forte.

Je sens ma colère remonter et je m'y cramponne tant bien que mal. Le reste n'a aucune importance : il m'a utilisée pour tenter de faire revenir une déesse, il s'est arrangé pour que j'aie des sentiments pour lui et, maintenant, il s'apprête à me laisser tomber.

— Tu n'aurais jamais dû venir.

— Au moins, je te laisserai en bonne compagnie, rétorque-t-il froidement. J'ai l'impression que tu apprécies de passer du temps seule avec mon frère.

Quel culot !

Avant que je puisse répondre, mon téléphone vibre. C'est Charlie. Elle est dans l'agence.

CHAPITRE 42

Cupidon sort immédiatement de la voiture et claque la portière derrière lui. Je ne le laisserai pas me faire de la peine. Je m'empresse de le suivre. Je le fixe sans détourner les yeux. L'atmosphère est chargée. Cupidon fait un pas vers moi. Je sens la chaleur de son corps à travers son t-shirt. Il est sur le point de dire quelque chose, puis se ravise.

Il prend son arc et un carquois sur la banquette arrière, puis il me passe un équipement semblable sans prononcer un mot. Je suspends le carquois à mon épaule en constatant l'absence de flèches noires. Ce ne sont pas les Flèches qui nous intéressent cette fois-ci, et Cal ne veut pas que les employés de l'agence soient maltraités inutilement ; ce sont ses collègues et ses amis, après tout.

— Allons-y, me lance Cupidon. Nous n'avons pas beaucoup de temps.

Dans un silence pesant, nous nous mettons en route. Je suis obligée de quasiment courir pour suivre ses longues enjambées. Nous apercevons Cal, à quelques pas de l'entrée. La lumière vive en provenance de l'intérieur inonde le trottoir et souligne la blondeur de ses cheveux. En nous voyant approcher, il nous adresse un signe de tête et franchit la porte.

Nous accélérons encore le pas pour le rattraper. Nous jetons un coup d'œil par la vitrine : l'intérieur est désert.

Mon regard se pose immédiatement sur l'objet que nous sommes venus chercher : la longue flèche dorée suspendue au-dessus du comptoir de la réception.

La Finis.

Cal est déjà à l'intérieur, il passe devant les fauteuils fluo et fonce vers l'accueil. Cupidon ouvre la porte et nous nous dépêchons d'entrer. Je demande, inquiète :

— On a combien de temps ?

— Pas longtemps, me répond Cupidon.

Cal se hisse sur le comptoir, se redresse et atteint la Finis de la main droite. Il tire un coup sec et elle se détache sans résistance. Il se tourne vers nous avec une expression triomphante. Puis l'alarme se déclenche.

Les yeux de Cupidon s'écarquillent.

— Merde ! marmonne Cal, paniqué, en sautant devant nous.

Il glisse la Finis dans son carquois en lançant :

— Allez ! On se tire, vite !

Cupidon me pousse devant lui et je sprinte derrière Cal jusqu'à la sortie. Cal s'élance dans la rue et je m'apprête à sortir à sa suite quand un cri de douleur inhumain s'élève derrière nous. Je me retourne pour voir Cupidon tomber à genoux au milieu du hall, quatre Ardeurs plantées dans le dos. Des agents se précipitent vers lui. Tandis qu'il hurle de douleur sur le sol, deux autres flèches se fichent dans son corps.

— Allez-y… parvient-il à articuler.

Il bafouille, le visage rouge, le regard vitreux.

— Sortez… de… d'ici…

Mon sang tambourine dans mes oreilles. Je ne sais pas quoi faire. La porte est grande ouverte juste derrière moi. J'interroge Cal du regard, il secoue la tête rapidement pour me dissuader d'aider Cupidon. Mais je ne peux pas le laisser.

Je me précipite sur Cupidon et je jette son bras par-dessus mon épaule, tandis que Cal envoie un flot de flèches au-dessus de nos têtes pour décourager nos poursuivants.

Mais Cupidon est trop lourd. Je n'arrive pas à le soulever. Il souffre trop : il ne réagit pas à mes tentatives désespérées pour le faire bouger. Je me retourne. Les flèches de Cal nous font gagner un peu de temps, mais des agents furieux avancent vers nous dans leur costume blanc. Au fond du hall, je repère Charlie, qui suit la scène avec horreur. Nos yeux se croisent mais elle ne bronche pas. Je lui crie :

— Aide-moi !

Rien.

Une nouvelle flèche s'enfonce dans l'épaule de Cupidon.

Des larmes coulent de ses yeux, mais il reste inerte. J'attrape son menton pour le forcer à me regarder.

— Cupidon ! Allez, viens. Lève-toi !

Un agent parvient jusqu'à nous. Il est grand, il a des yeux bleus étincelants. Il a l'air fort. Et impitoyable.

Ça y est, on est fichus.

Mais soudain, le type pousse un cri de douleur : il vient de se prendre une flèche dans le cou. Je lève les yeux. Charlie est au-dessus de lui. Elle se penche alors vers Cupidon, et passe l'autre bras de mon âme sœur autour de son épaule. Sa force surnaturelle fait toute la différence et grâce à Cal qui nous couvre, enchaînant les tirs, nous réussissons à le traîner à l'extérieur.

— Emmenez-le à la voiture, nous suggère Cal. Je vais tout faire pour les retenir.

Cupidon reprend peu à peu connaissance et nous nous dirigeons tous les trois aussi vite que possible vers la

Mini garée plus loin. Charlie et moi continuons à soutenir Cupidon. Mon cœur bondit dans ma poitrine quand une Ardeur me frôle le bras et fait un accroc dans ma veste en cuir. Cal nous suit de près, sans cesser de tirer sur nos poursuivants.

— Mettez-le à l'arrière, nous lance-t-il. Je vais conduire.

On pousse Cupidon sur le siège arrière à côté de moi, et Charlie court prendre place sur le siège passager. Puis Cal se retourne et court vers nous, en se baissant pour éviter les projectiles qui sifflent autour de lui. Il arrive à la voiture et se jette à l'intérieur, verrouillant immédiatement les portières. Deux agents frappent à la vitre.

— Vous êtes en état d'arrestation. Sortez.

Cal les ignore, met le moteur en marche, puis appuie sur l'accélérateur.

L'agent crie « Ils ne peuvent pas être en couple ! » mais il est bien obligé de s'écarter quand la voiture bondit.

La tête de Cupidon glisse sur mon épaule. Il gémit doucement, et une fine couche de transpiration luit sur son front. Charlie murmure, la tête dans les mains :

— Oh mon Dieu…

Je serre son épaule pour tenter de la réconforter. Puis je surveille la route par la lunette arrière pour voir si on nous poursuit. La chaussée sombre est dégagée pendant les premières minutes, puis je vois apparaître deux bolides – une Porsche et une Jaguar – qui foncent droit sur nous.

— Cal, ils arrivent.

Il accélère. La voiture prend un virage trop serré et Cupidon est projeté contre moi. Je ne suis pas rassurée.

— Où est-ce qu'on va ?

Je redresse Cupidon, qui geint à nouveau.

— Je ne sais pas ! crie Cal.

Je jette encore un coup d'œil par-dessus mon épaule. Ils ne sont pas loin et une troisième voiture s'est jointe aux deux premières. Le silence de la nuit est troublé par les crissements de pneus et les coups de Klaxon. Ils se rapprochent. Ils vont nous rattraper.

Puis, tout à coup, l'écart se creuse. Je n'en crois pas mes yeux.

Pourquoi est-ce qu'ils mettent fin à la poursuite ?

— Cal, qu'est-ce qui se passe ?

Dans le rétroviseur, je le vois aussi interloqué que moi. Puis son téléphone sonne. Sans quitter la route des yeux, il le sort de sa poche et le jette sur mes genoux.

— Lis-moi le message, s'il te plaît.

— « J'ai contacté l'agence. Je les ai convaincus de cesser leur poursuite. Mais il y a une condition : ils veulent quelque chose en échange de leur indulgence. J'ai promis de m'en occuper. Revenez à la maison, je vous expliquerai tout. Crystal. »

— Bravo, Crystal, murmure Cupidon, la tête penchée en arrière sur le dossier.

Cal paraît soulagé. Il fait demi-tour et prend la direction de Forever Falls. Je tape une réponse.

Que veulent-ils en retour ?

Quelques secondes plus tard, le téléphone vibre pour annoncer la réponse de Crystal.

Cupidon.

CHAPITRE 43

Je suis estomaquée par la réponse de Crystal. Je jette un coup d'œil à Cupidon. Sa tête est toujours penchée en arrière. Ses yeux sont fermés et sa respiration est courte. Il semble inconscient.

Je décide de partager la mauvaise nouvelle avec Cal et Charlie.

— Leur condition, c'est Cupidon. L'agence nous laisse rentrer sains et saufs parce que Crystal leur a promis Cupidon en échange.

Charlie étouffe un cri, mais à ma grande surprise, Cal se contente de hausser les épaules.

— Je m'en doutais, déclare-t-il alors que nous arrivons au panneau indiquant l'entrée dans Forever Falls.

— Quoi ? Tu veux dire que ça ne te dérange pas ?

Ses traits se durcissent.

— Tu ne comprends vraiment rien, hein ? Tu ne croyais quand même pas qu'ils allaient nous laisser partir comme ça ? Tu sais très bien ce qui se passera si Cupidon se met en couple avec toi. Il est sur leur liste des indésirables depuis des années. Tu devrais être contente que ce ne soit pas toi qu'ils réclament.

Je suis tellement stupéfaite que je ne sais plus quoi dire. Après quelques secondes, Charlie brise le silence.

— Il a peut-être raison, Lila, avance-t-elle timidement. Tout ça est nouveau pour moi, mais si ces Flèches sont à votre poursuite parce qu'ils pensent que Cupidon et toi allez vous mettre ensemble... ils n'auront plus aucune raison d'essayer de te tuer, une fois que Cupidon sera prisonnier à l'agence.

J'ouvre la bouche pour répliquer, mais à côté de moi, Cupidon tourne la tête et me contemple avec des yeux vitreux.

— C'est pas grave, Lila.

Son visage est rouge et son corps brûlant.

— Cupidon ? Ça va ?

— Ça va aller, m'assure Cal. Il faut juste que l'Ardeur quitte son système. Crystal est rétablie. Il s'en tirera aussi.

— Tu vas vraiment les laisser l'emmener ? Dans son état ? Il ne peut même pas se défendre. Qu'est-ce qu'ils vont lui faire ?

Cal prend un virage et je réalise que nous approchons de la colline près de la maison de Cupidon.

— Ils vont le juger. C'est ce qu'il mérite.

Quelques instants plus tard, la villa de Cupidon se dresse devant nous. Cal gare la voiture dans l'allée, devant la porte d'entrée. Les lumières sont allumées à l'intérieur et illuminent l'extérieur à travers les immenses baies vitrées.

Je suis furieuse.

— Je n'en reviens pas que tu envisages cette solution ! Tu n'as pas de cœur ou quoi ?! C'est ton frère ! Et de toute façon il a promis de quitter la ville dès qu'il aurait la Finis.

— Mon frère dit beaucoup de choses qu'il ne pense pas, rétorque Cal.

Je ne me laisse pas démonter.

— Il m'a donné sa parole. Il va vraiment partir. Je lui ai bien fait comprendre qu'on ne serait jamais en couple.

La détermination de Cal semble vaciller. Nous nous regardons fixement pendant quelques instants. La tension est à son comble. Je tente encore :

— Ça change quelque chose ?

Cal soupire et ouvre la portière de la voiture.

— Peut-être. Emmenons-le à l'intérieur et voyons ce que Crystal a à nous dire.

Il se penche sur le siège arrière pour empoigner son carquois, qui contient la Finis dorée parmi bien d'autres flèches, puis il jette le bras de Cupidon par-dessus son épaule et le tire dans l'allée.

Je remarque encore une fois la force discrète de Cal. Même si Cupidon est plus grand que lui, Cal le soutient avec une facilité déconcertante. Charlie et moi sortons toutes les deux de la Mini et suivons les deux frères. Nous trouvons Crystal assise dans la cuisine. Elle touille machinalement son café. Elle est extrêmement pâle et ses yeux bleus sont cernés. Un long étui noir étroit est posé devant elle. Elle relève la tête à notre arrivée et inspecte Cupidon, avant de se concentrer sur le carquois de Cal.

— Vous avez la Finis, énonce-t-elle d'une voix un peu faible.

Cal acquiesce. Il soutient toujours Cupidon dont la tête s'est affalée sur son torse.

— Qu'est-ce qui s'est passé ? veut savoir Cal.

— J'ai parlé de la Finis à l'agence. Je leur ai dit que les Flèches voulaient mettre la main dessus et m'avaient torturée pour que je révèle sa cachette. L'agence a accepté de vous gracier pour votre implication, et ils ont lancé un mandat d'arrêt contre les membres des Flèches impliqués dans mon enlèvement. Vous êtes tranquilles, du moins pour l'instant.

J'interviens :

— Mais ils veulent Cupidon ?

Crystal se retourne vers moi et confirme d'un signe de tête.

— Oui. Et la Finis, aussi.

— Ils vont le tuer.

— Peut-être. Ou pas. Je ne pense pas que ce soit dans leurs intentions. Ils doivent redouter un retour de bâton en cas d'erreur. Je pense qu'ils prendront une mesure pire encore.

— Ils le mettront dans une sim, tu veux dire, déclare alors Cal, qui semble soudain tout pâle lui aussi.

Je l'interroge du regard et il tente de dissimuler sa panique pour m'expliquer :

— Ils peuvent condamner quelqu'un à être prisonnier d'une simulation. Cupidon serait coincé dans son esprit.

J'ai la nausée. Il s'est peut-être montré égoïste en venant ici, mais il ne mérite pas un traitement pareil.

— J'ai gardé la Finis cachée très longtemps. Je ne voulais pas que les autres cupidons s'en emparent, car je redoutais l'usage qu'ils pourraient en faire. Cette arme est notre seul moyen de détruire Vénus, si elle revient.

Je veux être sûre d'avoir compris :

— Tu as peur que les cupidons ne détruisent la Finis pour que Vénus ne puisse pas être tuée, c'est ça ?

— Ce serait un moyen pour eux de prouver leur loyauté. On ne doit pas la leur donner.

Un léger sourire apparaît sur son visage. Elle ouvre l'étui posé devant elle. Il contient une flèche dorée qui ressemble comme deux gouttes d'eau à celle qui était accrochée au mur au-dessus du comptoir de la réception.

— Nous allons leur donner une copie.

CHAPITRE 44

Quelques heures plus tard, je suis assise au bord du lit à baldaquin de Cupidon. La lune brille par la fenêtre et donne une allure fantomatique à la pièce. Cupidon dort profondément et je me surprends à observer sa poitrine qui monte et descend paisiblement sous les draps soyeux.

Crystal s'est rendue à l'agence avec la copie de la Finis. Elle nous a expliqué qu'elle l'avait fait forgée il y a des années, en cas de besoin. Elle s'est montrée moins enthousiaste à l'idée de laisser partir Cupidon, mais nous avons réussi à la convaincre, à condition qu'il s'en aille à la première heure demain matin. Elle prétendra à l'agence qu'il s'est enfui.

En partant, elle nous a répété :

— L'alliance ne doit jamais se faire. Pas question que ces deux-là forment un couple.

J'ai l'intention de rejoindre Charlie dans la chambre d'amis, mais je veux d'abord faire mes adieux à Cupidon. Pendant que je l'observe, il ouvre lentement les paupières et me sourit.

— Tu ne devrais pas être ici, même si je ne vais pas m'en plaindre.

— Tu te sens mieux ?

— Hum, fait-il d'une voix endormie. Beaucoup mieux.

Soulagée, je me lève et me dirige vers la porte.

— Lila.

Je me retourne.

— Reste avec moi.

Ma respiration s'arrête.

— Juste pour la nuit. Juste une fois.

Je réfléchis. Je sais que je ne devrais pas accepter. Pourtant, il paraît si vulnérable que je suis touchée.

— Nous ne ferons rien, m'assure-t-il avec douceur. Viens t'allonger ici. Allonge-toi près de moi.

Je murmure :

— L'alliance ne doit jamais se faire.

— Je sais.

Je me répète qu'il part demain matin et que je ne le reverrai jamais.

Je m'approche timidement du lit et je m'assieds auprès de lui, tendue. Je sens sa chaleur, son odeur. Je meurs d'envie de le toucher, de lui caresser la joue, d'effleurer ses lèvres avec les miennes. Mais je ne peux pas. Jamais.

Je m'allonge à côté de lui, la tête sur l'oreiller moelleux. Nous nous regardons et il est si près que je pourrais compter ses cils. Il prend tout doucement ma main dans la sienne. Ma peau picote à son contact.

— Je voudrais tant que les choses soient différentes, Lila.

Puis il ferme les paupières et s'endort presque immédiatement.

Je chuchote à la lueur de la lune :

— Moi aussi.

Quand je me réveille, la pièce est encore sombre et la pluie tambourine contre la vitre. Je me retourne pour regarder de l'autre côté du matelas. Les draps sont froissés et Cupidon n'est plus là. Je saute du lit et je sors pieds nus de la chambre. J'aperçois dans le couloir une ombre qui provient de la terrasse. Je m'approche de la baie vitrée.

Cupidon fait les cent pas sous la pluie. Son t-shirt est mouillé et moule son corps parfait. Il s'arrête, se prend la tête entre les mains et se tire les cheveux. Je sors sur la terrasse sans me soucier du froid.

— Cupidon ?

J'avance vers lui et lui touche l'épaule. Il sursaute et bondit en arrière.

— Ne m'approche pas !

Je surmonte ma peine pour demander :

— Qu'est-ce qui ne va pas ?

Ses yeux sont remplis de larmes et il a l'air paniqué.

— Je n'aurais jamais dû venir ici. Oh mon Dieu, non…

Il replonge la tête entre ses mains.

— Cupidon ?

Je m'avance à nouveau et j'écarte ses bras pour qu'il me regarde.

Tout à coup, je sens les dalles vibrer légèrement sous mes pieds. Un tremblement de terre ?

— Cupidon ? Qu'est-ce qui se passe ?

— Ne m'approche pas ! répète-t-il.

Les vibrations s'intensifient tant que je perds l'équilibre et tombe sur lui. Il saisit mes bras avec colère et me serre si fort que ses doigts s'enfoncent dans ma peau. Son visage n'est qu'à quelques centimètres du mien.

— Tu semblais si sûre de toi. Tu disais que tu ne voulais pas…

La pluie aplatit ses cheveux, coule le long de ses joues et sur ses lèvres. Il me lâche et recule encore.

— Je pensais pouvoir me retenir, gémit-il, je pensais pouvoir m'empêcher de tomber amoureux de toi.

Le tremblement s'amplifie encore et j'entends un fracas de métal dans le jardin : des fauteuils au bord de la piscine se renversent.

— C'est trop tard, c'est trop tard !

— Cupidon, qu'est-ce que tu racontes ? Il est trop tard pour quoi ?

Malheureusement, je crois que je le sais déjà. Je commence à paniquer. Nous assistons à un vrai séisme et un grondement retentit.

— Je n'ai pas pu m'en empêcher. Je n'ai pas réussi à contenir mes sentiments.

Puis il pose les yeux sur moi et son expression paniquée est remplacée par un air affamé.

— C'est trop tard, chuchote-t-il. L'alliance s'est produite.

Tout à coup, il me tire à lui, prend mon visage entre ses doigts et se penche lentement vers moi. Mon rythme cardiaque s'affole quand je sens son souffle sur mes lèvres. Il m'embrasse doucement d'abord, puis avec passion.

Je me colle instinctivement contre son corps. Autour de nous, cela gronde et tremble encore, mais je le perçois à peine tellement mon cœur tambourine.

Je sais que je ne devrais pas l'embrasser, mais je ne peux plus m'arrêter. Je m'en fiche. Je m'en fiche. Je m'en fiche.

Je remarque que le tremblement de terre s'arrête alors qu'il passe ses doigts dans mes cheveux trempés par la pluie. Il glisse sa langue dans ma bouche et sa respiration s'accélère. Des papillons battent des ailes dans mon estomac.

Puis une silhouette apparaît sur le seuil de la terrasse et nous nous séparons. Cal est là, furieux. Il a son téléphone portable en main.

— Crystal vient d'appeler de l'agence. J'espère que vous êtes contents de vous.

Il me jette un regard glacé avant de se tourner vers son frère. Sa voix est pleine de mépris quand il annonce :

— L'alliance s'est réalisée. Mère est revenue.

PARTIE 4
LA PRÉSIDENTE DIRECTRICE GÉNÉRALE

CHAPITRE 45

EXTRAIT DU RÈGLEMENT DE L'ENTREPRISE

1. Une fois transpercé par la flèche de Cupidon, vous entrez au service de la Fondatrice pour une durée illimitée. Au sein de l'entreprise, vous formerez des couples et réaliserez des alliances pour servir la toute-puissance de la Fondatrice. Vous accomplirez également d'autres tâches occasionnelles, en fonction des besoins. (Ces tâches peuvent notamment inclure des sacrifices, des incendies volontaires, des vols, des combats, de la surveillance, des tours de garde, du nettoyage, l'entretien des locaux, des missions de chauffeur et tout autre travail qui peut entrer dans le cadre du service de la Fondatrice.

2. En entrant au service de la Fondatrice, vous aurez exactement un mois pour mettre de l'ordre dans vos affaires humaines avant de renoncer à tout jamais à votre ancienne identité. Cela implique de rompre tout lien avec les membres de votre famille, vos amis et partenaires, afin de vous consacrer exclusivement aux tâches citées dans la règle énoncée au premier paragraphe. Vous n'aurez aucun contact, en aucune circonstance, avec vos anciens proches.

3. Vous pourriez être obligé de déménager dans l'une des nombreuses succursales de l'agence à travers le monde pour satisfaire pleinement à la règle numéro deux. Si c'est le cas,

vous aurez droit à nos avantages de relogement, qui incluent une nouvelle maison et un mentor personnel choisi au sein des cupidons.

4. Vous maîtriserez l'art du tir à l'arc afin d'exceller dans des tâches particulières citées dans la règle numéro un.

5. AUCUN CUPIDON NE PEUT AVOIR D'ÂME SŒUR.

En suivant scrupuleusement les cinq règles de l'agence, vous jouirez des avantages suivants : la jeunesse éternelle, la beauté, la force, la richesse et un véhicule de fonction.

Tout manquement aux règles entraînera le retour de la Fondatrice, qui reprendra le poste de Présidente-Directrice générale de l'Agence Cupidon.

Tout contrevenant sera traduit en justice et puni très sévèrement.

Signé : Vénus, Fondatrice et Déesse

Cal reste dans l'ouverture de la baie vitrée et nous regarde à travers le rideau de pluie. Pendant un long moment, personne ne parle. J'ai la tête qui tourne à cause du baiser, des paroles de Cupidon et des nouvelles de Cal.

Mère est revenue.

Nous restons ainsi, figés, puis les yeux argentés de Cal brillent dans l'obscurité.

— Rentrez, gronde-t-il. Tous les deux.

Il tourne les talons et va à l'intérieur. Cupidon ne bouge pas, trempé. Son expression trahit tous ses regrets.

Qu'est-ce qu'on a fait ?

Je rentre à mon tour et Cupidon me suit. Cal est au téléphone, il nous tourne le dos. Il pivote vers nous quand son frère ferme la baie. Il tient deux serviettes à la main. Il en lance une à Cupidon, qui l'attrape au vol, puis me tend l'autre. Il est toujours furieux, mais j'ai l'impression qu'il est aussi triste, déçu.

Est-ce que notre slow comptait plus pour lui que pour moi ?

Je prends la serviette en fixant mes pieds et je marmonne :

— Merci.

Il ne répond pas et s'éloigne dans le couloir, son portable collé à l'oreille. On l'entend demander :

— Qu'est-ce qui se passe, Crystal ?

Cupidon s'est frictionné les cheveux : ils sont dressés dans tous les sens.

Il attrape l'extrémité de ma serviette et s'en sert pour m'attirer à lui. Il replace délicatement une mèche de cheveux mouillée derrière mon oreille. Je frissonne, je ne sais pas si c'est à cause des gouttes glacées qui coulent le long de ma nuque ou si c'est l'effet que Cupidon a sur moi.

On s'est embrassés.

J'arrive pas à y croire.

Je suis prise de panique, tout à coup.

— Cupidon… Qu'est-ce qu'on a fait ? Vénus est vraiment de retour ?

Cupidon confirme, l'air tracassé.

— Malheureusement oui, mon amour.

Je recule d'un pas.

— Je n'aurais jamais dû t'embrasser.

Je prends seulement conscience de toute la gravité de ce que nous avons déclenché.

— C'était déjà trop tard, m'assure Cupidon. Tu ne le réalises pas ? Mes sentiments grandissent depuis un moment, j'ai baissé ma garde parce que je pensais que tu ne m'aimais plus : quand tu m'as dit que tu voulais que je parte.

Ses yeux pénètrent mon âme.

— Mais tu mentais, tes sentiments n'ont jamais disparu, au contraire.

Il me dévisage avec intensité. Malgré la situation, il semble content. Il me caresse la joue et ma peau picote. J'ai envie de me jeter sur lui, de l'embrasser à nouveau. Je sais qu'il ressent la même attirance.

— Comme tu es censé être un dieu de l'amour, tu aurais dû deviner que tu me plaisais.

— Je te l'ai dit, la subtilité n'est pas mon fort. La prochaine fois, porte un badge *J'aime Cupidon*, agite des drapeaux ou... dis-le-moi, tout simplement.

— Je ne pouvais pas. J'étais en colère contre toi... Je *suis* en colère contre toi.

Il esquisse un demi-sourire.

— Je sais, mon amour, et je ne l'ai pas volé.

Il soupire et baisse les yeux, sombre.

— Je n'aurais jamais dû venir ici.

— Non, en effet, renchérit Cal sèchement en remontant l'escalier tournant.

Il tient sous le bras l'étui noir dans lequel Crystal gardait la réplique de la Finis. J'imagine que cette fois, c'est la vraie.

— Vénus envoie une équipe pour nous arrêter. Maintenant.

Puis il disparaît en courant dans le couloir et tourne à droite.

— On ne va pas se laisser faire, Lila, me jure Cupidon.

D'un geste, il me signifie de l'accompagner à la suite de son frère. Nous sprintons pour rattraper Cal, qui disparaît derrière une lourde porte en bois. Nous sommes tous les trois dans un vaste bureau. Une table en acajou est placée au centre et six moniteurs en occupent la surface. La baie en verre teinté offre une vue imprenable sur la colline. L'aube teinte le ciel de rose.

Cal pose la Finis sur le bureau, puis se penche pour allumer les écrans. Il lève les yeux vers Cupidon.

— Je suppose que tous tes systèmes de sécurité sont encore en place ?

Malgré sa fureur, il semble étrangement calme.

Cupidon acquiesce. J'essaie de comprendre ce qui se passe.

— On reste ici, alors ? On ne devrait pas s'enfuir ?

— Tu ne comprends pas ? s'énerve Cal. Ils sont en route. En ce moment. Il n'est plus temps de prendre la fuite et, même si c'était encore possible, c'est Vénus qui est à nos trousses. Vénus avec tout le soutien de l'agence qui, au cas où tu l'aurais oublié, dispose d'un réseau extrêmement étendu de surveillance partout dans le monde. On ne peut se cacher nulle part.

— Ils savent qu'on est ici. On ne s'en sortira pas non plus si on reste ici.

— On va les tenir à distance, m'explique Cal. Ou du moins on va essayer.

Il appuie sur un bouton de l'ordinateur. Un ronronnement s'élève et des barres de métal commencent à s'élever derrière la baie.

— Toutes les vitres en sont équipées, m'informe Cupidon. On n'est jamais trop prudent de nos jours…

— Et s'ils entrent ?

— Je n'en suis pas certain, mais j'imagine que dans ce cas on va tous mourir, tranche Cal avec froideur.

Ses paroles me glacent. Soudain, du bruit s'élève au bout du couloir. Nous tournons tous les trois la tête vers la porte, paniqués. Cal saisit un coupe-papier qui était posé sur le bureau. Charlie entre alors en se frottant les yeux.

— Qu'est-ce qui se passe ?

Dans le stress de l'arrivée de Vénus, j'avais presque oublié que Charlie était là. Je pousse un soupir de soulagement.

— L'alliance a eu lieu, lui résume Cal. Vénus est de retour… et ses agents viennent tous nous arrêter.

— Oh, merde.

— Comme tu dis, renchérit Cal.

Il pose un regard sévère sur Cupidon et moi.

— Des idées pour nous sortir du pétrin dans lequel tu nous as fourrés ? demande-t-il à son frère.

— Peut-être.

Cupidon se lève et s'approche de moi. Il prend mes mains dans les siennes et plonge ses yeux brûlants de passion dans les miens.

— Ça va aller, on va s'en sortir.

Charlie s'éclaircit la gorge.

— Toi aussi, Charlie, tu vas t'en sortir, ajoute-t-il avant de se tourner vers Cal. Viens à la salle d'entraînement avec moi, il faut qu'on prépare nos armes.

Cal acquiesce après une légère hésitation et ils se dirigent vers la porte.

— Lila, Charlie, nous interpelle Cal avant de sortir, gardez un œil sur les moniteurs. Il y a des caméras de surveillance partout dans la maison et sur la propriété. Si vous voyez quelqu'un approcher, vous criez, OK ?

Ils disparaissent dans le couloir. Charlie et moi fonçons vers les écrans. Différentes pièces et des vues du parc en noir et blanc s'y affichent.

— Alors, l'alliance s'est concrétisée, me lance Charlie.

Je hoche la tête en baissant les yeux.

— Je suis désolée, Charlie. Tu n'aurais jamais dû être mêlée à tout ça.

Elle hausse les épaules et s'installe dans le fauteuil de bureau face aux images de vidéosurveillance.

— Ce n'est pas si mal d'être un cupidon. La force, la beauté, la jeunesse éternelle, le don pour le tir à l'arc. Dommage qu'une ancienne déesse ait décidé de refaire surface et de nous éliminer…

Elle sourit, même si elle n'a pas l'air du tout rassuré. Je ne peux m'empêcher de sourire à mon tour.

— Vous vous êtes embrassés, alors ?

Je ris, malgré les circonstances.

La fin du monde approche, mais ma meilleure amie veut quand même connaître tous les détails.

Je confirme d'un signe de tête.

— C'était bien ?

Je repense aux mains chaudes de Cupidon se promenant sur mon corps, à sa langue entre mes lèvres, au goût de ses baisers mélangé aux gouttes de pluie.

— On pourrait dire ça.

Elle pose la joue sur mon épaule et nous examinons les moniteurs sans plus rien ajouter.

Comment en sommes-nous arrivés là ?

Quelques minutes plus tard, les frères réapparaissent. Ils ont apporté pour chacune un arc et un carquois rempli de trois types de flèches différentes. Cupidon nous distribue le matériel, puis échange un regard étrange avec son frère. Cal ouvre l'étui sur le bureau, prend la Finis et la glisse dans son carquois en la dissimulant parmi les autres flèches. Ça m'étonne, je m'attendais à ce que Cupidon veuille la conserver à tout prix. Après tout, il est venu à Forever Falls pour sortir avec moi dans le but de faire revenir Vénus et la tuer.

Je m'apprête à poser la question quand je repère un mouvement sur un des écrans qui surveille la colline. L'adrénaline afflue dans mes veines. Mes mains se mettent à trembler et mon corps est glacé.

Ce que je vois est pire que tout ce que je pouvais craindre. Ce n'est pas une équipe d'agents, c'est une armée.

Quand je parviens à articuler, c'est avec un filet de voix que j'annonce :

— Oh non. Ils arrivent.

CHAPITRE 46

L'écran montre un groupe de cupidons armés qui pénètrent dans la propriété. La gorge sèche, je me tourne vers la baie grillagée derrière moi. Les attaquants forment une marée de costumes blancs en mouvement. Ils brandissent leurs arcs tendus et leurs pas résonnent en cadence sur le sol.

Cupidon et Cal me rejoignent en hâte et nous contemplons la scène en silence pendant quelques instants. Je chuchote :

— Oh, mon Dieu…

— Les gars, prévient Charlie, ils encerclent la maison.

Nous nous tournons tous les trois vers le centre de la pièce. Charlie a quitté le fauteuil et fixe, debout, les moniteurs, les yeux écarquillés. Nous nous précipitons devant les écrans. D'autres colonnes d'agents ont été saisies par deux autres caméras de sécurité. Ils prennent position pour former un cercle parfait autour de la bâtisse.

La respiration de Cupidon s'accélère, son torse se soulève et retombe à toute allure sous son t-shirt encore humide.

— Eh bien, l'heure est venue, décrète-t-il avec fatalisme.

Il se concentre sur les images avec Cal. Dehors, un des cupidons à l'avant des troupes sort un mégaphone de sous sa veste.

— Sur ordre de Vénus, vous êtes en état d'arrestation ! Vous êtes encerclés. Sortez les mains en l'air !

Je veux savoir ce qui va se passer :

— Et maintenant ? Ils ne peuvent pas venir nous chercher à l'intérieur, tout de même ?

Cupidon fait non de la tête et retombe dans le fauteuil de bureau.

— Il ne nous reste plus qu'à attendre le plus longtemps possible.

AAA

Environ une heure s'écoule. La situation est horriblement stressante. Les sbires de Vénus encerclent toujours la bâtisse. À intervalles réguliers, la voix amplifiée par le mégaphone retentit dans toute la maison pour nous enjoindre de sortir. Chaque fois que cela se produit, je tremble. Cupidon, lui, semble imperturbable. Il est renversé dans son fauteuil inclinable, les paupières closes.

Charlie et moi ne quittons plus les écrans du regard. J'ai l'estomac noué par l'angoisse. Cal arpente le bureau de long en large, son arc suspendu à l'épaule.

— Tu veux bien arrêter, mon frère, finit par lui ordonner Cupidon sans rouvrir les yeux. Tu me rends nerveux.

Cal fait encore plusieurs fois le tour de la pièce avant d'ouvrir la porte, sur le point de sortir. Cupidon s'extirpe de sa torpeur. J'interroge Cal :

— Où vas-tu ?

— Ça ne te regarde pas.

Il disparaît dans le couloir. Je me concentre à nouveau sur les moniteurs. Je ne vois pas comment on pourrait s'extirper de ce piège.

— Plus vous tardez à vous rendre, pire ce sera, tonne la voix dehors.

Je respire à fond. L'adrénaline monte encore d'un cran. Au bout de quelques minutes, Cupidon se lève.

— Venez, allons préparer du café. L'attente est trop déprimante.

J'hésite à le suivre.

— On ne risque rien, m'assure-t-il. Ils ne peuvent pas entrer tant que les barreaux sont en place. Et le bureau est le seul endroit d'où on peut les contrôler.

Je consulte Charlie d'un haussement de sourcils.

— Je ne dirais pas non à un café.

Nous nous dirigeons tous les trois vers la cuisine. Là aussi d'épais barreaux ont fait leur apparition de l'autre côté de la baie vitrée. Cal se tient là, le téléphone à l'oreille. En nous entendant entrer, il se dépêche de raccrocher et de fourrer l'appareil dans sa poche. Cupidon fronce les sourcils.

— Qui est-ce que tu appelais ?

— Crystal, répond Cal, mal à l'aise, en se dirigeant vers la porte de la cuisine.

— Tu ne veux pas rester avec nous pour boire un café, Cal ? lui demande Cupidon d'un ton sarcastique.

J'ai l'impression que quelque chose m'échappe.

— Il faut que quelqu'un surveille ce qui se passe dehors.

Cal s'éloigne à nouveau pendant que Cupidon s'active autour de la machine à café. J'essaie de tirer la situation au clair :

— Qu'est-ce qu'il a ?

Cupidon nous tend des tasses pleines.

— Je pense que mon frère est en train de nous trahir.

— Quoi ? Qu'est-ce que tu veux dire ?

— Je ne pense pas qu'il était au téléphone avec Crystal. Je crois qu'il vient de négocier un accord.

Je n'arrive pas à y croire.

— Ce n'est pas possible.

Cupidon hausse les épaules et prend une gorgée du liquide brûlant. Il s'appuie contre le plan de travail.

— Tu verras.

Quelques instants plus tard, un ronronnement s'élève autour de nous : les barreaux remontent lentement, dégageant les fenêtres et les baies vitrées. J'ai l'impression que je vais défaillir : Cupidon a dit que le bureau était le seul endroit d'où on pouvait contrôler le système de sécurité. Cal a dû filer dans la pièce que nous venons de quitter, de toute évidence. Ma tasse m'échappe des mains et se fracasse sur le sol, le café éclaboussant les dalles blanches.

— En haut, tout de suite, nous ordonne Cupidon.

Il nous pousse devant lui. Nous remontons l'escalier tournant quatre à quatre et fonçons dans le bureau. Cal est immobile, sa silhouette se découpe dans la lumière rose de l'extérieur. Les barreaux devant la fenêtre continuent de remonter.

Il n'y a plus aucun doute.

C'est lui qui a actionné le mécanisme. Il nous a trahis. Je suis hors de moi :

— Comment as-tu pu faire une chose pareille ?

Des bruits de pas résonnent dehors : les agents de Vénus arrivent. Je bondis vers Cal pour le gifler, mais Cupidon suspend mon geste en me tenant fermement par le bras.

— Je parie que tu attendais ce moment, hein ? déclare froidement ce dernier à son frère. Le moment où tu pourrais me dénoncer et regagner les bonnes grâces de Vénus.

— J'ai tout fait pour t'aider, je t'ai conseillé de quitter Forever Falls. J'ai absolument tout fait pour protéger ton âme sœur.

— Regarde-la, rugit Cupidon. DIS SON NOM.

Cal semble de plus en plus mal à l'aise. Il ne me regarde pas, comme s'il en était incapable.

— Tu as enfreint la loi et tu dois être puni.

— Et il fallait punir Lila ? insiste Cupidon. Et Charlie ?

Cal fixe ses chaussures.

— Il y aura un procès équitable.

— *Équitable*, mais oui, j'y crois !

Je ne l'ai jamais vu dans une colère pareille. Il nous écarte brusquement, Charlie et moi, vers la baie vitrée, puis court vers Cal, l'attrape et le plaque contre le mur. Leurs nez se touchent presque.

Tout à coup, la porte du bureau s'ouvre.

Cupidon balance un coup de poing dans le visage de Cal, le projetant au sol au moment même où les agents envahissent la pièce. Cupidon attrape son arc et tire, mais les agents sont trop rapides et trop proches. Cinq d'entre eux l'empoignent et l'obligent à se mettre à genoux, puis le maintiennent au sol. L'un d'eux l'agrippe par les cheveux pour lui relever la tête.

— Commandant, crie un autre, nous les tenons.

Les agents près de la porte s'écartent pour laisser passer un homme grand et svelte aux cheveux noirs. Son regard est d'une froideur implacable. Son arc noir est plus grand et plus élaboré que ceux des autres et une broche en forme de V est épinglée sur sa veste blanche.

— Cal, ordonne-t-il, emmène la fille.

Cal s'est relevé et pose les yeux sur moi pour la première fois depuis sa trahison. Je l'implore :

— Cal, je t'en prie.

— Emmène la fille, répète froidement le chef. Si tu veux réintégrer l'agence et être blanchi pour les actes répréhensibles que tu as commis, obéis.

Cal s'approche de moi. Malgré ma peur, j'attrape une flèche dans mon carquois et je la brandis devant moi, sans quitter ma place. Cupidon, toujours immobilisé, met en garde son frère :

— Cal…

La flèche que j'ai en main a une pointe rose : c'est la Capax, la flèche de vérité. Je peste contre moi-même. Ce n'est pas celle-là qu'il me faudrait.

Cupidon se débat pour tenter d'échapper à ceux qui le maintiennent. Cal me fixe avec dédain. Je tente encore une fois de l'amadouer.

— Cal, ne fais pas ça, s'il te plaît.

Cupidon se démène comme un beau diable.

— Éloigne-toi d'elle ! Éloigne-toi d'elle !

Cal l'ignore et je continue à le menacer avec la Capax. Malgré cela, il avance droit sur la pointe qui lui transperce l'estomac. Ses yeux s'élargissent de douleur. La Capax tombe en cendres entre mes doigts tremblants.

Je veux savoir ce que Cal pense de moi.

— Est-ce que j'ai jamais compté pour toi ?

La Capax doit faire son effet : il est obligé de dire la vérité.

— Non, répond-il durement.

Il m'attrape sans ménagement, me met les bras derrière le dos et me pousse vers les agents dans l'embrasure de la porte.

— Et les autres ? demande Cal

— Laisse-les, répond le commandant, Vénus ne veut que la fille.

Cupidon rugit :

— LILA !

Je suis terrorisée. Cupidon tente de se débarrasser des cinq hommes qui le retiennent. Il est déchaîné. Il se débat avec tant d'acharnement qu'il réussit à en repousser un, puis un autre. Mais ils reviennent aussitôt dans la mêlée. Le commandant examine froidement la scène.

— Mettez-le K-O.

Un des agents lève son arc et pointe sa flèche vers la tête de Cupidon. Je hurle :

— CUPIDON !

Il perd connaissance et s'effondre. Cal le contemple un instant, avant de se tourner vers le chef.

— Emmène-la dans une des voitures, dit le commandant. On retourne à l'agence.

Alors que je me débats pour échapper à Cal, le chef vient devant moi et déclare avec un petit sourire :

— Il est temps de découvrir ce que Vénus veut faire de l'âme sœur de Cupidon.

CHAPITRE 47

Cal me conduit à l'extérieur. La pluie a cessé, ne laissant que quelques flaques au sol, et le ciel est dégagé. Les agents de Vénus ont entamé leur retrait. Les bottes couinent dans la boue. Cal et moi les suivons : il me tient fermement par le bras.

— Comment as-tu pu faire un truc pareil ?

J'ai froid partout. Cal m'ignore, ses yeux argentés restent braqués droit devant lui. Je pense à Cupidon inconscient sur le sol du bureau et au regard sévère du commandant qui a ordonné à Cal de m'emmener. Je dois leur échapper à tout prix.

Je rassemble toute ma force et je parviens à me dégager. Hélas, ma victoire est de courte durée : il me rattrape et me force à pivoter pour me fixer droit dans les yeux.

— Où est-ce que tu comptes aller, Lila ? Regarde autour de toi.

Il a raison : nous sommes entourés d'une véritable armée.

— Ils se jetteraient sur toi en un instant. Tu préférerais vraiment que ce soit quelqu'un d'autre qui t'embarque ?

— Oui. N'importe qui vaudrait mieux que toi.

J'ai l'impression que ma réponse lui fait de la peine ; cela m'offre une seconde de satisfaction avant que son expression ne redevienne impassible.

— Crois-moi, Lila, tu as intérêt à ce que ce soit moi.

Il me pousse devant lui et nous nous mettons à gravir la colline. Un agent qui marche près de nous me semble familier. Quand je me souviens où je l'ai vu, je suis encore plus furieuse.

— Il fait partie des Flèches ! Je lui ai tiré dessus quand on a sauvé Crystal. C'est eux que tu as choisis plutôt que ton propre frère ?

— Les Flèches sont depuis toujours un prolongement de l'agence, même si leurs méthodes sont un peu plus radicales. Et nous sommes réunis sous le commandement de Vénus, maintenant.

Je m'arrête au sommet de la colline. Des centaines de voitures de luxe sont alignées sur le terrain. Cal n'avait pas menti quand il m'avait expliqué qu'être cupidon apportait certains avantages.

Une pensée soudaine me donne une petite lueur d'espoir.

Et si Cal ne nous avait pas trahis ?

S'il jouait la comédie ?

Il va peut-être me faire monter à bord d'un véhicule et m'emmener loin de tout ça.

Qui sait ?

— Vous ferez le trajet avec nous, précise le commandant en rattrapant Cal. Je dois vous surveiller tous les deux.

Il dévisage Cal d'un air méfiant puis se dirige vers une Ferrari rouge à l'entrée de la propriété. Une fille blonde à l'air aussi sévère que lui pointe une clé vers le bolide et deux portières se dressent. Les deux agents de Vénus grimpent à l'intérieur. Cal me pousse vers la portière arrière.

— Monte.

Son visage est dur et, d'un coup, mes espoirs fondent comme neige au soleil. Je cherche désespérément un moyen de m'échapper. De nombreux cupidons sont encore occupés à gravir la colline ; ceux qui sont arrivés au sommet rejoignent les voitures. Je sais très bien qu'ils sont beaucoup trop nombreux : je ne réussirai jamais à m'enfuir.

Je n'obéis pas et me tourne vers Cal. Nous nous regardons un instant, les traits de son visage sont tendus.

— S'il te plaît, Lila, monte dans la Ferrari.

Je finis par m'exécuter. Je n'ai pas le choix. Cal s'installe à côté de moi. Les portières se referment et la blonde démarre.

Ça y est.

Ils m'emmènent voir Vénus.

Mes battements de cœur s'accélèrent alors que j'essaie de calmer ma panique.

Qu'est-ce qu'elle va me faire ?

La voiture fait demi-tour et redescend de l'autre côté de la colline.

AAA

Au bout d'une trentaine de minutes, nous approchons de la rue de l'agence. Ma respiration s'emballe et je serre mes mains pour les empêcher de trembler. Je ne veux pas leur montrer que j'ai peur. Je ne donnerai pas cette satisfaction à Cal.

Personne n'a parlé au cours du trajet et Cal ne s'est même pas tourné vers moi. Je jette un œil par la lunette arrière pour voir si j'aurais une chance de m'enfuir quand nous sortirons. Le cortège de voitures de luxe nous suit toujours.

J'essaie de penser à autre chose pour me calmer.

Quelques instants plus tard, la Ferrari s'arrête devant une grande porte métallique, la conductrice appuie sur un bouton du tableau de bord et le volet s'élève juste devant nous. Elle manœuvre pour pénétrer dans l'ouverture et nous descendons une rampe qui mène à un vaste garage. J'imagine que nous sommes juste en dessous de l'agence. La jeune femme range la voiture sur un emplacement signalé par un panneau *Parking réservé*. Puis elle active les portières.

— Merci, Claire, dit le commandant.

Il se retourne vers Cal et moi.

— Il est temps de rencontrer la patronne.

Je me sens mal.

— Sors, m'ordonne Cal sans me regarder.

J'essaie de me préparer psychologiquement à ce qui m'attend. Ils m'emmènent à la rencontre d'une déesse qui veut me tuer.

Ça ne peut pas être réel. C'est impossible.

Cal attrape son arc et son carquois et s'extrait de la Ferrari, puis reste là, raide comme un piquet, à attendre que je l'imite. Comme je ne bouge pas, il soupire et se penche – si près que je sens son parfum. C'est à ce moment-là que j'aperçois un reflet doré parmi les flèches de son carquois : la Finis.

Comme je ne bouge pas, il se penche pour détacher ma ceinture de sécurité. Son expression est indéchiffrable, mais je suis persuadée qu'il va me chuchoter quelque chose.

Rien.

Il m'attrape par le bras et me tire hors de la voiture. Les autres voitures se garent à leur tour. L'odeur d'essence se mêle à celle des gaz d'échappement. Le commandant et Claire nous surveillent.

— Allez, me dit Cal.

Je me dégage.

— Ne me touche pas !

Un léger sourire se dessine sur le visage du commandant.

— C'est bon, elle peut marcher toute seule. Par ici.

Il nous indique une porte et je passe devant mes trois gardiens. Quand Cal se retrouve à côté de moi, je lui lance :

— Je croyais que tu étais mon ami.

— Et moi je pensais que tu n'étais pas assez bête pour tomber amoureuse de Cupidon et provoquer le retour de Vénus.

Je fais volte-face pour me planter devant lui juste avant de franchir la porte. Je bouillonne de rage. Je repense à sa tristesse quand il m'a vue sur la terrasse dans les bras de son frère.

— C'est pour ça que tu nous trahis ? Parce que j'ai embrassé Cupidon ? Je mérite vraiment que tu me livres à une ancienne déesse qui veut me tuer ? Tu ne crois pas que c'est un peu exagéré comme réaction, Cal ?

Une expression de colère traverse son visage et il est sur le point de répliquer, mais je ne lui en donne pas l'occasion. Je me dépêche de rejoindre le commandant, qui nous a précédés.

Nous entrons dans un couloir qui doit mener à la sortie du parking. Des agents passent devant nous et empruntent l'escalier : leurs pas résonnent sur les marches. Claire appuie sur le bouton de l'ascenseur.

Presque aussitôt les portes s'ouvrent et Cal me pousse dans la cabine. J'aperçois mon reflet dans le miroir : mes cheveux et mes vêtements sont en désordre, encore un peu humides à cause de la pluie. Mon visage est plus pâle que d'habitude et j'ai d'énormes cernes sous les yeux.

— Quel étage ? demande Claire.

— *Son* étage, répond le commandant. Elle veut rencontrer l'âme sœur tout de suite.

En entendant cela, j'ai les genoux qui flageolent. Je m'appuie contre la paroi pour me soutenir, pendant que nous commençons à monter. Mes trois ravisseurs m'ignorent, ils regardent droit devant eux. Quand l'ascenseur s'ouvre, ils m'emmènent jusqu'à une salle d'attente. Les lieux ressemblent à un hôpital. Une table basse en verre est posée au centre, entourée des mêmes fauteuils fluo qu'à la réception.

— Assieds-toi, m'ordonne Cal.

J'obtempère pendant que Claire et le commandant parlent à un jeune homme mince aux cheveux roux, responsable de l'accueil.

— C'est l'assistant de Vénus, murmure Cal.

Je le foudroie du regard.

— Je ne t'ai rien demandé.

Il se détourne, les joues un peu rouges. Le commandant et Claire reviennent.

— Charles te préviendra quand la patronne sera prête, annonce celui-ci à Cal avant de lui adresser un signe de tête.

Claire et le chef remontent dans l'ascenseur, nous laissant seuls. Cal, assis dans un fauteuil vert vif à côté du mien, a l'air nerveux. Nous attendons en silence pendant un moment qui me semble durer une éternité. Puis un bip retentit et Charles, l'assistant, se lève et nous annonce :

— Elle est prête. Vénus va vous recevoir maintenant.

CHAPITRE 48

Mon sang pulse dans mes oreilles et mes mains sont glacées.

— Ça y est ? Vénus va nous recevoir ?

Voilà où m'a conduite l'idée stupide de suivre Cupidon sur la terrasse lors de sa fête : à une rencontre avec l'ancienne déesse de l'Amour. Je suis un peu secouée en repensant à la dernière fois où j'ai vu Cupidon, allongé inconscient sur le sol. Je me demande si je le reverrai un jour.

Cal se redresse.

— Elle va me tuer ?

Au lieu de me répondre, il m'ordonne :

— Viens.

L'assistant de Vénus pianote sur son bureau avec impatience.

— Elle n'a pas toute la journée, nous prévient-il sèchement.

J'aimerais bien parvenir à deviner ce que pense Cal, je voudrais pouvoir comprendre pour quelle raison il nous a trahis. Je me lève et une sensation inhabituelle de calme m'envahit. Quoi qu'il arrive, je ferai face ; je n'ai pas le choix de toute façon. Cal m'enfonce les doigts dans le bras pour m'obliger à me lever.

— Lâche-moi.

Il m'obéit. Je devine que derrière, sa façade impassible, il est nerveux. Je jette un rapide coup d'œil au carquois qui pend dans son dos. La Finis est toujours là.

Si je parvenais à m'en emparer, je pourrais peut-être…

Cal semble comprendre mes intentions et me fait discrètement non de la tête. Il me pousse vers Charles.

— Ne fais pas de bêtises, Lila, me chuchote-t-il entre ses dents.

— Par ici, s'il vous plaît, nous invite Charles.

Nous le suivons, côte à côte, dans un long couloir voûté. Les murs sont immaculés et nos pas résonnent sur le sol à carreaux noirs et blancs. Il flotte une odeur écœurante qui me soulève l'estomac. Pendant que nous avançons, je me demande si Cal va livrer la Finis à Vénus. Elle pourrait s'en servir pour tuer Cupidon.

Au bout du corridor, deux sentinelles armées, une femme et un homme, montent la garde devant une porte. Quand nous nous approchons, je remarque une plaque noire sur le battant foncé qui annonce *Vénus, P-DG* en lettres roses élégantes. Charles s'arrête devant les deux cerbères et se tourne vers nous. Il pose sur moi ses iris d'un vert terne.

— Laissez vos armes ici. Vous pourrez les récupérer une fois qu'elle en aura fini avec vous.

Si Cal compte remettre la Finis à l'agence, c'est le moment de révéler qu'il l'a. J'essaie de deviner ses intentions. Son visage est impassible et il ne fait aucun geste pour donner son arc ou ses flèches. Il regarde Charles droit dans les yeux.

— Aucune arme ne peut blesser Vénus.

Charles hausse les épaules avec indifférence.

— Ce n'est pas moi qui fixe les règles. Laissez vos armes à un des agents, s'il vous plaît.

Cal le dévisage froidement pendant quelques instants et les gardes, soudain en alerte, saisissent leurs armes. Cal apaise la situation avec un léger sourire.

— Bien sûr. Comme il lui plaira.

Il tend son arc à l'agent, puis détache le carquois de son épaule. Sa collègue le prend et le pose contre le mur. Charles hoche la tête d'un air satisfait, puis frappe doucement à la porte.

— Entreeez, pépie une voix aiguë de l'autre côté.

C'est le moment.

Je me prépare et, par réflexe, je lève les yeux vers Cal en espérant trouver du réconfort. Peine perdue. Ses traits sont tendus et il regarde droit devant lui quand Charles nous ouvre.

La première chose qui me frappe, c'est l'odeur. Un parfum encore plus fort que celui du couloir, sucré mais avec une note menaçante. Je sens la bile remonter dans ma gorge. Je la ravale au moment où Cal me tire à sa suite vers l'intérieur.

Nous nous tenons dans une pièce étroite. Un petit espace à l'entrée est éclairé par une lumière froide et artificielle. Le reste est plongé dans l'obscurité. Je ne vois pas Vénus.

J'observe le décor. Le parquet est noir et les murs peints en rose foncé. Des bouquets de fleurs sont posés partout : des roses rouge sang et du myrte blanc, qui débordent des vases et s'enroulent autour de tuteurs. J'entends de l'eau ruisseler, mais je ne sais pas d'où provient ce bruit.

— Les voilà, madame, annonce Charles. Cal, et l'âme sœur de Cupidon.

Il s'incline très bas, puis sort précipitamment en refermant le battant derrière lui. Il y a un moment de silence, puis un bruissement nous parvient du fond de la pièce.

— Avancez, s'il vous plaîîîît.

La voix est l'incarnation de l'odeur – horriblement écœurante avec une pointe désagréable sous l'apparente bienveillance. Mon cœur bat la chamade. Cal lâche mon bras et avance lentement vers les ténèbres. Je jette un œil par-dessus mon épaule à la porte que nous venons de franchir.

Mais à quoi bon essayer de fuir ? On me ramènerait ici.

À moitié paralysée par l'angoisse, je me mets à suivre Cal. Ma respiration s'emballe un peu plus à chaque pas.

— C'est bien. Approchez. Laissez-moi vous contempler tous les deux.

Je finis par distinguer un grand bureau dans la pénombre, ainsi qu'une silhouette assise derrière.

Vénus.

Le bruit de l'eau est plus fort ici et il me semble entendre quelque chose cogner contre du verre.

— C'est bon, chante la voix. Maintenant, laissez-moi vous examiner.

Avec des mouvements lents et fluides, l'ombre se lève. Elle est plus imposante qu'une humaine, autant en hauteur qu'en largeur. Elle semble avoir des formes très généreuses, mais d'où je suis, je ne sais si c'est à cause de ses vêtements ou de son physique. Je cligne des paupières pour tenter de mieux discerner la silhouette dans l'obscurité.

Tout à coup, elle n'est plus qu'à quelques centimètres de nous.

J'ai le souffle coupé un instant, puis j'avale une bouffée d'air écœurante. L'odeur est insupportable à cette distance. J'arrive tout de même à me tenir bien droite et je la fixe, irrésistiblement attirée. À première vue, elle est magnifique. Ses cheveux, d'un roux ardent, sont tressés de fleurs blanches et savamment disposés autour de sa tête. Son teint pâle fait ressortir ses yeux bleu clair. Elle porte une robe de bal entièrement composée de roses pourpres, constituée d'un bustier ajusté, et d'une longue jupe ample qui semble flotter comme si elle était soulevée par une brise légère.

Personne ne parle. Cal semble aussi tendu que moi. Vénus m'examine et je ressens un malaise grandissant. Il y a quelque chose derrière sa beauté, quelque chose qui cloche. Sa peau est trop pâle, presque translucide, et complètement dépourvue de pores, de taches ou de la moindre imperfection. On dirait une imitation de peau, tendue sur les arêtes de son visage. Ses pupilles sont trop petites et elle ne cligne pas assez souvent des paupières. On dirait des yeux de poupée. Ses lèvres rouges et pulpeuses sourient, mais son expression tient plus de la grimace.

Soudain, elle fait un mouvement si rapide que je ne le vois pas venir et sa main me caresse la joue. Ses doigts sont longs et froids comme ceux d'un cadavre. Je réprime un frisson de dégoût à son contact.

— C'est donc elle, l'âme sœur de Cupidon.

Elle a une voix de petite fille. Mon cœur bat si fort que je suis persuadée qu'elle l'entend. Elle incline la tête de façon presque robotique.

— La raison pour laquelle on m'a rappelée ici.

Elle ponctue chaque mot en enfonçant son index dans ma poitrine. Sur la dernière syllabe, elle me pousse si fort que je suis projetée un mètre plus loin. J'atterris durement sur le dos. Elle s'approche et se penche au-dessus de moi. Je suis morte de peur.

Qu'est-ce qu'elle va me faire ?

— Tu sais, ce n'est pas agréable du tout d'être rappelée quand on a pris congé pour un millénaire.

Elle m'attrape comme si je ne pesais rien et me remet debout.

— Il y a beaucoup de choses que je pourrais te faire si je voulais. Tu dois être punie, bien sûr. Tu as été une vilaine petite âme sœur.

— Mère… intervient Cal.

Elle tourne subitement la tête pour se concentrer sur son fils.

— J'ai entendu dire que tu avais été un vilain petit garçon toi aussi, déclare-t-elle en soulevant sa jupe pour trotter vers Cal à petits pas, avant d'ajouter : Une fois de plus.

Ses mouvements seraient presque comiques si elle n'était pas aussi terrifiante.

— Tu aimes bien ma nouvelle couleur de cheveux ? lui demande-t-elle fièrement. Ils sont roux, comme ceux de Charles. Nous sortons ensemble.

Cal ignore ses paroles et la fixe droit dans les yeux.

— Si vous ne faites pas de mal à Lila maintenant, si vous lui accordez un procès, vous pouvez faire d'elle un exemple, explique-t-il lentement.

Elle affiche une moue boudeuse.

— J'ai envie de lui faire du mal tout de suite.

Cal la toise avec sévérité. Ses yeux argentés jettent des éclairs.

— Mère…

Vénus soupire.

— Bien sûr, tu as raison. Nous la garderons pour le procès. Elle sera notre petit animal de compagnie.

Elle m'observe de ses yeux qui ne clignent jamais et m'adresse un sourire qui me fiche la chair de poule. Puis elle frappe dans ses mains.

— J'ai des cadeaux pour vous ! Venez !

Elle retourne à l'autre bout de la pièce, dans l'obscurité.

Cal fronce les sourcils, l'air méfiant. J'ai peur, moi aussi.

Quel cadeau l'ancienne déesse de l'Amour pourrait-elle avoir pour moi ?

Elle frappe à nouveau dans ses mains et les lumières s'allument. J'ai envie de vomir en découvrant sa surprise. Vénus est debout entre les portes de deux gros cubes en verre encastrés dans le mur. Ils sont remplis d'une eau teintée en rose par du sang.

Crystal flotte dans le premier, inconsciente.

Dans l'autre, Cupidon frappe rageusement la paroi de ses poings.

Vénus nous sourit, une lueur mauvaise dans les yeux.

— Vous voulez les ouvrir ?

CHAPITRE 49

Vénus pose sa main sur le cube en verre à sa gauche, celui dans lequel Crystal flotte comme un fantôme. Des mèches de ses cheveux blonds tournoient au ralenti autour de son visage pâle. Mon cœur se serre. On dirait qu'elle est morte.

— Celui-ci est pour toi ! annonce Vénus à Cal.

Puis elle se précipite vers le deuxième cube translucide et pose sur moi ses yeux de poupée.

— Et celui-là est pour toi !

Les martèlements de Cupidon contre la vitre derrière elle faiblissent. Son regard paniqué m'a enfin trouvée. Ses lèvres bougent, mais les mots sont inaudibles à travers la paroi. Je tremble et je crois que je vais vomir.

Je dois le sortir de là.

Vénus bat des mains avec impatience.

— Eh bien ? Venez ! Vous allez ouvrir vos cadeaux ou pas ?

Je suis clouée sur place.

Est-ce que c'est un piège ?

Après tout, je m'en fiche. Ça m'est égal que ce soit un piège, que Vénus veuille me tuer ou que je sois sur le point d'être jugée. Ça m'est égal que Cal m'ait trahie, que je sois terrorisée ou que je ne revoie plus jamais mon père.

La seule chose qui m'importe, c'est Cupidon. Il est en train d'agoniser dans cette espèce d'aquarium.

Je bondis, je passe devant le bureau, devant Vénus et je me heurte à la face vitrée. Je pose mes paumes sur la paroi, je tâtonne, à la recherche d'un mécanisme pour l'ouvrir, en vain.

Comment est-ce que je peux le faire sortir ?

À l'intérieur, Cupidon semble plus calme à présent. Il tapote le verre pour attirer mon attention, puis fait des gestes de la tête. Je suis son regard. Vénus se tient toujours entre les deux cubes. Elle balance délicatement une clé entre ses doigts.

— Stupide petite âme sœur. Il te faudra une clé pour ouvrir cette vitre.

Je me précipite sur elle et je lui arrache le précieux sésame. Son parfum enivrant me submerge. Je me précipite vers l'espèce d'aquarium pour chercher la serrure.

Je ne la trouve pas.

Cupidon frappe à nouveau le verre et pointe vers ma gauche. Il y a un petit trou. J'enfonce la clé, je la fais tourner, puis je tire le battant. La paroi s'ouvre et l'eau froide déferle sur moi. Je tombe sur le dos et j'étouffe un cri quand Cupidon s'affale sur moi, porté par le liquide. Il est glacé. Il enfouit sa tête près de mon épaule, recrache de l'eau et inspire des bouffées de l'air parfumé du bureau. Je reste allongée quelques instants, soulagée, avant de me souvenir qu'il y a deux cubes.

Crystal.

Je repousse Cupidon et me redresse, mais Cal arrache déjà la deuxième clé à Vénus, se dirige vers l'aquarium de Crystal, l'ouvre et se met sur le côté tandis que la silhouette fragile de la jeune femme s'effondre sur le sol. Je m'exclame :

— Crystal ! Est-ce qu'elle est...

Cupidon s'est mis à quatre pattes et crache encore de l'eau. Il tousse quelques fois avant de me répondre d'une voix épuisée et rauque :

— Notre espèce ne peut pas se noyer. Pas complètement, en tout cas. Elle finira par s'en remettre, mon amour...

Puis il s'affale à nouveau sur le sol et se retourne sur le dos, s'étirant, épuisé, dans la flaque d'eau. Sa poitrine se soulève tandis qu'il prend de grandes inspirations.

Je lève les yeux vers Vénus qui se dresse entre Cupidon et moi d'un côté et Crystal et Cal, de l'autre. Elle paraît furieuse et l'air autour d'elle semble chargé. Les poils de mes bras se hérissent.

— Regardez ce que vous avez fait à mon sol. Vous avez mis de l'eau PARTOUT !

Je recule pour m'éloigner d'elle et me rapprocher de Cupidon. Cal est à quelques mètres de Crystal, qui bouge enfin – un faible souffle s'échappe de ses lèvres. Malgré ma terreur, je ressens un peu de soulagement.

— Mère, qu'est-ce que ça veut dire ? Je comprends que vous épargniez Cupidon qui est votre fils, mais pourquoi Crystal ? Ça m'est égal qu'elle vive ou meure, affirme Cal.

Je suis révoltée qu'il puisse dire quelque chose d'aussi horrible. Vénus vient se poster devant Cal.

— Ça t'est *complètement* égal ?

Les lèvres de la déesse sont tordues en un sourire qui ressemble à un rictus et ses yeux immobiles sont durs.

— Évidemment, réplique-t-il sans se démonter. Crystal est un de vos agents. Elle ne représente rien pour moi.

Vénus recule d'un pas, faisant bruisser sa jupe. Elle paraît interloquée pendant un instant.

— C'est vrai, dit-elle, elle m'appartient.

La déesse s'approche de Crystal, qui recrache de l'eau. Elle la saisit par le col de sa veste blanche détrempée et la projette contre le mur comme si c'était une poupée de chiffon. La pauvre fille retombe lourdement sur le sol et perd à nouveau connaissance.

— Et je peux faire ce que je veux d'elle.

Elle affiche encore une fois son sourire tordu et avance lentement vers le corps inanimé de Crystal.

— Elle a été très vilaine, elle a collaboré avec Cupidon et son âme sœur. Je pense que je vais la tuer.

— Mère…

Elle se retourne.

— Si vous lui faites du mal maintenant, vous ne pourrez pas en faire un exemple, exactement comme Lila. Vous devriez aussi la juger en procès pour que tout le monde soit au courant de ce que vous infligez à ceux qui vous trahissent.

Elle acquiesce d'un signe de tête mécanique. Ses mouvements me font penser à un personnage de film d'animation effrayant.

— Tu as raison. Je vais la juger avec les autres.

Elle sourit à Cal.

— Au moins, j'ai un bon fils.

Elle s'approche et lui caresse le visage du bout de ses doigts blancs. Puis elle soupire.

— Vous m'ennuyez tous maintenant. GAAARDES !

Les deux agents qui montent la garde derrière la porte font irruption dans le bureau.

— Aidez Cal à les transporter en bas. Enfermez-les avec mes autres animaux de compagnie. Allez, dépêchez-vous.

Les deux vigiles ne se font pas prier. L'homme jette Crystal sur son épaule, tandis que la femme tire Cupidon pour le remettre sur ses pieds. Cal s'approche de moi et me tend la main.

— Lève-toi.

Même si je lui en veux, j'accepte sa main et son aide pour reprendre une position verticale. Je ne sais pas où on nous emmène, mais ça ne peut pas être pire qu'être ici, avec *elle*.

— ALLEZ, HORS DE MA VUE ! crie encore Vénus. Je ne veux plus les voir. DEHORS !

Les agents nous font sortir. Je n'ose pas me retourner. Une fois dans le couloir, Cal me lâche pour récupérer son arc et son carquois.

— Par ici, dit-il en se mettant en marche.

Crystal est encore trempée et inconsciente, ballottée sur l'épaule du garde. Cupidon marche à côté de l'autre garde : il semble accepter son sort. Je ne sais pas si son calme me terrifie ou me rassure.

Est-ce qu'il a un plan ? Ou est-ce qu'il est trop fatigué pour se battre ?

Cal nous guide jusqu'à l'ascenseur. Derrière lui, Cupidon me serre la main et articule en silence « Ça va aller ».

J'aimerais pouvoir le croire.

Une fois dans la cabine, lorsqu'elle s'immobilise, nous nous engouffrons dans un autre couloir qui mène à la cour intérieure que j'ai traversée lors de ma première visite. Le garde masculin s'approche de la statue de Vénus. Il porte toujours Crystal, qui bat maintenant des paupières. Il sort un badge et le passe devant le visage de la statue. Puis il recule d'un pas tandis que le bassin circulaire derrière lui s'élève lentement de quelques centimètres et glisse sur les pierres pavées. À sa place se trouve un trou béant dans lequel j'aperçois le sommet d'un escalier en colimaçon qui s'enfonce dans l'obscurité.

— Lâchez-moi, marmonne Crystal.

L'homme la remet debout. Il a l'air un peu gêné et je me demande s'ils se connaissent.

— Je ne fais qu'obéir aux ordres de Vénus, murmure-t-il.

Elle lui adresse un regard furieux, puis nous examine : Cupidon, aussi trempé et épuisé qu'elle, l'autre garde, Cal et moi. On dirait qu'elle va émettre une remarque cinglante, mais elle semble décider que nous ne valons pas la peine qu'elle y consacre de l'énergie. Elle s'approche de la cavité et commence à descendre les marches.

— C'est bon, je peux me charger d'eux maintenant, déclare Cal aux deux gardes.

Comme ils semblent hésitants, Cal fronce les sourcils avec sévérité.

— Dois-je vous rappeler que je suis votre supérieur ? Retournez à votre poste. Je suis capable de gérer trois prisonniers.

— Vous êtes sûr que vous arriverez à faire démarrer leurs sims tout seul ? s'inquiète l'homme.

J'ai une peur bleue en me souvenant de ce que Cal a dit à propos des simulations utilisées comme punition. C'est le sort qui nous attend.

— Bien sûr, répond Cal avec mépris.

— Très bien, monsieur.

Les deux gardes rebroussent chemin.

Cal nous signifie de descendre à la suite de Crystal. Cupidon et moi empruntons l'escalier, suivis par Cal. Il fait très sombre en bas. Le sous-sol n'est éclairé que par une lampe à la lueur vacillante fixée au plafond bas. Un couloir sentant l'humidité s'ouvre à nous.

Ma peur grandit à mesure que nous avançons. Des cellules aux portes munies de barreaux se succèdent. Chacune contient une seule personne – un prisonnier qui n'a pas d'espace pour bouger, qui a pour tout confort un siège creusé dans le mur et reste confiné dans l'obscurité.

Dans la première, une jeune fille menue à la peau couleur chocolat au lait et aux cheveux noir de jais est assise, les paupières fermées. On pourrait croire qu'elle dort. Elle doit avoir à peu près mon âge. En l'examinant de plus près, j'ai un mouvement de recul : ses cheveux semblent bouger comme s'ils étaient vivants et un petit serpent noir s'enroule autour de son cou. Une pancarte au-dessus de la porte indique : *Méduse.*

Méduse ?

Dans la deuxième, est assis un grand homme noir. Une cicatrice lui barre le visage et ses yeux bruns sont perdus dans le vide. Je ne vois pas le panneau donnant son nom, mais je remarque que Crystal le contemple avec tristesse. Je repense aux *Archives de la Finis.*

C'est le Minotaure ?

Je reconnais d'autres noms quand nous passons devant Pandore, Romulus, Remus, puis plusieurs autres dont les noms ne me disent rien du tout. Puis mon cœur bondit dans ma poitrine quand j'aperçois le visage de Charlie puis celui de Selena dans une autre cellule.

Cal s'arrête devant trois espaces vides qui, je suppose, nous sont réservés. Je suis terrifiée. Je lève les yeux vers Cupidon pour obtenir son soutien, mais à ma grande surprise, il sourit. Il passe devant moi et donne une tape dans le dos de son frère.

— Tu crois que Vénus y a cru ?

— Je pense que oui.

— Tu as la Finis ?

Cal acquiesce.

— Bien joué, mon frère.

Je n'y comprends plus rien. Crystal lève les yeux au ciel.

— Tu aurais pu me prévenir, reproche-t-elle à Cal. Salaud.

Elle rentre dans la cellule la plus proche d'elle et s'assied sur le siège creusé dans le mur.

Je n'y tiens plus.

— Qu'est-ce qui se passe ?!

Cal se tourne vers moi.

— Je suis désolé, Lila, c'était le seul moyen de ramener la Finis dans l'agence. Il fallait que tu sois convaincue que je vous avais trahis. Vénus l'aurait deviné tout de suite si tu n'en avais pas été convaincue.

Je repense au long regard que les frères ont échangé chez Cupidon avant de descendre préparer les armes.

— Tu veux dire… que c'était prévu depuis le début ?

— Oui, même si c'était un plan à n'exécuter qu'en dernier recours.

Je ne sais pas si je dois me sentir soulagée ou furieuse de m'être fait embobiner. Le soulagement l'emporte. La situation n'est certainement pas parfaite, mais elle est moins désespérée qu'elle ne l'était il y a cinq minutes…

— Qu'est-ce qu'on fait maintenant ?

Cal indique la succession de cellules.

— Derrière chacune de ces portes se cache un ennemi puissant de Vénus, un ennemi qui rêve de l'abattre. Elle les tient ici prisonniers de simulations individuelles. Ils sont torturés de l'intérieur, leurs pouvoirs sont retournés contre eux.

Il tend une micropuce à chacun de nous. Cupidon glisse la sienne dans son oreille.

— C'est là que nous intervenons. Nous allons entrer dans leurs sims. Et nous allons réveiller des créatures mythologiques, ajoute-t-il d'un air ravi.

CHAPITRE 50

Je regarde tout à tour les deux frères : Cupidon avec son t-shirt trempé qui colle à son torse musclé et Cal, mince et sérieux, la mâchoire crispée. La lumière vacille dans ces oubliettes qui sentent le renfermé et je frissonne. Mes vêtements sont encore imprégnés de l'eau qui s'est déversée sur moi quand j'ai ouvert l'espèce d'aquarium.

— On va faire… quoi ?

Cupidon s'approche de moi. Il est furieux contre Vénus.

— Ce ne sera pas facile, mais Vénus ne s'attend pas à devoir affronter une armée de créatures ancestrales. Et je veux qu'elle *disparaisse*.

Je revois la peau si artificielle de la déesse et ses yeux bleus qui ne clignent quasiment pas ; je repense à la force avec laquelle elle m'a propulsée à l'autre bout de la pièce, à Crystal et Cupidon flottant dans les cubes vitrés. Si nous ne la détruisons pas, elle nous anéantira tous.

— Moi aussi, je veux qu'elle disparaisse.

Le visage de Cupidon est illuminé par un large sourire.

— Je savais que tu finirais par être de mon avis.

— Pour être honnête, je préférerais qu'on ne l'ait pas fait revenir. Cela aurait été plus simple. C'est vraiment ta mère ?

Il confirme d'un air sombre.

— Ce n'est pas top, hein, comme rencontre avec la mère de ton petit ami ?

— Je ne suis pas ta petite amie.

Son sourire s'élargit, ses yeux brillent dans la faible lumière.

— Accorde-moi un peu de temps…

Puis il recule de quelques pas pour entrer dans une cellule.

— À tout à l'heure, mon amour.

Il m'adresse un clin d'œil et referme la porte derrière lui.

Cal a toujours l'air aussi sévère, mais il s'adoucit un peu en remarquant que j'ai froid.

— Tu es toute mouillée. Tiens.

Il enlève son sweat à capuche et me le tend.

— Je… euh… merci.

J'enfile le vêtement et le serre contre mon corps. Il dégage encore la chaleur corporelle de Cal, ainsi qu'une odeur de pluie et de shampooing aux fruits. Cal semble vouloir me dire quelque chose, puis se ravise.

— Qu'est-ce qu'il y a ?

Il soupire, puis avance vers moi, gêné, les yeux au sol.

— J'aurais dû en faire plus pour empêcher que tout ça ne se produise. Faire semblant de te trahir a été l'une des deux choses les plus difficiles que j'aie jamais eues à accomplir.

— C'était quoi l'autre ?

Il secoue la tête. Je lui demande :

— Amena ?

Il relève la tête et me fait signe que j'ai vu juste. Je veux le rassurer :

— Ça va aller. On va s'en sortir.

Un léger sourire se forme sur son visage.

— Je te crois.

Puis son expression redevient dure et il s'éloigne en annonçant :

— Maintenant, c'est le moment…

Je jette un œil à la dernière cellule, celle qui m'est réservée.

— Il faut vraiment réveiller ces monstres ? On ne peut pas simplement leur retirer leur puce ? Comme lors de l'entraînement avec la sim ? On est obligés d'entrer là-dedans ?

— Ça ne marche pas de la même manière. Ces sims sont conçues spécialement pour le confinement. Elles ont un effet psychologique beaucoup plus grave que les simulations d'entraînement. Si on retire la puce avant que le prisonnier ne soit prêt, son cerveau ne peut pas le supporter. Il mourra sur le coup.

Je prends une grande inspiration et j'entre dans le petit espace. Je vais m'asseoir sur le siège aménagé dans le mur tout en entendant Cal fermer derrière moi. Les barreaux rouillés touchent mes genoux et je me sens soudain claustrophobe. Cal se retourne et me tend quelque chose entre les barreaux.

— Glisse la puce dans ton oreille.

Je m'exécute. L'appareil est froid. Cal s'écarte pour s'adresser à Cupidon, Crystal et moi.

— Je vais établir un lien entre les sims pour que vous puissiez passer d'une simulation à l'autre. D'après ce que je sais du Minotaure, il aura probablement créé la simulation la plus complexe. Je devrais réussir à faire entrer les autres à l'intérieur de la sienne. Je m'attends à ce que ce soit…

— … un labyrinthe, complète Crystal.

Le regard de Cal s'attarde un instant sur la cellule de son amie et je remarque une espèce de solitude dans son expression que je n'avais jamais décelée auparavant. Puis il hoche solennellement la tête.

— Je vous suggère de vous séparer et de vous frayer un chemin dans le dédale, en rassemblant les créatures mythologiques en cours de route. La sortie sera au centre.

C'est par là que vous quitterez la simulation. Restez à l'écart du port de ferry et… euh… vous pourriez faire face à des trucs assez dangereux là-dedans. N'y laissez pas votre peau.

Il tourne les talons et remonte le couloir, nous laissant tous les trois dans les petites cellules humides et inconfortables. Je serre le sweat à capuche de Cal contre moi.

— Qu'est-ce qui se passe, si on meurt dans cette simulation ?

Pour toute réponse, un grincement nous parvient. Cal a dû regagner la cour intérieure et replacer le bassin au-dessus de l'ouverture. Les lumières dans le couloir s'éteignent et nous nous retrouvons dans l'obscurité totale.

Cupidon répond enfin à ma question :

— On est morts.

— J'aurais dû m'en douter.

Je m'apprête à lui demander s'il y a de fortes probabilités pour que nous soyons tués quand je suis submergée par la nausée. J'entends un léger bourdonnement dans mon oreille et j'ai l'impression que la pièce bouge.

— Ferme les yeux, me conseille Cupidon. On y va.

Quand je rouvre les paupières, l'espace paraît plus ouvert, comme si nous étions à l'extérieur. Devant nous se trouve une haute porte cintrée avec des poignées en laiton.

Cupidon et Crystal sont à côté de moi. Crystal a toujours sa tenue de combat blanche, sauf qu'elle n'est plus ni sale ni mouillée. Rien n'indique qu'elle a séjourné dans un réservoir rempli d'eau. Je m'inspecte et je constate que je suis habillée comme elle.

Quant à Cupidon, je suis surprise : il est vêtu d'un jean noir, d'un t-shirt et d'une veste en cuir usée ouverte, et il a de lourdes bottines militaires. Il est en noir de la tête aux pieds. Je m'attarde un instant sur son visage : il est tendu et paraît déterminé.

Son allure est à la fois effrayante et craquante ; un cauchemar parfait. Il porte un couteau à la ceinture. Quelles que soient les bêtes qui nous attendent de l'autre côté de cette porte, il semble prêt à les affronter. Il s'avance et pose une main sur la poignée.

— Je ne sais pas à quoi nous allons être confrontés, annonce Crystal d'une voix inhabituellement grave qui me trouble. Mais ça ne peut pas être pire que ce qu'il y a derrière cette porte.

Tout à coup je repense au moment où j'ai aperçu Crystal pour la première fois derrière le comptoir de la réception et à son air effrayé, quand elle a réalisé que j'étais l'âme sœur de Cupidon.

Elle savait dès cet instant tout ce que ça allait impliquer. Elle savait que Vénus reviendrait.

— Ne me dis pas que tu n'es pas ravie qu'on puisse enfin utiliser ta flèche dorée, rétorque Cupidon. Ça fait plus de cent ans que tu la caches ! Tu ne l'aurais pas prise si tu n'avais pas à peu près les mêmes intentions que moi…

— Les mêmes intentions ? Je ne l'aurais jamais fait revenir : risquer la guerre, des millions de vies, le destin du monde…

Cupidon lève la main en signe de reddition.

— Hé… J'ai dit « à peu près »…

Il appuie sur la poignée de la porte. Crystal et moi prenons position de chaque côté de lui.

— Eh bien… nous y voilà.

Il pousse le lourd battant en bois, qui grince en frottant le sol rocailleux. Ma bouche s'ouvre en découvrant ce qu'il y a derrière.

Nous nous trouvons au sommet d'un escalier de pierre raide plongeant vers un vaste labyrinthe qui s'étend sur des kilomètres. D'où je suis, je ne sais pas si les hauts murs qui s'entrecroisent sont de plusieurs couleurs différentes ou s'ils sont tous du même gris ardoise. À des intervalles aléatoires, des points de repère s'élèvent dans le ciel : à un endroit, je remarque un groupe de gratte-ciel délabrés, à un autre, des lumières de fête foraine. On dirait un regroupement de villes abandonnées, en piteux état, et où il y a une infinité d'impasses.

Non loin de nous, j'entends un feu crépiter et je me retourne. Une échelle scellée dans le mur auprès de la porte mène à un niveau supérieur, au-dessus de l'entrée que nous venons de franchir. Le labyrinthe s'étend donc sur deux niveaux. L'énormité de la tâche qui nous attend me submerge. *Comment allons-nous trouver quoi que ce soit ici ?*

Cupidon avance jusqu'au premier échelon, puis se retourne en souriant.

— Regardez, mon frère nous a laissé des armes.

Trois arcs et trois carquois sont posés contre le mur. Crystal les ramasse et nous les distribue. Elle pose l'équipement dans les bras de Cupidon avec une telle force qu'il recule de quelques centimètres. Il manque de basculer dans l'escalier, mais retrouve son équilibre juste à temps.

— J'ai comme qui dirait l'impression que tu es en colère contre moi.

— Évidemment que je t'en veux, répond Crystal avec mauvaise humeur. On s'en sortait tous très bien sans ta mère et toi…

Cupidon est sur le point de riposter quand je m'interpose :

— Les gars, on peut oublier tout ça jusqu'à ce qu'on soit sortis d'ici ?

Crystal hésite un peu, puis hausse les épaules.

— D'accord, concède-t-elle en accrochant son carquois à son épaule. On doit se séparer de toute façon.

Elle se tourne vers Cupidon.

— Nous sommes dans une simulation d'avant procès. Nous ne savons pas de combien de temps nous disposons avant d'être ramenés dans le monde réel. Le moyen le plus rapide serait d'envoyer chacun des êtres mythologiques que nous libérons trouver le mythe suivant. D'accord ?

Cupidon acquiesce et elle se dirige vers l'échelle pour commencer à grimper. Je lui crie :

— Comment est-ce qu'on te retrouvera ?

— Rendez-vous au centre, dit-elle en me jetant un dernier regard en plongée, avant de disparaître.

Cupidon remue les sourcils de façon suggestive.

— Enfin seuls.

— Oui et c'est super romantique : pris au piège dans les oubliettes d'une ancienne déesse qui veut nous tuer, avec un tas d'autres prisonniers… que nous devons retrouver en affrontant on ne sait quoi dans un labyrinthe gigantesque.

Cupidon rit.

— Ça résume assez bien la situation. Je te proposerai un vrai rendez-vous romantique dès qu'on sera sortis d'ici.

— Ouais, on ferait mieux de passer en revue ton arbre généalogique avant, au cas où ça ferait revenir d'autres super méchants assassins. Au fait, c'est qui ton père ?

Il ne me répond pas. Nous contemplons tous les deux en silence le labyrinthe. Puis je me décide et je m'apprête à descendre l'escalier en pierre.

— Viens. Finissons-en.

Puis j'entame ma descente dans le labyrinthe.

CHAPITRE 51

Cupidon me suit de près. Je jette un coup d'œil par-dessus mon épaule et remarque qu'il a l'air amusé. Je fronce les sourcils et je me concentre sur les marches devant moi.

— Il y a quelque chose qui te fait rire ?

Il laisse échapper un gloussement. Ça m'énerve.

— Je n'ai jamais vu personne descendre avec autant d'enthousiasme un escalier mal éclairé qui mène à un labyrinthe mystérieux plein de dangers.

Les hauts murs de chaque côté de l'escalier semblent se rapprocher à mesure que nous descendons. Nous projetons des ombres sur notre chemin. Je lui réponds sans me retourner :

— Tu as déjà vu quelqu'un descendre un escalier qui mène à un labyrinthe mystérieux, toi ?

Au bout de quelques secondes de silence, Cupidon admet :

— Sans doute pas. Mais c'est vraiment dangereux, tu sais.

Je ne réponds pas sur le coup, car je suis en train de négocier une marche particulièrement haute. Je le regarde une fois que j'atteins le niveau inférieur, les paumes encore à plat sur la surface de pierre au-dessus.

— Je sais, mais on est pressés : nos corps nous attendent dans les oubliettes.

— Le temps dans la simulation ne s'écoule pas à la même vitesse que dans la réalité. Dans le monde réel, quelques minutes auront passé, peut-être, ce qui est une bonne chose, parce que, je ne sais pas si tu as remarqué, mais ce labyrinthe est gigantesque…

Je reprends ma descente en réprimant un sourire malgré la situation critique. Il doit y avoir plus de mille marches et nous progressons lentement, les degrés sont si étroits et raides que je trébuche à plusieurs reprises.

Quand j'arrive enfin au pied de l'escalier, je respire, soulagée. Les muscles de mes jambes sont douloureux et je me sens un peu essoufflée, même si je sais que tout cela n'est qu'une simulation. J'ai beau me rappeler que rien n'est réel, je me souviens de Cal hurlant de douleur pendant l'entraînement avec la sim et de l'avertissement de Cupidon. Je sais que si on meurt ici, on meurt dans la vraie vie.

Je frissonne involontairement, puis je me retourne juste à temps pour voir Cupidon sauter de la dernière marche, le visage à moitié dissimulé par l'obscurité. Je balaie les environs du regard en me demandant si le chemin qui mène au centre sera facile à trouver. Dans ce coin du labyrinthe, deux sentiers partent dans deux directions différentes. Les murs autour de l'immense salle sont si hauts qu'on n'en voit pas le sommet : ils sont bâtis en pierre grise recouverte de plantes grimpantes noires et argentées. L'air est stagnant et humide.

— Par où va-t-on ?

Cupidon fronce les sourcils.

— Les sims des différentes créatures n'auront sûrement pas fusionné de façon homogène : il y aura des différences visibles, des indices repérables à l'œil nu. Nous devons chercher tout ce qui ne semble pas à sa place.

— Comment pourrait-on deviner que quelque chose n'est pas à sa place ? On n'a pas le plan du labyrinthe.

— Hmmm... tout ce qui n'est pas gris... ou qui ne ressemble pas à un mur. Je prends à gauche, toi, vas à droite. Mais arrange-toi pour rester dans mon champ de vision. Si je te perds de vue, je ne te retrouverai peut-être jamais.

Je refoule mon angoisse et j'emprunte le chemin que Cupidon m'a indiqué en promenant mon regard sur les murs et le sol en béton craquelé. J'aimerais savoir ce que je cherche. Le silence est écrasant. Il fait sombre aussi et je jette un coup d'œil par-dessus mon épaule pour m'assurer que Cupidon est toujours visible. Quand il commence à paraître tout petit au loin, je m'arrête.

Il n'y a rien ici.

Je fais demi-tour et je remarque une forme gravée dans le sol. Je m'accroupis pour balayer des débris.

— Cupidon ?

Le silence du labyrinthe absorbe ma voix. Cupidon ne m'entend pas et continue à examiner sa partie de mur.

Je crie :

— Cupidon, est-ce que ça te dit quelque chose ?

Cette fois, il m'entend et court vers moi. En attendant, j'inspecte l'objet. Il est si petit que j'ai failli passer à côté ; c'est un cube en pierre gravé.

— On dirait...

— Une boîte, complète Cupidon d'un ton triomphant.

Il enjambe la boîte et s'engage dans le sentier sombre derrière elle. Je me relève et je le suis.

— J'ai trouvé un indice ?

— Exactement. Ce chemin mènera à la sim d'une des créatures mythologiques et, si je ne me trompe pas, Pandore est par ici.

— Pandore comme la boîte de Pandore ? Le personnage légendaire qui a ouvert une boîte et a ainsi fait sortir tous les péchés de l'humanité ?

Cupidon rit.

— C'est ce qu'on raconte. C'est la version des humains du moins. Allez, on ne doit plus être loin.

Il accélère et suis presque obligée de courir pour suivre ses longues enjambées. Quelques minutes plus tard, nous arrivons devant une haute porte noire couverte de bas-reliefs. Certains rappellent le cube que nous venons de repérer dans le sol. D'autres images gravées mettant en scène des monstres et des bêtes ornent le chambranle. Cupidon s'arrête pour une dernière mise en garde.

— Les sims dans lesquelles les personnages mythologiques sont enfermés ont été conçues pour les torturer en retournant leur propre pouvoir contre eux.

Il caresse inconsciemment une flèche de son carquois.

— Pandore est très puissante. Elle est capable de contrôler les péchés contenus dans sa boîte.

Le visage de Cupidon s'assombrit.

— Elle est ici depuis longtemps et ce que ses pouvoirs lui permettent de créer ne sera pas agréable.

Sa légèreté habituelle a disparu. Je me sens attirée malgré moi par la tempête qui fait rage dans ses yeux.

— Reste près de moi. Ne me perds de vue sous aucun prétexte. Et fais ce que je te dis. Je suis entraîné et, même si ton entraînement à la sim était très prometteur, tu n'es pas encore au même niveau que moi. Compris ?

Son ton est beaucoup plus ferme que d'habitude. J'acquiesce solennellement. Il pousse le battant qui s'ouvre en grinçant. Le bruit résonne dans tout le labyrinthe. Mon cœur s'emballe. Si Pandore est là, elle nous aura repérés.

Nous avançons dans les ténèbres.

Nous progressons dans un long tunnel qui laisse apercevoir un minuscule carré de lumière à l'autre extrémité. Là où on voyait du ciel au-dessus de nous auparavant, il n'y a plus qu'un plafond bas ; le sommet de la tête de Cupidon le frôle. Il est obligé de ralentir l'allure.

Je le suis. Les murs sont plus rapprochés qu'avant ; si j'étends les bras, je peux les toucher de chaque côté. Ils sont humides, métalliques et froids. L'air est difficile à respirer. Je ne peux m'empêcher de me sentir claustrophobe. Alors que nous approchons du milieu du tunnel, Cupidon se fige soudain et me fait taire.

— Écoute, chuchote-t-il en tirant lentement une flèche noire de son étui.

Au début, je n'entends rien. Puis je me raidis en percevant un léger cri au loin. Je m'apprête à faire signe à Cupidon que j'ai entendu, quand un deuxième bruit bien pire s'élève, tellement affreux que j'en ai froid dans le dos.

Une sorte de halètement rauque inhumain s'élève du bout du tunnel. Je frissonne. Je ne sais pas ce qui se trouve là, mais je n'ai pas du tout envie de rencontrer ce truc.

— Qu'est-ce que c'est ?

Avant que Cupidon ne puisse répondre, un grincement retentit, comme si la porte du tunnel, derrière nous, raclait contre la pierre. Cupidon, perplexe, tend l'oreille, puis ses yeux s'écarquillent.

— Les murs, murmure-t-il, horrifié.

Je tends les mains pour les toucher et cette fois je n'ai plus besoin d'étendre les bras pour y parvenir. Puis je sens les vibrations à l'intérieur du métal et je réalise dans quel pétrin nous sommes :

Les parois se rapprochent.

Lentement, mais sûrement, le tunnel se referme sur nous.

Je scrute le petit espace de lumière d'où provient le grincement horrible : il doit être à plus de cinquante mètres de nous. La panique me glace le corps.

Se faire écraser ici ou affronter tout ce qui se trouve au bout du passage ?

Cupidon m'attrape le bras.

— Qu'est-ce que tu attends ? COURS !

CHAPITRE 52

Je cours derrière Cupidon ; mon cœur bat à tout rompre. Le raclement des murs contre le sol de pierre me déchire les tympans. Les parois métalliques sont si près maintenant que je m'y cogne à plusieurs reprises. Les muscles de mes jambes hurlent et ma respiration est haletante.

Nous nous approchons de l'issue, mais elle est encore à une bonne quinzaine de mètres. Le passage est de plus en plus étroit. Ma panique est à son comble. Je ne suis pas sûre d'y arriver.

Cupidon est devant moi, ses jambes musclées le propulsent plus vite que moi.

Plus que cinq mètres.

Il regarde par-dessus son épaule lorsqu'il arrive au bout du tunnel. Les parois me touchent presque.

— Lila !

Encore un dernier effort.

Ignorant mon point de côté et ma gorge qui me brûle, je redouble mes efforts.

Plus qu'un mètre cinquante.

Les parois du tunnel sont presque refermées sur la carrure large de Cupidon. Il se tortille pour dégager son épaule en poussant un cri de douleur et me tire par le bras, si fort qu'il manque de se déboîter, mais grâce à son coup de main, je le rejoins et nous avançons encore. Nos hanches frottent le métal juste avant que les deux parois ne se rejoignent derrière nous.

Nous chutons dans le vide. Puis une douleur irradie dans tout mon corps quand nous nous abattons sur le sol en un tas désordonné de bras et de jambes.

Cupidon gémit pendant que je me dégage. Il roule sur le dos, puis se soulève pour prendre appui sur ses coudes. Je suis à genoux à côté de lui, j'essaie de retrouver mon souffle.

— C'est la boîte de Pandore, j'aurais dû deviner qu'il s'agirait de claustrophobie dans sa sim. Ça va ?

Je hoche la tête en m'inspectant : mon costume d'agent est recouvert d'une épaisse couche de poussière et de décombres. Je m'époussette les bras en examinant les lieux.

Nous sommes à présent dans une petite pièce carrée. Des ombres projetées par des torches dansent et donnent l'impression que les gravures étranges dans les murs de pierre s'agitent. J'essaie de les reconnaître dans la faible lumière ; je distingue une étrange créature avec des cornes qui ressemble à une chèvre d'un côté et a un corps humain de l'autre.

Une porte en métal se découpe dans le fond de la pièce. La lettre L est imprimée à sa surface dans un lettrage ancien. Autour du battant, les chiffres de un à sept se répètent dans des fioritures. Est-ce que ces nombres représentent les sept péchés que Pandore gardait dans sa boîte ?

Cupidon est toujours appuyé sur les coudes, et moi, à genoux. Le t-shirt noir qu'il porte sous sa veste en cuir est trempé de sueur ; il colle à son corps, moulant ses plaquettes de chocolat. Même si je sais que nous devrions franchir la porte, je me sens irrésistiblement attirée par Cupidon et je n'ai plus aucune envie de bouger.

— Où est-ce qu'on est ?

Ma voix est rauque. J'ai chaud et je me sens bizarre. Cupidon ne me répond pas. Il m'examine avec des yeux brûlant de désir et je remarque que sa respiration s'emballe.

Tout à coup, il m'attrape par la nuque et me tire vers lui. Je tombe sur lui et il m'embrasse avec fougue, glissant la langue entre mes lèvres. Je le saisis par les cheveux et un petit gémissement lui échappe. Il me plaque au sol sur le dos et se colle contre moi.

Puis, aussi soudainement que cela a commencé, tout s'arrête, il s'écarte de moi, se remet debout l'air étonné et appuie la tête contre le mur. Il a l'air fiévreux et je ne me sens pas bien non plus. Qu'est-ce qui nous arrive ?

— Nous devons sortir d'ici, déclare-t-il.

Sa voix est plus grave, plus rocailleuse que d'habitude.

— Qu'est-ce qui se passe ?

Il pose les yeux sur moi. Ils sont habités d'une lueur sauvage et dangereuse.

— Je t'ai dit que Pandore pouvait contrôler les péchés, m'explique-t-il entre deux respirations haletantes. Il y en a sept au total. La luxure est l'un d'eux.

Il indique d'un geste le L dans la porte.

— L pour « luxure ». Le péché nous contrôle. Il faut qu'on sorte d'ici.

Je me relève et j'essaie de rejoindre la porte, mais au lieu de cela je m'approche de Cupidon.

— Lila, souffle-t-il d'une voix rauque, tu dois rester loin de moi. Ça aura le même effet sur nous que l'Ardeur. Ça nous rendra fous. On ne sortira jamais d'ici.

Je tente de m'éloigner, mais, incapable de contrôler mes mouvements, je tends la main et le touche. Il se dérobe, paniqué.

— Lila…

Ma respiration s'alourdit, je brûle d'un désir que lui seul peut soulager. Cupidon est crispé, on dirait qu'il lutte contre une force intérieure.

Tout à coup, sa détermination s'envole. Il se détend et sourit, mais ce n'est pas son sourire habituel. Il est bizarre, comme s'il n'était plus tout à fait lui-même.

— Après tout, on aurait pu tomber sur bien pire comme péché.

Il s'approche de moi, les yeux pétillant de malice. Je sens son souffle chaud sur ma peau et son odeur enivrante. Ses paroles de tout à l'heure se répètent dans ma tête.

La luxure nous rendra fous. On ne sortira jamais d'ici.

Je m'éloigne de lui et je m'enfuis vers la porte que j'enfonce d'un coup l'épaule. Le battant cède et s'entrebâille en grinçant et le charme est rompu. Je m'adosse au métal gravé et je tourne la tête vers Cupidon, haletant.

Il est revenu à son état habituel. Je rougis de ce qui nous est arrivé, mais lui ne semble pas s'en soucier.

— Eh bien ! C'était… intéressant.

Il avance vers moi.

— Comme je l'ai dit, ça aurait pu être pire. Paresse, colère, gourmandise…

Je complète mentalement la liste : *Envie, orgueil, avarice.*

— La gourmandise, ça aurait pu être pas mal, dis-je. Qui sait, on aurait peut-être mangé plein de tartes.

— Des tartes ?! s'offusque Cupidon. Tu penses à des tartes dans un moment pareil ?

Il glousse lorsqu'il atteint la porte que j'ai entrouverte.

— Allez, viens.

Nous l'ouvrons complètement et la franchissons tous les deux.

Aussitôt, je reçois un coup qui vide mes poumons. Je suis propulsée sur le côté et j'atterris sur le sol. Une voix de femme pousse un cri de guerre, puis j'entends des entrechocs métalliques. Je lève les yeux, ignorant mon mal de crâne.

Cupidon se bat contre une femme d'allure athlétique.

Ses longs cheveux noirs volent autour de son visage. Elle porte un kimono long et léger qui se soulève au rythme de ses mouvements rapides et souples. Elle manipule un sabre de samouraï et Cupidon pare ses attaques à l'aide d'une simple flèche brandie devant lui à deux mains.

Je m'empresse d'inspecter l'endroit où nous avons débarqué. Nous sommes dans une vaste arène, entourée de sept portes, dont celle que nous venons de franchir. Au centre de la zone de combat se trouve une trappe carrée surélevée.

Mon corps se tend. Derrière le cliquetis des armes, j'entends quelque chose de plus effrayant. Les poils de mes bras se hérissent. Je reconnais le bruit bizarre que j'ai entendu tout à l'heure dans le tunnel.

Qu'est-ce que c'est ?

Je tourne la tête vers Cupidon. Son adversaire l'a acculé contre le mur. Il lève les mains en signe de défaite.

— Pandore. Eh, Pandore, c'est moi.

Elle le fixe sans pitié. Puis elle fronce les sourcils.

— Cupidon ?

Le bruit s'élève encore.

— Oui, nous sommes venus te sortir de là.

Elle le toise d'un air méfiant.

— Il n'y a pas moyen de sortir d'ici.

Elle jette un coup d'œil de mon côté, mais je me concentre maintenant sur la trappe au centre. C'est de là que vient le bruit. Les panneaux de la trappe bougent. Il y a quelque chose là-dessous qui tente de sortir.

Je suis clouée sur place de terreur. Pandore remarque mon air terrifié et explique à Cupidon :

— Toutes les heures, d'aussi loin que je me souvienne, un péché jaillit de cette boîte et je dois le tuer si je ne veux pas mourir. Le prochain, c'est la gourmandise.

Elle s'avance vers les panneaux, qui s'agitent plus violemment, et brandit son arme.

— Si vous êtes vraiment là pour m'aider, alors préparez-vous à vous battre. Je suis ici depuis longtemps et je suis à bout de forces.

Mon cœur bat à tout rompre quand la trappe s'ouvre d'un coup.

— Oh, ajoute-t-elle, ne vous faites pas manger.

CHAPITRE 53

Je rampe à reculons sur le sol. De la bile remonte dans ma gorge au moment où la gourmandise émerge de la trappe.

On dirait un énorme ver. De sa chair couverte de pustules et enflée s'écoule une substance collante qui ressemble à de la graisse. Tout son corps tremblote quand la créature s'élance vers nous. À chacun de ses mouvements, le son horrible que j'entendais tout à l'heure se répercute dans la pièce. Le monstre dégage une odeur âcre de vieille sueur, de déchets en décomposition et de cadavre.

Pandore se tient devant ce ver géant et manipule son épée. Sa mise en garde tourne en boucle dans mon cerveau paniqué.

Ne vous faites pas manger.

Soudain, la gourmandise soulève la moitié supérieure de sa masse, exposant la face inférieure, complètement couverte de dents pointues qui ressemblent à des aiguilles gigantesques. Elle reste un moment dans cette position, son corps palpite, avant de se retourner et de bondir vers moi.

— Lila ! Écarte-toi !

Je me redresse le plus vite possible et, instinctivement, je sors une flèche de mon carquois. Je l'enfonce de toutes mes forces quand la créature monstrueuse fond sur moi. La pointe pénètre dans ses replis de graisse, qui l'aspirent, entraînant la moitié de mon bras. Sa chair est humide et chaude. On dirait de la gelée. La puanteur est insupportable et la pression que subit mon bras me donne le tournis. Je suis prise d'un haut-le-cœur alors que Cupidon vient à mon secours.

Il me tire pour me libérer de la bête : mon bras se dégage de sa prison flasque avec un bruit de succion et nous tombons tous les deux à la renverse. Pandore s'interpose et frappe le ver avec son sabre, projetant de gros morceaux de chair dans l'arène.

— Beurk, fait Cupidon.

Le monstre n'est pas ralenti. Il avance encore et encore, forçant Pandore à reculer jusqu'à ce que son dos touche le mur du fond. Chaque fois qu'un rond de graisse est tranché, le corps palpite et un nouveau bourrelet prend la place du précédent. La gourmandise se déplace à une vitesse extraordinaire et sa mâchoire claque en tentant de dévorer Pandore.

— Un peu d'aide ne serait pas de refus, lance celle-ci.

Cupidon se relève et ramasse son arc. Il contemple la créature avec dégoût.

— Ce truc est vraiment… répugnant.

La bête frappe Pandore avec son flanc, la projetant sur le sol.

— OK, j'arrive, annonce Cupidon en bondissant vers le monstre. Tant que je ne dois pas le toucher…

Il tire une volée de flèches dans le corps boursouflé. La bête se dresse à nouveau et s'écarte de Pandore : on dirait qu'elle renifle l'air. Puis elle se tourne vers Cupidon et moi.

— Tirez-lui dans la bouche, hurle Pandore. C'est le seul endroit où ce monstre est vulnérable.

Cupidon décoche les flèches les unes après les autres et ça finit par produire de l'effet. La gourmandise gigote sur place tandis que les projectiles atteignent leur cible. Puis, elle s'effondre. L'impact de sa chute fait exploser sa chair, projetant une substance gluante dans toute l'arène. Cupidon reçoit le plus gros des projections, son corps est couvert de graisse suintante. Il se tourne vers moi, l'air effaré.

— C'est vraiment dégoûtant, se plaint-il alors que la matière visqueuse translucide ruisselle sur son visage.

Il enlève son blouson et s'en sert pour s'essuyer la figure et les cheveux, puis le jette par terre. J'en profite pour admirer ses bras musclés mis en évidence par le t-shirt noir. Même couvert de graisse malodorante, il réussit à être craquant. Il me surprend et m'adresse un sourire enjôleur.

— Le spectacle te plaît ?

Pandore s'approche de lui et répond à ma place :

— Bien sûr que non. Tu es répugnant et tu sens la poubelle.

Un sourire illumine un instant ses traits sévères. Je ris et je décide que j'aime bien Pandore. Sa personnalité est franche et directe. Cupidon a l'air amusé par sa remarque.

— Pandore, je te présente Lila, mon âme sœur.

Pandore arque ses sourcils sombres.

— Ton âme sœur ? Ça veut dire que Vénus est de retour, alors ?

— Tout juste ! Nous sommes venus te demander de l'aide. À toi et à tous ceux qui sont piégés dans les sims.

Pandore ne semble pas ravie.

— Tiens donc. Maintenant que tu as besoin de nous, tu veux nous faire sortir.

Elle essuie son sabre sur sa manche.

— Tu étais où pendant tous ces siècles ?

Cupidon hausse les épaules.

— J'ai été banni pendant des siècles moi aussi. Tu pourras régler tes comptes avec mon frère quand on t'aura sortie de là.

— Cal ! gronde Pandore.

— Vous connaissez Cal ?

Elle se tourne vers moi.

— C'est lui qui m'a enfermée ici.

— Bon, je sais que les retrouvailles pourraient être glaciales quand nous nous serons enfuis d'ici, précise Cupidon, mais sache que c'est Cal qui a relié tous les sims. Nous avons la Finis et nous sommes en train de faire évader tous les prisonniers de Vénus. Nous allons l'attaquer en force.

Il marque une pause avant d'ajouter :

— Tu veux nous aider ?

Le regard d'acier de Pandore passe de Cupidon à moi.

— D'accord. Mais uniquement parce que ça me fera plaisir de la voir mourir.

— Parfait. Bon, comment est-ce qu'on sort d'ici ?

— Tu te doutes bien que je n'en sais rien, répond-elle d'un ton las. J'ai essayé les portes, ce sont des impasses qui mènent aux salles des péchés. Les doubles panneaux de la trappe d'où a jailli la gourmandise abritent tous les monstres.

Elle secoue la tête d'un air incrédule.

— Tu es vraiment venu ici sans savoir comment ressortir ?!

Cupidon hausse à nouveau les épaules.

— Je n'y avais pas vraiment pensé... mais quand les sims ont fusionné, des liens se sont créés entre eux. On doit juste trouver un indice, quelque chose qui n'est pas à sa place.

Pandore soulève un sourcil.

— Nous ferions mieux de nous dépêcher, le péché suivant ne va pas tarder à sortir.

▲▲▲

Tous les trois, nous nous mettons à fouiller l'immense arène. D'après Pandore le prochain monstre devrait apparaître dans cinq minutes.

Je n'arrête pas de surveiller la trappe. Je me force à me concentrer sur les recherches. J'inspecte les bas-reliefs de la porte la plus proche. Un C est gravé dans le métal près d'une créature féroce qui ressemble à un lion. Je passe au battant d'à côté. Celui-ci a un E pour « envie » et des serpents s'enroulent autour des lettres. Ça me rappelle quelque chose.

Je suis sur le point de passer à autre chose quand je remarque un objet qui brille sur le sol. Je m'accroupis et je frotte la poussière sur ce qui se révèle être un miroir. Un M est gravé au centre.

— Cupidon ! La fille dans les oubliettes de Vénus, Méduse, j'ai vu un serpent dans sa cellule.

Il se détourne de la porte qu'il était en train d'examiner.

— Oui, elle a se balade toujours avec des serpents, c'est sa marque de fabrique.

Il s'approche de moi et Pandore le suit.

— Qu'est-ce que c'est ?

Cupidon inspecte à son tour le miroir, puis les serpents gravés sur la porte. Il sourit.

— La sim de Méduse ne doit pas être loin. La sortie se fera par cette porte.

Pandore n'a pas l'air convaincue.

— Si vous vous trompez, nous serons confrontés à l'envie là-dedans. On va s'entre-tuer.

Elle semble réfléchir une seconde.

— Enfin, j'aurai au moins le plaisir de te tuer…

Derrière nous, un grondement résonne dans l'arène. Les panneaux de la trappe se mettent à trembler.

— On tente notre chance ? propose Cupidon.

Pandore soupire et se résigne. Cupidon ouvre la porte et nous nous dépêchons de nous faufiler de l'autre côté, juste au moment où une créature aussi énorme que terrifiante débarque dans l'arène. Cupidon referme derrière nous. *Ouf !* Nous sommes de retour dans le labyrinthe : des murs de béton se dressent vers le ciel et mènent à un croisement juste devant nous. Une petite musique de foire résonne dans l'air. Pandore paraît aussi soulagée que moi.

— C'était vraiment la sortie.

— Ça fait du bien de ne plus être là-dedans ?

— Tu n'as pas idée, déclare-t-elle en dévorant du regard le ciel sombre.

Nous avançons jusqu'au croisement. À droite, les murs sont remplacés par un réseau de chariots abandonnés, de tentes et de manèges forains, des sentiers serpentent autour d'eux, formant un nouveau dédale. Au loin, des lumières rouges et blanches projettent une lueur étrange. Le long du chemin à gauche, le labyrinthe s'assombrit de façon inquiétante. Je frissonne en remarquant sur les parois une substance qui ressemble à du sang.

— Vous voyez ce bâtiment qui émet des reflets au milieu de la fête foraine ? nous demande Cupidon en pointant un emplacement sur la droite. C'est le palais des glaces. Méduse a le pouvoir de transformer les gens en pierre d'un simple coup d'œil. Elle ne peut pas contrôler ses pouvoirs ici. Si elle s'aperçoit dans un miroir, elle se transformera en pierre.

Il annonce à Pandore :

— Elle doit être dans le palais des glaces.

— Je suis d'accord. Tu veux que j'aille la chercher ?

— Oui et dis-lui de trouver la prochaine sim et de se rendre au centre du labyrinthe. C'est là que se trouve la sortie.

Pandore s'éloigne sans rien dire pour rejoindre le champ de foire désert. Je me tourne vers Cupidon.

— Et maintenant ?

— Il est temps d'aller au centre du labyrinthe et d'affronter le pire personnage mythologique de tous : le Minotaure.

CHAPITRE 54

Nous empruntons un chemin qui nous éloigne de la sinistre musique de foire. L'air est frais et une légère brume commence à estomper le paysage. Je plisse les yeux pour tenter de distinguer les bâtiments abandonnés. Une grande cathédrale se dresse à côté de nous et, au loin, j'entends le carillon de la tour de l'horloge. La brise glacée charrie une odeur industrielle, où se mêlent la fumée, le sang et la ferraille. Cet endroit me semble à la fois familier et étrange, mais je n'arrive pas à cerner mon impression. Je frissonne et je frotte mes bras pour tenter de me réchauffer.

— Comment sais-tu que le centre du labyrinthe est par là ?

— Le sang.

Je suis son regard posé au sol et je remarque des flaques rouge foncé entre les pavés. Cupidon sourit d'un air sinistre.

— Le Minotaure sera toujours là où coule le sang.

Je réprime un frisson, tandis que je remarque des traînées rouges sur le mur d'un vieux pub abandonné. Un bruit mécanique étrange se fait entendre. Je lève la tête, mais je ne vois rien à travers le brouillard qui s'est épaissi.

— Où est-ce qu'on est ?

Cupidon s'arrête. La brume s'accroche à son visage et lui donne un air fantomatique.

— Je dirais que nous sommes dans une version labyrinthique de Londres à l'époque victorienne. Les choses ne sont pas exactement au bon endroit parce que les souvenirs du Minotaure ne sont pas précis, mais c'est bien son genre. Il a passé quelque temps à Londres avant sa capture.

Je me souviens du récit de Crystal dans *Les Archives de la Finis*. Il était à Londres quand elle lui a repris la flèche dorée.

— Je croyais que Crystal l'avait laissé partir. Pourquoi est-ce que l'agence l'a capturé ? Ça s'est passé après le départ de Vénus ?

Le visage de Cupidon s'assombrit et il caresse d'un geste mécanique une des flèches suspendues à son épaule.

— Je t'ai dit que le Minotaure ne serait sans doute pas ravi de nous voir ?

Aïe.

— Non, tu as dû oublier de le préciser.

Il esquisse un demi-sourire.

— C'était après mon passage à l'agence. Il faut qu'il soit à nos côtés pour renverser Vénus, mais c'est un tueur, Lila. Beaucoup de créatures mythologiques sont très dangereuses. La plupart d'entre elles ont été enfermées ici parce qu'elles représentaient une trop grande menace pour l'extérieur.

Nous continuons à suivre les traces de sang le long d'une ruelle sombre et j'entends à nouveau retentir ce son mécanique. Cupidon s'arrête net.

— J'ai aussi oublié de te préciser que le Minotaure dispose d'un système de surveillance qui rivalise avec le nôtre…

Rapide comme l'éclair, il me pousse contre un mur et se plaque face à moi. Il pose une main sur ma bouche pour me faire taire, puis m'invite d'un mouvement du menton à regarder en l'air.

Au-dessus de nous, une petite caméra dépasse du mur. J'entends à nouveau le son mécanique quand elle bouge ; son objectif surveille la rue. Je chuchote :

— Il nous épie. Il sait qu'on est là ?

— Très certainement. Viens.

Il s'écarte et nous nous remettons en route. Partout où nous allons, le bourdonnement mécanique nous suit. Il n'y a aucun doute : le Minotaure nous observe.

Nous arrivons bientôt devant un imposant pont d'acier. De l'autre côté se dresse un château délabré. Sa façade est blanc cassé, les rangées de fenêtres noircies ressemblent à des yeux enfoncés dans leurs orbites. Sur le toit, un drapeau rouge flotte au vent. La lettre M est imprimée en son centre.

— Bienvenue au palais de Buckingham du Minotaure, m'annonce Cupidon.

— Je suppose que la reine n'est pas là.

L'air est chargé d'une odeur métallique écœurante. En m'approchant avec méfiance de la rambarde du pont, j'ai la nausée : en bas, à la place de la Tamise, une rivière de sang coule paisiblement. Cupidon m'éloigne de là.

— Je croyais que les créatures étaient ici pour être torturées. Pandore était enfermée dans une arène et obligée de combattre les péchés capitaux, Méduse est prise au piège dans un palais des glaces. Alors que lui…

J'observe le palais.

— … on dirait qu'il peut contrôler la simulation. Comme s'il l'avait transformée à sa guise.

Cupidon acquiesce.

— Partout où le Minotaure allait, les humains lui construisaient un labyrinthe. Il n'est pas seulement fort physiquement, son esprit est aussi surpuissant. La sim n'aurait pas pu le tromper. C'est pour cette raison que nous sommes confrontés à une tâche presque impossible. Et c'est pour ça qu'il m'inquiète plus que les autres.

Le regard de Cupidon semble vouloir percer le brouillard, tandis qu'il s'interroge à haute voix :

— S'il peut s'échapper à tout moment… pourquoi ne l'a-t-il pas fait ? Qu'est-ce qu'il attend ?

Nous traversons le pont. Je m'arrête quand nous arrivons sur l'autre rive. Les cadavres de deux soldats en uniforme rouge et bonnet à poil noir ont été jetés sur les hautes grilles en fer du palais, des flèches leur empalant la poitrine. Cupidon examine l'un d'eux.

— Crystal est venue ici.

Il pousse l'immense portail. Le métal rouillé frotte en grinçant sur les pavés de la cour. Nous nous dirigeons résolument vers l'entrée principale. Cupidon ouvre la lourde porte et nous pénétrons dans un hall qui sent le renfermé. Un majestueux escalier en pierre mène à une mezzanine. Tout autour de nous, les murs sont couverts d'écrans de surveillance, qui montrent des zones du labyrinthe que nous venons de traverser.

On y voit aussi une version un peu déformée de rues de Londres où nous sommes passés, mais aussi d'autres quartiers. Sur un des moniteurs, j'aperçois Pandore et une fille aux cheveux noirs, les yeux bandés, qui traversent la fête foraine.

Soudain, tous les écrans se brouillent en même temps et les images de vidéosurveillance sont remplacées par la même scène : Cupidon qui m'embrasse sur le sol de la salle de la luxure dans la sim de Pandore. Le rouge me monte aux joues.

— C'est bon, on a compris, crie Cupidon dans le hall, tu nous observais…

La scène tourne en boucle et je suis soulagée qu'il ne fasse pas de commentaire sur les activités filmées. Puis les écrans s'éteignent et un crépitement retentit dans le hall. Je lève les yeux et je suis mortifiée à l'idée qu'on nous ait épiés depuis notre arrivée.

— Je vous en prie, passez dans la grande salle, tonne une voix profonde à l'accent britannique à travers un haut-parleur suspendu en hauteur. Prenez le couloir sur la droite. Nous serions ravis que vous vous joigniez à nous.

Je regarde Cupidon alors que nous avançons dans le couloir décrépi.

— J'embrasse bien ? me demande-t-il. Dans le film, on dirait que je me débrouille pas mal.

Je le foudroie du regard.

— Ce n'est pas le moment, Cupidon.

Le bout du corridor s'ouvre sur une grande pièce magnifiquement décorée. Elle est aménagée comme une salle de bal. Des tables rondes sont disposées tout autour de façon à dégager une piste de danse au centre. Des marches en pierre mènent à une porte cintrée de l'autre côté de la pièce. Un panneau lumineux moderne annonçant *Sortie* forme un contraste troublant avec les candélabres dorés et les riches tapisseries anciennes.

C'est par là que nous sortirons du labyrinthe.

Crystal se tient au centre de la salle, une flèche en main, face à un homme de grande taille. Le visage de la jeune femme affiche une expression déterminée et ses yeux brûlent de fureur. Lui arbore un sourire terrifiant. Ses bras nus et musclés sont tatoués et une vilaine cicatrice lui barre la joue et l'œil gauches.

C'est le Minotaure.

— Cupidon, Lila, fait-il d'une voix douce. Bienvenue.

Cupidon s'avance vers lui.

— J'espère qu'on ne tombe pas au mauvais moment.

Le Minotaure secoue la tête.

— Pas du tout, pas du tout. Les autres viennent de partir. Crystal et moi tentons de résoudre une affaire qui n'était pas terminée.

Il nous décerne un sourire charmeur et poursuit :

— Je vous ai entendus vous demander ce que j'attendais. C'est vrai que je peux partir quand je veux. Mais j'ai appris à apprécier ma situation. Elle me permet d'éviter de me fourrer dans le pétrin. Et vous aviez raison, j'attendais bel et bien. J'attendais Crystal.

CHAPITRE 55

— Il veut que je vienne vivre avec lui dans son petit monde imaginaire, nous explique Crystal d'un air excédé. Mais il n'en est pas question.

Elle se tourne vers le Minotaure.

— Désolée, mon cher, mais il y a des problèmes dans le monde réel qui nécessitent mon attention immédiate. Et nous avons besoin de votre aide pour les régler.

Sur ce, elle m'attrape par le bras et m'entraîne vers la sortie. Elle tourne la tête :

— Alors, vous venez tous les deux ?

Avant que Cupidon ou le Minotaure ne puisse répondre, Crystal me tire à l'extérieur.

▲▲▲

Je rouvre les paupières.

Je suis de retour dans la cellule minuscule, les genoux contre les barreaux en métal. J'ai la tête qui tourne. Ma peau est moite et je porte toujours le sweat à capuche de Cal. Un bourdonnement résonne dans mon oreille et je m'empresse de retirer la puce qui m'a envoyée dans la sim.

Je m'attendais à trouver les cellules en proie à l'agitation suite au réveil des créatures mythologiques, mais les lieux sont aussi silencieux qu'avant. Je jette un coup d'œil au couloir. Cal monte la garde sur un tabouret. Son visage est en partie caché dans l'ombre.

La porte à ma droite s'ouvre et Crystal rejoint Cal. Ses cheveux sont emmêlés et son costume blanc est maculé de brun foncé.

Cupidon apparaît juste après. Il ouvre ma cellule, me tend la main et me tire vers lui. Nous restons quelques instants les yeux dans les yeux et j'ai l'impression d'être à mille lieues des oubliettes et du danger imminent.

— Les personnages mythologiques sont réveillés ? nous demande Crystal, me ramenant à la réalité.

— Charlie et Selena ont déjà émergé. Les autres commencent à manifester des signes de réveil. Ça pourrait leur prendre un peu plus de temps. Ils étaient dans leurs sims depuis des années.

Je suis soulagée que Charlie aille bien.

Cal, lui, a l'air inquiet.

— Des cupidons des autres branches ont commencé à débarquer. Vénus les a tous invités pour assister au procès. Nous aurons plus d'adversaires à combattre que je ne m'y attendais.

Cupidon fronce les sourcils.

— Tu as réussi à en rallier à notre camp ?

— Quelques-uns, mais pas beaucoup. Ils ont trop peur d'affronter Vénus.

Le visage de Cal s'assombrit.

— Malheureusement, ce n'est pas le pire. Le procès… Elle veut qu'il ait lieu tout de suite. Il commence dans moins d'une heure.

Mon estomac se noue. J'espérais qu'on aurait plus de temps pour le préparer. Un léger gémissement s'échappe des lèvres de Cupidon.

— Les créatures ne sont même pas encore réveillées…

Cupidon et Crystal ont l'air aussi tracassés que Cal.

— Cal, j'ai quelque chose à te dire, annonce la jeune femme.

Cal s'apprête à répondre, puis nous fait taire tout à coup. Je tends l'oreille. Des murmures, des rires, des bruits de pas se font entendre dans les couloirs. Des portes grincent.

Le visage de Cupidon s'illumine.

— Voici notre armée, on dirait.

CHAPITRE 56

Des silhouettes s'approchent des deux côtés, émergeant des petites cellules. Nous sommes rapidement encerclés par une foule de prisonniers. Charlie se tient à l'avant et j'attire son attention. Elle semble épuisée, mais elle sourit en m'apercevant. Je ne peux m'empêcher de me demander ce qu'elle a affronté comme épreuves dans sa version de la simulation.

Selena se tient à côté d'elle et a l'air de très mauvaise humeur. Méduse n'a plus les yeux bandés – j'imagine qu'en dehors de la simulation, elle peut contrôler son pouvoir – et elle me dévisage. Ses pupilles d'un bleu vitreux se détachent sur son teint mat et bronzé. Un serpent noir s'enroule autour de son bras droit.

D'autres dans la masse se saluent comme de vieux amis. Un type blond est en pleine discussion avec un groupe de gladiateurs un peu débraillés, Pandore parle avec une certaine méfiance à des adolescents qui ressemblent à des loups. Le Minotaure est appuyé contre le mur du fond, il observe Crystal avec un demi-sourire. Cupidon regarde les uns et les autres avant de prendre la parole.

— Je suppose que vous êtes tous au courant de notre… situation difficile.

Le Minotaure pose les yeux sur lui.

— Ta mère est de retour et tu nous invites aux retrouvailles. Comme c'est gentil ! Vous avez un plan à part ça ?

Cupidon consulte Cal.

— Euh… mon frère ?

— Le procès va commencer d'une minute à l'autre. Nous le laisserons se dérouler comme prévu.

— Quoi ?! s'exclame Crystal. Tu blagues, j'espère ? Je ne…

Cal l'interrompt :

— Tu crois que je veux tous vous mettre en danger ? C'est le seul moyen d'approcher de Vénus avec la Finis. Il faut que j'entre au tribunal avec cette flèche et je ne pourrai pas le faire si nous avons déjà déclenché les hostilités.

La simple idée du procès me stresse. Cupidon a l'air étonné, comme s'il n'était pas au courant des intentions de Cal.

— Quel rôle est-ce qu'on joue dans tout ça ? demande le Minotaure. J'étais très heureux là où j'étais. Enfin… presque, ajoute-t-il en adressant un regard entendu à Crystal.

— Vous êtes ici pour servir de diversion, explique Cal. Quand Vénus annoncera l'ouverture du procès, vous entrerez dans la salle d'audience et la bataille commencera. Pendant que Vénus sera accaparée par les combats, je tirerai la flèche.

— Et nos armes ? s'enquiert Pandore.

Un murmure approbateur s'élève.

— J'ai réussi à recruter quelques agents, poursuit Cal. Quand nous serons tous les quatre dans la salle d'audience, ils vous apporteront vos armes.

Il se tourne vers Crystal.

— Tu avais quelque chose à me dire ?

Le plafond des oubliettes se met à trembler sous des pas et fait vaciller la lumière artificielle. Cal fronce les sourcils.

— Tout le monde retourne dans les cellules ! ordonne-t-il. Les agents se dirigent vers la salle d'audience. Je dois remonter pour ne pas éveiller les soupçons.

Il pose ses pupilles argentées sur Cupidon et Crystal, puis sur moi. Son visage d'ordinaire sévère s'adoucit.

— Bonne chance à tous.

Il tourne les talons et fend la foule de personnages mythologiques rassemblée.

— Frérot ? l'appelle Cupidon d'un ton grave.

Cal jette un coup d'œil par-dessus son épaule.

— Quand tu tireras la flèche… ne rate pas ta cible.

Cal acquiesce avant de nous quitter. Tout le monde se tait, comme pour prendre la mesure du combat qui nous attend, puis Cupidon annonce :

— Obéissons à Cal, retournons dans les cellules. Quelqu'un va venir nous chercher d'une minute à l'autre.

Quelques grognements mécontents résonnent dans le couloir humide tandis que les créatures mythologiques regagnent les alcôves minuscules. Charlie me touche le bras en passant devant moi.

— Ça va ?

Je hoche la tête.

— Oui, et toi ? Qu'est-ce qui s'est passé dans la sim ?

Son expression s'assombrit.

— C'était horrible. J'étais coincée pour l'éternité dans un cours d'histoire et il n'y avait même pas de garçons.

Quelque chose dans ses yeux me dit qu'elle ment, mais je fais semblant de la croire.

— Atroce, en effet.

Elle me sourit puis se dirige vers sa cellule et se retourne avant d'y entrer.

— Sois prudente, Lila, me lance-t-elle avant de refermer la porte.

Quelques secondes plus tard, il ne reste plus que Cupidon et moi. Il s'approche et me considère avec gravité.

— Je suis désolé, Lila, je t'ai mise en danger.

— Ça, on peut le dire.

— Je n'aurais jamais dû venir à Forever Falls.

— Non, en effet.

Il est tout dépité. Je lui prends la main et j'ajoute :

— Mais je suis contente que tu sois venu.

Ma remarque paraît le surprendre. Je poursuis :

— Tu avais raison. J'avais bel et bien renoncé à l'amour. Ton arrivée a tout changé. Tu as chamboulé ma vie. Tu m'as mise en danger, tu as mis mes amis en danger, tu as été égoïste, imprudent, mais je ne regrette pas ton arrivée. Parce que, grâce à toi, je me sens à nouveau vivante.

Il me caresse la joue. Je ressens des picotements comme à chaque fois qu'il me touche. Une tempête se déchaîne dans ses yeux.

— Je ne laisserai pas Vénus te faire du mal. Je préfère encore me planter la Finis dans le cœur plutôt que de te savoir en danger.

Je lui adresse un petit sourire.

— Ne dramatisons pas.

Il me sourit à son tour et pose son front contre le mien. Sa chaleur est réconfortante et ses cils me chatouillent délicatement. J'aimerais qu'on puisse rester ainsi pour toujours. Je voudrais tant qu'on ne soit pas obligés de risquer nos vies dans la bataille qu'il a déclenchée.

— Tout ira bien, m'assure-t-il. Mon frère ne ratera pas sa cible.

— Je sais.

Soudain, un grincement emplit le couloir.

— C'est l'heure, lâche Cupidon.

Il écarte son visage du mien et nous nous regardons intensément. Puis je retourne dans ma cellule.

— Lila…

Cupidon m'attrape au moment où j'ouvre la porte et me fait tourner vers lui. Il passe son bras autour de ma taille.

— Je ne regrette pas non plus d'être venu ici. Je sais que je devrais, mais c'est impossible. Quoi qu'il m'arrive, je ne pourrai jamais regretter de t'avoir rencontrée. Tu as tout changé.

Ses paroles me font fondre.

— Cupidon…

Avant que je puisse terminer ma phrase, il m'embrasse avec fougue. Mon cœur s'emballe et je m'agrippe à son t-shirt pour répondre à son baiser. Il s'éloigne rapidement. Des voix se rapprochent.

— Retourne dans ta cellule, me chuchote-t-il. Remets la micropuce dans ton oreille et fais comme si tu venais de sortir de la sim. La puce est programmée pour s'arrêter au moment du procès d'un prisonnier.

Je hoche la tête et j'ouvre le battant.

— À tout à l'heure.

Il s'éloigne en hâte. Je m'assieds sur le siège et je suis les instructions de Cupidon à la lettre. Des pas retentissent dans le couloir.

Quelques instants plus tard, le visage du commandant apparaît derrière les barreaux de ma cellule. Six gardes armés se tiennent derrière lui. Je sens une vague de nausées.

Je voudrais être courageuse, mais je n'arrive pas à empêcher le léger tremblement de ma jambe.

— Debout. Vénus et son armée vous attendent.

Il affiche un sourire glacial.

— C'est l'heure de votre procès.

CHAPITRE 57

Le commandant s'éloigne et un agent ouvre la porte de ma cellule. Je me force à soutenir son regard. Son visage est impassible, mais je devine sa colère et sa crainte. Il me considère comme son ennemie non pas parce que Vénus veut nous tuer, mais parce que nous l'avons fait revenir.

Il me tire hors de mon réduit en me serrant le bras. Je ravale ma panique et je titube dans le couloir.

Trop tard pour reculer, désormais…

Le commandant est accompagné de six agents – trois hommes et trois femmes – armés et vêtus de combinaisons de combat. Cupidon et Crystal sont extirpés aussi de leurs cellules, sous des insultes et des menaces.

Deux des agents viennent en renfort s'assurer que Cupidon ne s'enfuit pas, et je les vois avec horreur déchirer ses vêtements et le frapper à l'estomac. Je parviens à me dégager de celui qui me retient pour me précipiter au secours de Cupidon, mais je suis aussitôt rattrapée et ramenée brutalement à ma place.

Cupidon ne réagit pas aux coups : il me fixe sans broncher. Crystal, très énervée, se débat pour échapper à son gardien. Le commandant se tient à l'écart de notre groupe et observe froidement la scène.

— Christian, menotte les prisonniers, ordonne-t-il une fois que tout le monde est maîtrisé.

Le prénommé Christian est celui qui m'a en charge. Il tire sur mes bras et glisse un solide câble noir autour de mes poignets. Le contact est glacé. Il se déplace ensuite pour menotter Crystal et Cupidon.

— Il est temps d'y aller, annonce le commandant. Vénus nous attend.

Christian et une des femmes m'encadrent. Le commandant ouvre la marche et je suis poussée vers l'avant. Cupidon et Crystal sont derrière nous.

Je jette au passage un coup d'œil à travers les barreaux des cellules sombres. Le Minotaure me décoche un clin d'œil accompagné d'un sourire effrayant. Je me souviens de ce que Cupidon m'a dit dans le labyrinthe.

Le Minotaure est un tueur.

On a bien besoin d'un tueur en ce moment. Mais quand je repense à la réaction de Pandore quand elle a vu Cal dans la sim et au fait que c'est l'agence qui a enfermé toutes ces créatures surnaturelles, je me demande si elles vont vraiment nous venir en aide.

On nous fait monter les marches en pierre et notre cortège débouche dans la cour intérieure. En passant devant la statue, je pense à la vraie Vénus : à ses doigts glacés comme ceux d'un cadavre, à ses yeux terrifiants qui ne cillent presque pas et à sa force surhumaine. Je souhaite de tout cœur que le plan de Cupidon et Cal fonctionne, mais plus on avance, plus j'en doute. Est-ce qu'on a la moindre chance de gagner contre une déesse ?

Les agents nous emmènent dans un long couloir de l'agence que je n'avais encore jamais emprunté. Les murs, le sol et le plafond sont recouverts de carreaux noirs et blancs et il flotte une odeur qui me soulève l'estomac. Au bout du corridor se trouve une porte voûtée ouverte de laquelle nous parviennent des roulements de tambours lents et rythmés.

Le commandant s'arrête et se retourne pour vérifier que tout le monde est en position. Puis il adresse un signe de tête aux agents et franchit le seuil. Mon cœur cogne plus fort que les tambours et je prends une grande inspiration pour tenter de me préparer mentalement. Christian et sa collègue me font entrer. Mon sang pulse dans mes oreilles et j'ai l'impression de ne plus pouvoir respirer. Nous sommes dans une grande pièce qui ressemble à la fois à un temple et à une salle d'audience. Des rangées de cupidons sont assis, formant un océan de costumes blancs et de flèches scintillantes. Ils nous observent sans bouger. Christian me saisit par le bras et me conduit vers l'autre bout de la salle.

Alors que nous passons devant l'estrade où se trouve le bureau en bois de la juge divine, une odeur écœurante et sucrée m'envahit les narines. Je lève la tête : des bouquets de myrtes et de roses sont disposés sur la table. Ils ont l'air fanés et tristes, comme des fleurs après un enterrement. Je cherche Vénus du regard, mais je ne la vois nulle part.

Nous montons sur une plate-forme en pierre qui surplombe la salle. J'ai le souffle coupé en voyant ce qui nous attend. Dix agents sont disposés tout autour de la plate-forme, ils frappent chacun sur un grand tambour au rythme de nos pas. Au centre de cet espace surélevé, se dressent trois poteaux métalliques noirs, une corde épaisse pend de chacun d'eux.

Un archer – un homme grand et musclé – se tient prêt. Son arc est beaucoup plus grand et plus élaboré que ceux que j'ai vu Cupidon ou Cal utiliser. Dans son carquois, il y a trois flèches noires et une en or – la réplique de la Finis.

Les six agents nous poussent, Cupidon, Crystal et moi, vers les poteaux. Si Cal n'intervient pas très vite, c'est ici que nous serons exécutés. Christian lève sans ménagement mes mains liées au-dessus de ma tête et les attache à la corde. Je n'oppose pas de résistance, parce que cela fait partie du plan, mais je ne peux pas m'empêcher de paniquer dès que je suis en place. Je tire sur les sangles, qui s'enfoncent dans ma chair. Il n'y a pas d'échappatoire, je suis prise au piège.

— Je n'aime pas ça, murmure Crystal à Cupidon, une fois qu'elle est attachée au poteau à ma gauche. J'ai quelque chose d'important à te dire…

Un agent la gifle pour la faire taire. Je veux savoir ce qu'elle voulait révéler à Cupidon.

— Crystal ?!

Elle tourne vers moi sa joue rouge, mais avant qu'elle puisse parler, le même agent me lance :

— Silence !

Quelques instants plus tard, Cupidon est ligoté au dernier poteau, les mains au-dessus de la tête, comme Crystal et moi. Il m'adresse un faible sourire. Il a l'air épuisé et son t-shirt est déchiré à plusieurs endroits. J'aimerais tant pouvoir le toucher.

— Ça va, ma belle ?

Je l'entends à peine par-dessus les roulements de tambours qui sont continus, à présent. Je lui fais signe que oui, même si c'est faux. Si je n'étais pas attachée, je crois que mes jambes se déroberaient sous moi. Des images de ma vie défilent devant mes yeux. Je vois mes amis, mon père. Il doit être terriblement inquiet. Je cherche Cal dans la foule.

Je ne veux pas mourir.

Enfin, je l'aperçois debout au bout de la première rangée. Ses yeux argentés me fixent froidement. Tout à coup, les tambours cèdent la place à un silence de mort. Je tourne la tête dans la même direction que tout le monde.

Vénus se tient derrière le bureau couvert de bouquets.

Ses cheveux roux sont tressés de fleurs blanches et ses yeux vitreux regardent droit devant elle. Elle porte une robe blanche à bretelles qui est presque de la même couleur que sa peau pâle.

Elle examine Crystal, Cupidon, puis moi. Je ne peux réprimer un frisson de dégoût quand elle affiche un rictus cruel.

— Je déclare la séance ouverte.

CHAPITRE 58

Un silence pesant plane sur la vaste salle d'audience. Je n'entends que les battements de mon cœur. Je continue à tirer sur mes liens en surveillant constamment Cupidon et Crystal, pour réagir au quart de tour s'ils tentent quoi que ce soit.

Cal a dit que les créatures mythologiques débarqueraient dès le début du procès. *Où sont-elles ?*

Crystal est pâle comme un linge, mais Cupidon affiche un sourire provocateur. Il ne quitte pas sa mère des yeux.

— Nous sommes ici aujourd'hui pour juger Cupidon, mon fils, Crystal, la traîtresse, et Lila, l'âme sœur de Cupidon, conclut la déesse en posant sur moi son regard de poupée.

Tandis que sa voix enfantine résonne dans la salle, les cupidons assis dans les rangées se mettent à marteler le sol de leurs pieds, de plus en plus fort. Un frisson me parcourt l'échine.

Vénus se tait. Lorsque le vacarme cesse, elle saisit une branche de myrte à fleurs blanches.

— S'ils sont reconnus coupables, poursuit-elle en arrachant violemment les pétales d'une fleur, ils seront punis par la peine capitale.

Elle ouvre sa paume et les pétales tombent doucement vers le sol. Le public recommence à taper des pieds et les hommes qui encadrent la plate-forme frappent sur leurs tambours en rythme. Je sens mon stress monter. Vénus claque des doigts.

— Charles, lisez les chefs d'accusation.

L'assistant aux cheveux roux s'avance et se poste à côté. Il tient une tablette dans ses mains légèrement tremblantes.

— Cupidon, accusé d'avoir enfreint le règlement de l'entreprise.

L'archer porteur de l'arc élaboré pointe une flèche vers Cupidon. Visiblement, c'est lui qui fait office de bourreau.

— Lila… poursuit Charles.

Mon cœur tressaute quand l'exécuteur tourne son arc vers moi.

— … accusée d'être l'âme sœur d'un cupidon.

— Ce n'est pas sa faute, intervient Cupidon. Mais la rationalité n'a jamais été votre fort, n'est-ce pas, mère ?

— QUE QUELQU'UN PUNISSE CETTE INSOLENCE ! s'indigne Vénus. CAL ?

Cal, avec une froideur parfaite, décoche une flèche rouge qui s'enfonce dans l'épaule de Cupidon, qui pousse aussitôt un cri. Je tente de maîtriser ma colère. Pourtant, je sais que c'est normal, Cal joue le jeu pour que Vénus imagine qu'il est toujours dans son camp.

Cupidon se tord de douleur en continuant de crier. Vénus lâche un soupir de soulagement et s'adresse à son assistant :

— Eh bien, continuez…

Charles tousse nerveusement. Cupidon s'est tu, mais son visage est pâle et ruisselant. Il se force à sourire.

— Crystal, accusée d'avoir conspiré contre Vénus et l'agence.

Je fronce les sourcils. Ce chef d'accusation ne me semble pas correct. Quand nous étions dans son bureau, Vénus a accusé Crystal d'avoir « collaboré avec Cupidon et son âme sœur ». Elle n'a pas évoqué de conspiration. Est-ce que Vénus, entre-temps, a appris que nous voulions la tuer ?

Je tourne la tête vers Crystal. Elle semble complètement paniquée. Elle tire sur ses liens pour se pencher vers Cupidon, comme si elle voulait lui dire quelque chose. Cupidon ne quitte pas sa mère des yeux. Crystal se tourne vers moi.

— La Finis, murmure-t-elle le plus discrètement possible, elle n'est pas...

Avant que Charles puisse finir de lire les chefs d'accusation et que Crystal ne termine sa phrase, les portes de la salle s'ouvrent à toute volée. Une flèche rouge fend l'air devant moi et vient se ficher dans la poitrine de Charles. L'assistant s'effondre en hurlant.

Les yeux de Vénus brillent de rage et Cupidon lâche après un rire sec :

— Qu'est-ce qui se passe, mère ? Vous ne vous attendiez pas à revoir vos vieux amis ?

Je me débats à nouveau, boostée par l'adrénaline et par l'espoir. Les êtres mythologiques sont bien là. Charlie est avec eux, c'est elle qui a tiré sur l'assistant de Vénus. Elle est entourée par les deux gardes qui nous ont descendus au fond du donjon. Ils pointent leurs arcs et tirent deux flèches roses et argentées en direction de Cupidon et Crystal.

Je suis les trajectoires des yeux, affolée, mais les projectiles viennent trancher d'un coup le lien et la corde qui entravent mes compagnons. Ils sont libérés, mais titubent sur la plate-forme.

Dès qu'il a retrouvé son équilibre, Cupidon fonce, attrape la tête du bourreau et lui brise la nuque d'un geste sec. L'archer s'écroule, une expression hébétée gravée à jamais sur son visage.

L'armée de Vénus sort enfin de sa stupeur. Des chaises se renversent, des flèches fendent l'air et des cris résonnent dans la salle d'audience. Cupidon s'accroupit près du cadavre de l'exécuteur, sort une flèche noire de son carquois et court vers moi. Il tient mes poignets et sectionne la corde et le lien avec la pointe de la flèche. Je tombe dans ses bras. Pendant un instant, je savoure le sentiment de sécurité que sa chaleur m'apporte, avant qu'il ne me secoue par les épaules.

— On y va, Lila.

Il me tire et nous descendons de la plate-forme. Un des agents qui jouait du tambour nous bloque le passage, mais Cupidon l'assomme d'un violent coup de poing au menton.

Nous sautons par-dessus son corps inanimé et nous passons devant Pandore. Elle pointe une arme étrange sur une femme qui se précipite sur elle. Une boule d'énergie en jaillit et frappe son adversaire en pleine poitrine. Celle-ci s'effondre, inconsciente. Pandore nous sourit.

— C'est un paresseux, ça les endort tout de suite.

Elle s'enfuit en atteignant un autre agent à la mâchoire avec son arme. Cupidon me serre le poignet.

— On fonce.

Un agent gît sur le sol, le visage déformé par la douleur. Le banc du jury est renversé. Cupidon m'attire brusquement à lui pour me faire éviter une flèche. Il prend mes joues dans ses mains.

— Ça va ? murmure-t-il d'une voix tremblante d'inquiétude.

— Je crois que oui. Et toi ? Qu'est-ce qu'on fait maintenant ?

Les créatures mythologiques combattent l'armée des cupidons. Des flèches volent dans tous les sens, il y a des cadavres et du sang partout.

J'étouffe un hurlement quand un agent pointe une flèche noire dans le dos de Crystal, alors qu'elle affronte un autre adversaire. Je suis sur le point de lui crier de faire attention, mais le Minotaure surgit, soulève l'archer et le précipite dans les airs. Puis il se retourne et se jette sur une femme, qu'il mord violemment au cou. Elle s'écroule, et comme il remarque que je l'observe, il me sourit ; du sang ruisselle de sa bouche. Mon estomac se soulève et je me cache derrière le banc.

— Il faut que je trouve mon frère, m'annonce Cupidon.

Il dépose un baiser léger sur mes lèvres.

— Tu vas t'en sortir. Je te le promets.

Il commence à se lever, mais je le retiens.

— Crystal allait être jugée pour avoir conspiré contre Vénus et l'agence, dis-je en élevant la voix pour me faire entendre par-dessus le vacarme. Tu crois que ta mère est au courant de nos intentions ?

— Il y a un truc qui cloche, admet Cupidon. C'est pour ça que je dois aller aider mon frère. Reste ici, tu es à l'abri. Personne ne te voit.

— Je peux t'aider.

— S'il te plaît, Lila, promets-moi que tu resteras ici. Je suis capable de gérer ça tout seul.

Son regard est tellement suppliant que j'accepte à contrecœur. Il m'adresse un sourire et se lève pour se jeter dans la mêlée. Je lance un coup d'œil par-dessus le banc renversé pour l'observer, puis je cherche Cal. Je mets du temps à le repérer dans ce chaos, mais je finis par l'apercevoir alors qu'il se glisse derrière un groupe de gladiateurs.

Il se dirige vers Vénus qui, à ma grande surprise, se tient toujours derrière le bureau couvert de fleurs. Immobile, elle a carrément l'air de s'ennuyer.

Pourquoi est-ce qu'elle n'intervient pas ? Pourquoi reste-t-elle plantée là ?

Je suis clouée sur place de terreur. Il y a vraiment quelque chose qui ne tourne pas rond.

Cal atteint le bord de l'estrade où se tient sa mère. Il sort la flèche dorée de son carquois et la place dans son arc. Cupidon atteint le bord opposé à ce moment précis. Cal est sur le point de tirer quand le rire de Vénus retentit à travers la salle d'audiences. Le son est amplifié et assourdissant. Je plaque mes mains sur mes oreilles et plusieurs créatures mythologiques cessent le combat pour faire le même geste que moi. D'un mouvement désarticulé, la déesse tourne la tête vers Cal.

— Tu croyais vraiment que tu pouvais me berner ?!

Cal pâlit, mais il ne lâche pas son arme.

— J'avoue que je ne m'attendais pas à ce que tu libères mes animaux de compagnie, mais tu imaginais réellement que je ne savais pas que tu avais retrouvé la vraie Finis ? Allô, je suis une déesse !

Cal la fixe sans rien perdre de sa détermination, et assène :

— Alors vous savez que, quand je vous tirerai dessus, vous mourrez.

Vénus éclate à nouveau de rire.

— Oh, que tu es bête ! Tu n'es donc pas au courant ? Tu ne sais rien sur la Finis ?

Cal ne répond pas et elle secoue la tête.

— Permets-moi d'éclaircir un point crucial, reprend-elle de sa voix horriblement mielleuse. La Finis a été forgée par mon abominable mari, le forgeron des dieux. C'est une arme qui a été façonnée en secret, elle était destinée à me détruire, moi et ma progéniture illégitime. Mais il y a une astuce… Comme il ne voulait pas que je sois capable d'exploiter le pouvoir de la flèche, elle n'a aucun effet si elle est manipulée par un dieu, une créature mythologique ou un cupidon ; je ne pourrais pas te tuer avec elle pas plus que tu ne pourrais m'anéantir. Elle a été créée pour les seuls humains.

Elle sourit.

— Elle ne peut fonctionner que si elle est tirée par un mortel.

Elle regarde autour d'elle, observant les corps éparpillés sur le sol et les combattants qui continuent de se boucher les oreilles.

— Mais je crois qu'il y a une mortelle parmi nous, non ?

Je sens une soudaine poussée d'adrénaline et je serre les poings.

Moi.

Je suis la seule qui puisse nous sauver.

Cal fouille la salle d'audience du regard, complètement paniqué.

— Gardes, emparez-vous de Cal.

Des agents fondent sur lui et lui empoignent les bras. La Finis rebondit sur le sol. Il lutte, mais les gardes sont trop nombreux. Ils le traînent violemment jusqu'à un des poteaux noirs et l'y attachent. Un des hommes ramasse la flèche dorée et la remet à Vénus. De l'autre côté de l'estrade, Cupidon s'avance vers elle, mais la déesse le foudroie du regard et il s'arrête net.

— Lila, déclare Vénus.

Sa voix résonne dans mes oreilles.

— C'est à toi que je parle, maintenant. En tant qu'unique mortelle dans cette salle, tu as une décision à prendre. Tu as été très vilaine. Et pas seulement parce que tu as fricoté avec mon fils Cupidon, mais aussi parce que tu as des sentiments pour mon *autre* fils.

Qu'est-ce qu'elle raconte ? Je ne suis pas amoureuse de Cal.

— Oh, je suis au courant. Après tout, je suis la déesse de l'Amour. Tu ne peux pas le nier à mes yeux, même si tu te le caches à toi-même.

Elle glousse.

— Mais je m'écarte du sujet. Comme je ne peux pas tuer Cal, je vais le torturer de toutes les manières imaginables. Il suppliera la mort de l'emporter quand j'en aurai fini avec lui… Mais je n'arrêterai pas.

Cal se débat, ses yeux argentés sont gigantesques sous l'effet de la panique. Cupidon est aussi pâle que son frère.

— Mais tu peux empêcher cette torture, Lila, continue-t-elle. Il suffit que tu prennes une décision… tu dois choisir un frère.

Elle tend la Finis dans ses mains pâles et plonge ses yeux de poupée dans les miens, alors que je la regarde depuis mon abri.

— Pour sauver Cal, tu dois tuer Cupidon.

CHAPITRE 59

Je m'accroupis à nouveau derrière le banc et m'adosse au bois. Mon cœur bat à tout rompre et je suis glacée d'horreur.

Pour sauver Cal, je dois tuer Cupidon.

J'ai du mal à respirer.

— Allez, petite âme sœur, on ne va pas y passer la journée.

Silence. Je ne bouge pas.

— Très bien. Nous allons commencer par l'Ardeur.

Après une brève pause, un sifflement fend l'air, puis Cal pousse un cri. Mon cœur se serre.

Je ne peux pas les laisser torturer Cal.

Mais je ne peux pas tirer sur Cupidon non plus.

J'ai le tournis, je n'arrive pas à me concentrer. Les hurlements de Cal m'empêchent de réfléchir et me soulèvent l'estomac. Je risque encore un coup d'œil par-dessus le banc. Vénus me tend toujours la flèche dorée.

En revanche, je peux tirer sur Vénus. Je suis la seule personne dans la salle à pouvoir le faire.

Je sais bien que Cupidon y est opposé, qu'il m'a fait promettre de ne pas quitter mon abri. Mais je ne peux pas rester les bras croisés. Je respire à fond, puis je me lève, déterminée.

— C'est ça, petite âme sœur, viens à moi.

Je m'avance vers l'estrade. En dehors des cris de douleur de Cal, la salle d'audience est silencieuse. Tous les regards sont posés sur moi.

— Lila, ne fais pas de bêtises, me supplie Cupidon quand je passe devant lui.

Nous nous fixons du regard quelques instants, puis il affiche un air de défaite.

— Fais ce que tu as à faire.

Je détourne les yeux. Je ne vais pas le tuer. Je refuse.

C'est *elle* que je vais anéantir.

— N'approche pas plus, aboie Vénus quand je dépasse Cal.

Je me tourne vers lui. Il se tord de douleur, ses poignets saignent là où les cordes lui ont entaillé la chair.

— Cal…

Il pose sur moi ses yeux argentés, las et vides d'expression. Une goutte de sang perle au coin de ses lèvres. Je voudrais tant l'aider. Je ne me suis jamais sentie aussi impuissante.

— Lila, je…

Soudain, une deuxième flèche rouge lui transperce l'estomac. Il pousse un cri et je tourne la tête pour voir qui a tiré. Le commandant est à côté de Vénus, un carquois rempli d'Ardeurs à l'épaule. La déesse lui adresse un petit signe et il en prend une autre, qu'il envoie dans la cuisse de Cal. Le frère de Cupidon hurle à nouveau et son corps est pris de convulsions.

Je n'en peux plus.

— Arrêtez ! Laissez-le tranquille.

Vénus me sourit.

— Si tu veux mettre fin à son calvaire, tu n'as qu'à tuer Cupidon.

Elle ordonne à une grande femme au visage ensanglanté :

— Carla, apportez la Finis à notre vilaine petite âme sœur et donnez-lui votre arc. Gardes, amenez Cupidon à côté de Cal.

Alors que Carla approche avec la flèche dorée, cinq agents viennent entourer Cupidon, dont les yeux lancent des éclairs menaçants. Il jette le premier qui se présente au sol, frappe le suivant à la mâchoire, attrape une flèche dans son carquois et la plante dans le ventre du troisième. Les deux derniers reculent d'un pas. Cupidon lève les bras.

— Ne me touchez pas, gronde-t-il. Je viens tout seul.

Il passe devant eux et s'arrête à quelques mètres de moi. Carla me donne la Finis qui me paraît glacée. On m'apporte aussi un arc et des flèches. J'ai les mains tremblantes.

— Ne te fais pas la moindre illusion, m'avertit Vénus, je suis plus rapide et plus puissante que tu ne peux l'imaginer.

Elle me toise froidement.

— Si tu me tires dessus avec la Finis, je l'attraperai et je te tuerai. Mais d'abord, j'éliminerai ta famille et tes amis, me menace-t-elle d'une voix venimeuse. Quant à ceux que tu aimes, mes deux fils, je les ferai torturer jusqu'à ce qu'ils oublient qui ils sont.

Ses lèvres se tordent en un rictus affreux. Je suis submergée par un sentiment de rage mêlé à une peur terrible. Je me rappelle à quelle vitesse elle a été capable de réagir dans son bureau et je sais qu'elle a raison : je n'arriverai jamais à la vaincre.

— Tue-le, petite âme sœur. Tue-le, et ta famille, Cal, et toi serez libres.

Cupidon soutient mon regard avec calme. Derrière moi, j'entends une nouvelle flèche siffler, puis Cal lâcher un autre hurlement. Je tressaille. Cupidon m'adresse un signe d'encouragement.

— C'est bon, Lila. Vas-y.

Mes yeux me piquent. Je secoue la tête.

— Je ne peux pas.

L'arc et les flèches tremblent dans mes mains.

Il fait un pas vers moi.

— J'ai vécu une longue vie. Tu dois le faire. Tu dois sauver mon frère. Tu dois te sauver aussi.

Une larme roule le long de ma joue. Je l'essuie pour ne pas donner à Vénus et aux spectateurs la satisfaction de me voir pleurer. Je secoue à nouveau la tête. Derrière moi, Cal continue à hurler de douleur à chaque Ardeur qui vient se ficher dans sa chair.

— Tu peux arrêter ce massacre, insiste Cupidon en faisant un pas de plus. Regarde mon frère. Regarde-le.

Je me tourne vers Cal après quelques secondes d'hésitation. Son visage est rouge, du sang coule de sa bouche. Mon cœur se serre. Je me force à regarder ailleurs, à me concentrer sur Cupidon.

— Toi seule peux arrêter ça. Elle te tuera si tu ne le fais pas. Et je ne le supporterais pas, ajoute-t-il avec tristesse.

Je proteste d'une voix chevrotante :

— Je ne veux pas que tu meures.

Il me sourit et fait un pas de plus vers moi.

— Je suis tellement content de t'avoir rencontrée.

Il suffirait qu'un de nous tende le bras pour que nos mains se touchent.

— Arrête-toi, m'ordonne Vénus.

Cupidon s'arrête et je le dévore des yeux. J'ai envie qu'il me serre dans ses bras et me promette que tout ira bien. J'ai envie d'entrer en contact avec sa peau.

Mais je sais que rien n'ira bien.

Ma gorge se serre. J'ai du mal à respirer.

— C'est bon, Lila. Je suis prêt. Après toutes ces années de solitude, après toutes ces années à penser que l'amour était vain, je t'ai enfin rencontrée.

Il sourit.

— J'ai enfin trouvé mon âme sœur.

Ses yeux brillent et son émotion est poignante. Derrière moi, la respiration de Cal est sifflante, il tousse et crache – du sang, j'imagine.

— Ne… fais… pas… ça, halète-t-il. Ne… tue pas… mon… frère…

Je lève l'arc vers Cupidon. Il m'adresse un petit signe de tête rassurant, ses yeux ne quittant pas les miens. Mon bras tremble. Les larmes roulent sur mes joues. Cal est frappé par une nouvelle flèche, ses cris résonnent dans la salle silencieuse.

— Vas-y, m'ordonne Cupidon.

Je respire à fond.

— Pas de regrets, m'assure-t-il avec un faible sourire.

J'essaie de calmer mes tremblements et de stabiliser l'arc. Je chuchote à mon tour :

— Pas de regrets.

Les yeux de Cupidon s'élargissent de panique quand il comprend mon intention, mais trop tard. D'un mouvement soudain, je tourne mon arc vers Vénus. Je décoche la flèche dorée.

— NON ! crie Cupidon.

La scène semble se dérouler au ralenti : la Finis fend l'air et Cupidon se jette sur sa trajectoire. Sa bouche s'ouvre comme s'il voulait dire quelque chose.

Et la flèche s'enfonce dans son cœur.

Son corps s'écrase sur le sol avec un bruit qui me paraît assourdissant. Je crie et l'arc m'échappe des mains.

— Il est mort ! déclare Vénus en applaudissant avec joie. Elle l'a fait ! Elle l'a vraiment fait ! Elle a tué Cupidon ! CUPIDON EST MORT !

La salle d'audience s'emplit soudain de vacarme, mais je n'entends plus rien. Je me jette à genoux à côté du corps de Cupidon et je pose la tête sur sa poitrine immobile.

— Cupidon ! Cupidon ! Tu ne peux pas mourir. Ce n'est pas possible ! Je ne voulais pas… Je… Je…

Une main s'abat sur mon épaule. Je le remarque à peine. Crystal m'attrape et tourne ma tête vers elle. Quand je la repousse, elle me gifle. Je tressaille et je relève enfin les yeux.

Vénus est en train de rire. Deux agents se dirigent vers nous. La bataille entre les personnages mythologiques et l'armée de la déesse a repris. Je me détourne de Crystal et attrape la main de Cupidon. Peu importe ce qu'elle veut. Plus rien n'a d'importance.

Cupidon est mort.

Sa peau est encore chaude.

— Il est mort. Je l'ai tué.

Crystal se penche près de moi et murmure à mon oreille :

— Il n'est pas mort.

— Je l'ai tué… Je…

Les paroles de Crystal finissent par atteindre mon cerveau.

— Quoi… ?

— Il est vivant. Nous n'avons pas beaucoup de temps, me chuchote-t-elle avec urgence. J'ai menti. Ce n'est pas la réplique de la Finis que j'ai apportée à l'agence, c'est la vraie. Je voulais le dire à Cal dans les oubliettes, mais on a été interrompus. J'ai essayé ensuite de le dire à Cupidon, en vain. Je savais que Vénus découvrirait nos plans, elle est trop intelligente.

— Alors Cal a la réplique ?

J'examine le corps de Cupidon. Sa main frémit légèrement dans la mienne. Il n'est pas mort.

— Continue à faire le mort, Cupidon, gronde Crystal entre ses dents.

— À vos ordres, chef, répond-il sans remuer les lèvres, les paupières toujours fermées.

Il esquisse un bref sourire imperceptible avant de redevenir de marbre. Je suis si soulagée que des larmes de joie m'inondent le visage.

Je tourne la tête vers le cadavre du bourreau à quelques mètres de moi. J'aperçois une lueur dorée dans son carquois.

— Ça veut dire que la vraie Finis est…

Crystal hoche la tête.

— Tu es la seule à pouvoir le faire. Toi seule peux tuer Vénus.

Derrière elle, deux agents approchent. Elle me jette un dernier regard d'encouragement, puis se redresse d'un bond et frappe le premier au menton.

Je me détourne. J'ai une mission urgente à accomplir.

Vénus n'est plus encerclée par les agents qui se battent tous. Elle me sourit. Elle descend de la tribune avec une lenteur exagérée et se dirige vers moi. Est-ce que j'ai le temps de récupérer la Finis du bourreau ?

Je me précipite vers le carquois, le cœur battant.

— Tu as tué mon fils, déclare Vénus de sa voix calme et enfantine. Tu pensais que ça te sauverait… mais ce n'est pas le cas. J'ai menti.

J'atteins le cadavre.

Je vois la Finis.

Vénus continue d'avancer vers moi, ses mouvements sont plus rapides et toujours aussi désordonnés. Je tends la main vers le carquois. Le parfum écœurant de la déesse de l'Amour m'envahit les narines et me fiche la nausée.

— Tu dois être punie, petite âme sœur.

Elle est à côté de moi, maintenant. Sa main saisit ma gorge. Mes pieds se soulèvent du sol au moment où j'attrape le carquois. Cal continue à pousser des cris de douleur. Vénus me serre le cou. Des taches noires commencent à se former devant mes yeux. Je ne peux plus respirer. J'agite ma main libre, en vain.

— Laisse-la partir ! l'implore Cal. Tu avais promis !

Les lèvres de Vénus se convulsent en un sourire cruel. Elle rit. Les ténèbres m'envahissent. Non ! Je ne peux pas mourir ainsi. Ça ne peut pas être la dernière scène de ma vie. Je parviens à plonger la main dans le carquois et j'en sors une flèche en priant pour que ce soit la bonne. Je lutte pour rester consciente, alors que je sens mon dernier souffle quitter mes poumons.

Avec la dernière once de force qui subsiste en moi, je plonge la flèche dans son cœur.

Puis l'obscurité totale se fait autour de moi.

CHAPITRE 60

Quand j'ouvre à nouveau les paupières, je suis allongée dans un lit. La lumière est aveuglante et je ne vois qu'un plafond blanc. Mes oreilles résonnent d'un bip ininterrompu. Je déglutis. J'ai la gorge en feu et, lorsque je tente de lever la tête, j'ai l'impression qu'elle va exploser.

Je ferme à nouveau les yeux en restant immobile pour calmer la douleur.

Qu'est-ce qui se passe ?

Tout me revient d'un coup. Je croyais que Cupidon était mort. Le visage de la déesse était à quelques centimètres du mien. J'ai plongé la flèche dans le cœur de Vénus.

Était-ce la Finis ?

Je me redresse, ignorant la douleur, et tente de deviner où je me trouve. Je suis à l'hôpital. Mon père est assoupi dans un fauteuil à côté de moi. Comme s'il sentait que je venais de reprendre connaissance, il ouvre les paupières et m'examine avec soulagement.

— Lila, j'étais tellement inquiet.

Je regarde autour de moi, la vue un peu brouillée. Deux personnes se tiennent devant la porte ouverte, dos à moi. Je tourne la tête vers mon père.

— Papa ?

Des larmes me montent aux yeux.

Il me prend dans ses bras. En entendant nos voix, les deux personnes près de la porte se retournent.

Ouf ! Cupidon et Cal. Ils sont vivants.

Ils entrent dans ma chambre et je remarque que Cal boitille. Sous ses manches longues qui remontent légèrement, j'aperçois les contusions autour de ses poignets, là où les cordes le retenaient au poteau métallique. Mon père s'éloigne.

— Je vais prévenir que tu es réveillée pour qu'un médecin vienne. Tu nous as fait une sacrée peur. Heureusement que ces deux jeunes hommes étaient là pour t'emmener à l'hôpital. Ils ont veillé sur toi tout le temps.

Il lance un regard reconnaissant à Cupidon alors que je fronce les sourcils, tentant de comprendre de quoi il parle.

— Un échafaudage t'est tombé dessus, Lila, m'explique mon père en voyant ma confusion. L'équipe médicale nous a prévenus que tu pourrais avoir tout oublié au réveil. Je vais chercher un médecin.

Derrière lui, Cupidon hausse les sourcils et sourit pendant que mon père m'embrasse sur le front et se précipite hors de la chambre. Cupidon s'assied sur la chaise à côté de moi, tandis que Cal garde une certaine distance.

— Il faut faire gaffe aux échafaudages, ma belle, plaisante Cupidon en me décochant un clin d'œil.

Il porte un pantalon de survêtement gris et un t-shirt blanc. Il a l'air fatigué, mais indemne. La dernière fois que je l'ai vu, je le croyais mort.

Je bafouille :

— Que… que… qu'est-ce qui s'est passé ?

Je me masse le cou pour soulager ma gorge. Cupidon prend une cruche et me sert un verre d'eau.

J'en prends une gorgée. Ça refroidit un peu le feu qui me brûle la trachée et j'essaie à nouveau de parler :

— Qu'est-ce qui s'est passé ? Elle est morte ?!

Cupidon hoche la tête d'un air grave.

— Elle a failli te tuer. Tu as réussi à attraper la Finis pendant qu'elle t'étranglait et tu l'as atteinte en plein cœur. Après ça, elle a implosé. Tu as été projetée en arrière par la déflagration et tu t'es cogné le crâne contre le mur. Pendant un moment, nous avons cru... cru que...

— On pensait t'avoir perdue, termine Cal d'une voix émue.

Je suis surprise par l'intensité de son ton. Il détourne le regard, gêné.

— Et l'armée de Vénus ?

Cupidon hausse les épaules en se servant un verre.

— Ils n'ont jamais vraiment été derrière elle. Une fois que tu l'as éliminée, des agents aux méthodes extrêmes ont tenté de nous combattre – le commandant, quelques membres des Flèches –, mais nous étions bien plus nombreux qu'eux. Ça n'a pas été difficile d'en venir à bout. Il y aura pas mal de travail pour remettre de l'ordre dans l'agence. Des élections sont organisées à la fin de la semaine pour désigner un nouveau P-DG.

Cupidon indique Cal d'un mouvement du menton.

— Ça ne te surprendra pas que mon frère, obéissant comme un toutou, soit l'un des favoris pour le poste.

Cal adresse un regard de reproche à Cupidon, mais il a l'air plutôt fier.

— Et les autres ? Charlie, Crystal ?

— Tout le monde va bien.

Je soupire de soulagement et je bois une nouvelle gorgée d'eau.

— Désolée de t'avoir tiré dessus.

Cupidon sourit et balaie mes excuses du revers de la main.

— C'est rien, c'était plutôt exaltant comme expérience. J'ai vu toute ma vie défiler devant mes yeux et comme je suis un type intéressant, c'était un vrai film d'action.

— En plus, tu as sauté devant moi…

Il rit.

— C'est vrai… Bon, on a un truc à te montrer.

Ma curiosité est piquée au vif. Cupidon m'indique le couloir. Je passe la tête à l'extérieur. Mon père s'y trouve, un peu plus loin, en pleine conversation avec une femme médecin. Je devine à son expression qu'il raconte l'une de ses blagues débiles. Elle rit et son visage s'illumine.

Il drague ?!

Je lève les yeux vers Cupidon.

— C'est son… âme sœur ?

J'ose à peine y croire. Il a été tellement déprimé et seul pendant des années. Cupidon confirme. Je tourne à nouveau la tête vers mon père, qui m'adresse un petit coucou.

— Je croyais qu'on n'avait qu'une seule âme sœur. Tu as dit toi-même qu'une fois qu'on la perdait, on restait seul pour toujours.

Cupidon secoue la tête.

— Plus maintenant. Depuis que Vénus est partie, les règles n'ont plus cours.

Il sourit.

— Nous sommes libres. Tu nous as tous libérés.

Il serre ma main et je sens un sourire s'étendre sur mon visage.

— Ça veut dire non seulement que ton père peut aimer à nouveau, mais que nous aussi, les cupidons, nous avons droit à l'amour.

Ses yeux pétillent de malice.

— J'espère que ça ne gâchera pas mon aura d'*amour défendu*.

Je lève les yeux au ciel puis je lui demande avec le plus grand sérieux :

— Alors, tu vas rester à Forever Falls ?

— Oui. Je reste ici avec toi. Tu m'as sauvée. Tu nous as tous sauvés. Tout est différent, désormais.

Cal m'observe depuis la chambre. L'intensité de son regard provoque un léger pincement dans mon cœur. Ses yeux argentés brûlent d'une passion que je ne lui avais jamais vue. Il esquisse un demi-sourire.

— Tout est différent maintenant, confirme-t-il.

« Pour l'éditeur, le principe est d'utiliser des papiers composés de fibres naturelles, renouvelables, recyclables et fabriquées à partir de bois issus de forêts qui adoptent un système d'aménagement durable. En outre, l'éditeur attend de ses fournisseurs de papier qu'ils s'inscrivent dans une démarche de certification environnementale reconnue. »

PAPIER À BASE DE FIBRES CERTIFIÉES

hachette s'engage pour l'environnement en réduisant l'empreinte carbone de ses livres. Celle de cet exemplaire est de :
400 g éq. CO_2
Rendez-vous sur www.hachette-durable.fr

Composition et mise en page : PCA

Achevé d'imprimer en France par CPI
Dépôt légal 1re publication février 2019

68.9116.9 - ISBN : 978-2-01-627052-3
Edition : 01 - Dépôt légal : février 2019
N° d'impression : 3031501

Loi n° 49-956 du 16 juillet 1949
sur les publications destinées à la jeunesse